Låt det aldrig ta slut

Åke Edwardson

Låt det aldrig ta slut

NORSTEDTS

Av Åke Edwardson har tidigare utgivits:

Dans med en ängel 1997
Rop från långt avstånd 1998
Genomresa 1999
Sol och skugga 1999

På andra förlag:

Göra tidning (med Per Andersson-Ek och
Kenth Andréasson) 1994
Till allt som varit dött 1995
Börja skriva (med Per Andersson-Ek och
Kenth Andréasson) 1996
Gå ut min själ 1996

ISBN: 91-7263-225-9
© Åke Edwardson 2000
Norstedts Förlag, Stockholm
Omslag: Paul Eklund
Tryckt hos Nørhaven A/S, Danmark 2001
www.norstedts.se

*Norstedts Förlag ingår i
P.A. Norstedt & Söner AB,
grundat 1823*

Till Kristina

1

DET STACK TILL I HÖGERFOTEN, under tårna. Hon hade gått försiktigt men bottnen var täckt av tång här, som ett högt tjockt gräs som rörde sig med strömmen, brunt, äckligt. Som döda blommor.

Nu stod hon på en liten sandbotten. Hon balanserade på ett ben och höll upp högerfoten och såg att det blödde, men bara lite. Det var inte första gången i sommar. Det hörde till.

Hon kom plötsligt att tänka på ett trångt klassrum där det luktade sura kläder och... sura tankar, nästan. Regn mot rutan. Frågor på ett papper och raspet av pennor, svar som skulle vara glömda redan när skrivningen lämnades in. Nu var hon klar i alla fall. Hon var studeeent, fy faan va hon var bra. Och den här sommaren som aldrig tog slut. Låt det aaaldrig ta slut. Hon fick melodin i huvudet.

Såret skulle bara vara en liten rispa i kväll och inte kännas längre men hon skulle fortfarande känna värmen på huden, efter solen och saltet. Efter duschen. Innan kvällen började.

Hon simmade och plaskade med benen och vattnet var som en kaskad runt henne. En segelbåt gick för svag motor in i viken. Hon kunde se passagerarbåtarna, hon såg tre stycken därifrån. Allt folk som var på väg ner till södra skärgården. Hon flöt på rygg. Vattnet kändes inte längre, det var som att flyta i luften. Jag kan flyga, tänkte hon. Jag kan göra allt. Bli vad jag vill. Jag kan bli berömd. Fame. I wanna live forever.

Jag kan glömma.

Fortfarande sommar och sen skulle hon börja på läkarlinjen, men det var miljoner år dit, miljoner vattendroppar som smakade salt och sand när hon dök.

Vattnet var grönt och lite grumligt. Hon såg en skugga som kunde vara en fisk. Eller en grodman.

Hon skulle plugga ett år och sen skulle hon ta ett sabbatsår och pappa fick säga vad han ville. Han skulle säga att hon var bra på att planera ledigheter men hur skulle det bli med det andra?

Hon ville inte vara hemma.

Hon stannade under vattnet så länge hon vågade och tog sats och försökte flyga högt över ytan.

Hon simmade tillbaka till klipporna, gick försiktigt genom tången och hävde sig upp på stenen som sköt ut från ena klippan.

Det blödde lite från såret under stortån, men bara lite. Hon klättrade upp till filten, drog fram handduken ur kassen, torkade håret och drack lite vatten och satte sig på filten och blinkade bort några droppar saltvatten ur ögonen. Hon tog ett andetag, och ett till, ett djupt, fyllt av sol som nästan brände lungorna. Det blänkte på vattenytan som av fiskfjäll, som om tiotusen fiskar rörde sig där. Hon hörde svaga ljud från båtarna som rörde sig i alla riktningar. Några försvann mot horisonten, tunnades ut. Himlen var nästan vit vid horisonten, men det fanns inga moln någonstans. Hon la sig på rygg. En vattendroppe från hårfästet rann utefter hennes kind och hon kände smaken på läpparna. Hon blundade redan. Allt var rött och gult i hennes huvud nu. Hon hörde fragment av röster från folk runt om, halva ord, skärvan av ett skratt som blänkte till som vattenytan i solen.

Hon orkade inte läsa. Hon ville inte göra någonting, bara ligga där så länge det gick. Göra ingenting, bara leva för alltid.

Solen stod i ögonhöjd när hon rafsade ihop grejorna och klättrade över berget och ner genom den lilla ravinen till cykelstället. Hon kände sig nästan snurrig i huvudet. Det brände på axlarna fast hon hade smort in sig. Det brände på kinderna men det var inte för mycket. I kväll skulle det ha lagt sig, som sjunkit in. Det skulle se bra ut i belysningen på uteserveringen. Oh la la.

Hon började glömma.

Hon cyklade förbi båthamnen, kryssade genom folkhopen som

strömmade från skärgårdsbåtarna till bussarna och spårvagnarna. Tusen cyklister kryssade sig fram. Alla skulle hem samtidigt, som om alla hade samma vanor. Det kanske vi har, tänkte hon. Det blir så på sommaren. Allt blir enklare. Sola, bada, duscha, festa. Bada, sola, duscha, festa. Duscha, sola, bada, festa. Hon stannade och parkerade cykeln och ställde sig i glasskön och köpte en bägare med två kulor: himmelsk röra och gammaldags vanilj. Glassen började genast rinna men det hade varit värre med en strut. En kvinna bredvid henne sa att det var trettitre grader. Trettitre grader klockan sex. En ska inte klaga, sa mannen som stod till höger om kvinnan. Men ändå, sa kvinnan som kunde vara fyrtiofem, eller sextio. Det är torrt i markerna.

Jag skiter i markerna, tänkte hon när hon cyklade därifrån. Låt det här aldrig ta slut. Markerna kommer att få sitt i höst.

Det luktade hö vid fältet som sjönk ner i havsviken på andra sidan vägen. Hon fortsatte genom det lilla villaområdet, tog fart på cykelvägen utefter spårvagnsspåren och var hemma på tio minuter. Fadern satt på verandan med ett glas som verkade innehålla whisky.

"Här kommer en rödbeta."

Hon svarade inte.

"Fast hellre det än en purjolök."

"Purjolök?"

"Det vita på purjon."

"Jag går upp", sa hon och gick uppför trappan. Det var whisky. Hon kände den tunga lukten.

"Jag tänder grillen om exakt tio minuter."

"Vad blir det?"

"Spett på lax och marulk. Bland annat."

"När äter vi?"

"Om exakt fyrtifem minuter."

Hennes far drack och tittade bort. Isen klirrade. Hon tyckte om vin, eller en öl, aldrig whisky.

När hon gjorde sig i ordning hade solen redan sjunkit in under huden, färgen djupnat. Rummet låg i skugga, hon hade dragit för gardinerna och ljuset mattades men det luktade varmt och torrt, och gott från henne själv, från huden. Hon stod framför spegeln i bara trosorna. Brösten lyste vita som tänderna.

Nu doftade det av after sun-gelen hon just strukit på. Huden hade redan mjuknat i sötvattnet från duschen. Det var ett vackert ord. Sötvatten.

Fadern ropade nerifrån trädgården och precis då kände hon doften av den grillade fisken och precis då kände hon sig vansinnigt hungrig. Vansinnigt. Och törstig.

Elins tänder blänkte på andra sidan bordet.

"Vad gör du i morgon?"

"Solar och badar."

"Ska vi ha en till?"

"Jag tror inte det. Den här snurrade till", sa hon och nickade mot ölglaset på bordet.

"Du har verkligen blivit brun", sa Elin.

"Tack."

"Och håret har blivit vitt."

"Jag vet inte om jag ska tacka för det."

"Det är ju skitsnyggt."

"Tack då."

"Jag tror jag vill ha en öl till", sa Elin. "Man är törstig hela tiden." Hon reste sig. "Bäst att gå in själv. Dom hinner aldrig ut hit till kanten."

De satt i uteserveringens bortre vänstra hörn, det fanns en liten återvändsgränd bakom dem.

"Du är nöjd alltså?"

Hon nickade. Elin började gå mot baren, hon såg henne kryssa mellan borden så som hon själv kryssat mellan några maneter tidigare i dag ute vid Saltholmen.

"Förresten", ropade hon, "jag tar en liten."

De satt kvar, länge. Värmen låg mellan husen, den hade sakta sänkt sig ner till gatan.

"Det måste vara lika varmt än", sa Elin. "Ingen sol men lika varmt."

Hon nickade utan att svara.

"Kvällarna är egentligen det bästa med varma somrar i stan", sa Elin. "Summer in the city."

Hon nickade igen.

"Värst vad du blev talför."

"Jag blev bara så himla trött."

"Klockan är ju bara lite över tolv."

"Jag vet. Det måste vara solen."

"Själv har man slavat bakom en kassaapparat hela dan."

"Det är din lediga dag i morgon."

"Just därför måste det bli lite paarty." Hon upprepade det: Paaarty.

"Jag vet inte, Elin."

"Herregud. När jag sa det där om vitt hår menade jag det inte bokstavligen. Vitt hår behöver inte betyda sjutti plus. Herregud! Nu gäspar du igen."

"Jag vet. Förlåt."

"Hur blir det då?"

"I kväll? Eller i natt?"

"Nej, jag menar förstås en kväll i november 2003."

"Jag vet inte..."

"Ska jag behöva gå själv till klubben?"

"Nej", svarade hon, "för här kommer gänget."

Det var gänget. Tre killar och två tjejer och hon kände att det var perfekt timing eftersom hon inte ville partaja hela natten. Det måste vara solen. En maxad överdos sol. Och nu behövde hon inte gå med för Elins skull.

"Nu behöver du inte hänga med för min skull", sa Elin.

"Vadå?" sa en av killarna.

"Det är sussdags här", sa Elin och nickade mot henne och log.

"Jag blev bara så himla trött, bara sådär", sa hon.

"Men åk hem och lägg dig då", sa killen. "Ska jag ringa efter färdtjänst?"

Hon räckte ut tungan. Han skrattade.

"Jag går."

"Går?"

"Ja, går. En bit."

"Det är ju långt. Och sista vagnen har väl gått."

"Nattbussen. Jag kanske tar en taxi sista biten."

"Ta en direkt", sa Elin.

"Vadå. Menar du att... tja, vad menar du?"

"Att man inte ska gå ensam på stan."

Hon såg sig om.

"Ensam? Hela stan vimlar ju av folk." Hon såg sig om igen. "Folk i vår ålder, dessutom."

"Du gör som du vill", sa Elin.

"Ska vi gå?" sa någon i gänget.

De reste sig.

"Elva i morron då?" sa Elin.

"Orkar du upp till dess?"

"När det gäller solbränna orkar jag."

"Du vet var jag ligger", sa hon och sa hej och började gå söderut.

"Vila i frid", sa en av killarna.

"Det där var jävligt dumt sagt", sa Elin.

Hon tvekade vid taxistationen. Plötsligt kände hon sig piggare, som om promenaden hade satt igång en reservmotor i henne eller nåt. Hon tvekade. Tittade mot parken. Det var lika mycket folk här som nere vid uteserveringarna, nästan fler. Allt var upplyst, träden och buskarna blänkte i en skarp färg, det såg ut som om den målats på bladen. Det kom en skön svalka därbortifrån, hon kunde känna den. Det luktade gott. Och svalkan. Hon kunde korsa parken rätt över och komma ut på gatan bakom. Det var tusen pers runt om, överallt. Hon hörde musik från serveringen som låg till höger på andra sidan dammen. Det var bara hundra meter dit.

Något drog i henne, från parken. Hon stod på gräset. Det luktade ännu godare där. Hon hörde röster överallt, som på stranden i dag. När hon blundade hörde hon fragment av rösterna, skärvor.

Det var inte rött och gult i huvudet nu, mer grönt, och kanske lite gult. Hon öppnade ögonen igen och sneddade över gräsmattan. Folk överallt. Röster överallt. Hon gick in under några träd och kunde se gatan därbakom. Kanske tjugo meter.

Hon kände sig plötsligt vaken, riktigt vaken, som på morgonen efter en lång sömn och frukost och allt det där.

Det prasslade i träden ovanför. Stigen var mer som en dunge. Hon såg gatlyktorna. Det ljusnade igen, himlen var blåare än för en timme sedan. Klockan var inte mycket över ett. Det prasslade, rasslade. Hon hörde bilar, ett skratt. Hon funderade redan på när den första taxibilen skulle komma glidande ute på gatan.

Det rasslade till till höger, en skugga i ögonvrån, kanske. Hon hörde något, en fågel. Ett skratt på andra sidan. En buske rörde sig av en plötslig vindpust.

Snart skulle hon snedda den sista biten och vara ute på andra sidan. Där skulle det vara folk precis överallt och hon var inte rädd och det fanns ingen anledning till det heller. Det var nästan så att hon ville skratta åt det. Det vara bara ett par steg kvar.

2

Hᴏɴ ʜᴀᴅᴇ ᴅᴏᴍɴᴀᴛ, somnat in i medvetslöshet, vaknat till liv. Kommit hem. Solen var redan het, det kunde vara tidig förmiddag. Hon hade gått över berget med ansiktet nedåtvänt, så att ingen skulle kunna se vad hon hade varit med om, vad hon hade GJORT. Vad någon annan hade gjort med henne.

Rummet såg ut som förr men ingenting skulle någonsin bli som förr.

Hon slet av sig kläderna, SLET av sig kläderna, och slängde allt i tvättmaskinen utan att titta och körde igång programmet. Vatten-bruset var en tröst.

Hon ställde sig under duschen och tvättade sig UNDER huden, kändes det som. Länge stod hon och gned kroppen och förstörde alla bevis medan tvättmaskinen slungade underkläderna fram och tillbaka, löste upp bevisen, fram och tillbaka, det fanns ingenting kvar när kriminalinspektörerna Fredrik Halders och Aneta Djana-li från Länskriminalens spaningsrotel kom en timme senare, ing-enting när teknikerna i polishuset på Ernst Fontells Plats till slut försökte finna något bland fibrer och trådar.

Spaningschefen Winter hade skickat ut dem, Erik Winter som miss-tänkte serievåldtäkter varje gång. Och han hade haft rätt vid två tidigare tillfällen.

Aneta Djanali såg parken när de passerade, så mycket visste de: flickan hade sagt till sin pappa och mamma att det hade skett i par-ken. Winter hade skickat ut folket. Aneta Djanali såg hunden. Inget att leka med. Inget var att leka med. Tre uniformerade poliser hängde vid parkeringsplatsen. Där stod kanske tio bilar.

"Tror du dom kollar bilarna?" sa Halders bakom ratten.

"Inte just nu, i alla fall."

"Man får spel varje gång."

"Spel?"

"Man blir tokig. Tjufem snutar med händerna i byxfickorna och den jäveln kanske smet direkt och glömde bilen och det är den som står där i mitten. Den gröna Mantran. Eller den svarta Volvon."

"Dom är tre man, inte tjufem."

Aneta såg hur en av poliserna tog upp ett anteckningsblock och började skriva av registreringsnumren.

"Dom börjar nu."

Huset låg en bit in från gatan, bakom murar. Havet glänste på andra sidan, bara några hundra meter bort. Halders kände doften av havet, såg vattnet, hörde måsarna, såg seglen, ett par färjor, en katamaran, oljecisterner, tre kranar i det döda varvet på andra sidan älven. En horisontlinje.

Huset var i femmiljonersklassen, men det fick inte påverka honom. Folk hade rätt att ha mer pengar än han. Det kunde vara nybyggt. Inspirerat av grekisk arkitektur. Det såg tammefan ut som en hel grekisk by.

Han torkade svetten ur pannan, kände den på ryggen under skjortan. Aneta såg sval ut. Måste vara nåt med generna eller nåt. Svart utanpå och sval inuti.

"Okej då", sa han och ringde på dörrklockan som var liten, knappt synlig på den svagt gula putsen.

Dörren öppnades omedelbart, som om mannen därinnanför stått och väntat på signalen. Han var klädd i kortbyxor och skjorta, barfota, solbränd, kanske femtio, glasögon i tunna bågar, tunt hår som var längre i nacken, tunn hela han, tänkte Halders. Röda ögon. Rädda ögon. Något nytt hade kommit in i hans hem.

Verkligheten störtade in gånger två: först en våldtagen dotter och sen två civila snutar. Det ena följde alltid på det andra. Aldrig tänkt på det förr, tänkte Halders. Vi är dom ena som alltid följer på det andra, det goda efter det onda men för honom är det lika jävligt nu som då.

De presenterade sig.

Mannen som hette Kurt Bielke visade in dem.

"Jeanette är på sitt rum."

"Ja." Halders tittade uppför trappan. "Det tar inte lång tid. Sen får hon åka till KK direkt."

"KK?"

"Kvinnokliniken. På Östra."

"Jag vet vad det betyder", sa Kurt Bielke och drog handen över den höga pannan. "Men måste hon åka dit?" Han vände sig till Aneta Djanali. "Hon vill inte själv."

"Det är viktigt", sa Aneta Djanali. Av flera olika anledningar, tänkte hon.

"Kan vi få prata lite med henne nu?" sa Halders.

"Ja... javisst", sa Bielke och gjorde en rörelse mot trappan. Sedan blev han stående, som frusen, innan huvudet rörde sig igen. Han såg inte på dem. "Det är häruppe."

De gick uppför trappan och stannade utanför en stängd dörr. Aneta Djanali hörde sommarens ljud utanför. En sjöfågel skratta-de högt och skrattet följdes av flera. De försvann bort över havsvi-ken. En hund gav ifrån sig ett skall. En bil tutade. Ett barn ropade något med gäll röst.

Mannen knackade på dörren. Det kom inget svar och han knackade igen.

"Jeanette?"

De hörde en röst därinifrån men inga ord.

"Jeanette? Pol... polisen är här."

Något ord därinifrån igen.

"Vi går in nu", sa Halders.

"Ska jag vara med?" frågade mannen.

"Nej", sa Halders och knackade själv på dörren och tryckte ner handtaget och dörren var öppen och de gick in.

Flickan satt på en säng i morgonrock. Det var så mörkt i rummet som det kunde bli, innanför de slutna persiennerna. Solen var alldeles utanför och det starka ljuset försökte bryta in i rummet. Det är som om hon söker skydd från det i sängens ena hörn, tänkte Aneta Djanali. Hon trycker sig mot väggen. Jeanette heter hon, inte "hon". Hon har ett namn men plötsligt betyder det inget, ibland inte ens för dom själva när dom är offer.

Nu är det min tur att prata.

Aneta Djanali presenterade sig själv och Halders. Han nickade, sa ingenting, satte sig på skrivbordsstolen och såg på henne, nickade vänligt.

Jeanettes ansikte doldes delvis under handduken som hon hade virat runt huvudet efter den långa duschen. Hon höll ihop morgonrocken i halsen med en smal hand. Anetas ögon hade vant sig vid halvdagern därinne nu och såg den sköra huden på flickans fingrar. Den var som uppblött.

Hon har stått i timmar i duschen. Det skulle jag gjort också.

Aneta Djanali ställde några små frågor, de minsta hon kunde komma på nu i början av det första förhöret. Svaren var ännu mindre, knappt möjliga att uppfatta. De fick sätta sig närmare men inte för nära. Jeanette berättade om parken. Ja, det hade varit sent. Nej, tidigt. Sent och tidigt. Hon hade varit ensam. Hon hade gått där förut. Många gånger, också på natten. Ensam? Ja, ensam då också.

Den här gången hade hon precis blivit ensam. Eller om det gått en stund. Hon hade varit på två olika ställen och hon sa vilka det var och Halders antecknade. Hon berättade vilka andra som varit med, åtminstone en stund.

De hade varit på studentfest, en liten. En fjärdedel av klassen. Det hade gått en månad nästan sedan studenten.

Aneta såg den vita mössan på byrån under fönstret. Den glödde självlysande i dunklet.

Aneta och Halders hade pratat om det i bilen dit. "Det heter inte studenten", hade Halders sagt. "Det heter gymnasiekompetensen men det är också ett larvigt uttryck."

"Varför det?" hade hon frågat.

"Kompetent för vad? Vad är dom kompetenta till?"

"Tog du själv... kompetensen, Fredrik?"

"Jag gick polisskolan, eller hur?"

"Javisst ja. Ett ögonblick fick jag för mig att du var privatist."

"Polisprivatist?"

"Ja."

"Inte utan att man känner sig som en sån ibland. En privat polis."

En liten studentfest. Aneta flyttade blicken från studentmössan till Jeanettes ansikte. Nitton år. Hon ville fråga om pojkvänner, men visste att det var bättre att vänta. Det viktiga nu var det konkreta, de få frågorna om vad som hade hänt, när, hur, när, hur, när, hur. Fråga, lyssna, titta. Hon hade gjort det här tillräckligt många gånger för att veta att det viktigaste för henne som utredare var att se det hon kallade händelsen bakom händelsen. Att inte acceptera en berättelse direkt, bara rakt av. Offrets berättelse. Att redan nu fundera på den svåra frågan: Är det verkligen så? Var det verkligen så det gick till?

Hon bad Jeanette Bielke berätta om vad hon uppfattat av mannen som våldtagit henne.

Plötsligt sa Jeanette att hon ville åka till sjukhuset, hon ville genast åka dit. Aneta Djanali visste att det skulle komma, eller kanske redan borde ha kommit.

"Snart. En fråga till bara. En sekund."

"Men jag vill åka NU."

"Kan du inte säga något om den här mannen?"

"Jag kommer inte ihåg."

"Var han lång?"

"Han var stor. Stark, eller om jag inte... våg... vil... vågade försöka göra mig fri. Först försökte jag... men sen gick det inte."

Hon hade börjat gråta. Hon drog i handduken och strök den över ögonen och den lossnade och föll ner och hennes blöta hår syntes, det låg som klistrat över huvudet.

"Han... hade bundit mig", sa hon.

"Bundit dig?"

"Ja."

18

"Hur?"

"Eller bundit... han hade en snara om hals... halsen på mig. Armarna... sen..." Hon tog sig om halsen. Aneta Djanali såg det nu, en rodnad som ett smalt streck över halsen.

De utnyttjade chocken.

"Det var som ett koppel", sa Jeanette. "Det luktade inte hund men det var som ett koppel." Hon tittade rakt på Aneta Djanali nu. "Jag såg att det blänkte. Jag tror det."

"Blänkte?"

"Det blänkte till från det där kopplet. Jag tror att det var det. Som om det satt nitar på eller nåt."

Hon skakade till, harklade sig, skakade till igen. Aneta tittade på Fredrik som nickade.

"En sista fråga, Jeanette. Sa han nåt?"

"Han sa... nåt."

"Vad sa han?"

"Jag hörde inte vad det var."

"Men du hörde ord?"

"Ja..."

"Men inte vilket språk?"

"Det var inte som ett språk."

"Hur menar du då? Inte som ett språk?"

"Det var som en ramsa... utan mening. Det var nåt han... rabblade som jag inte kunde förstå."

Aneta Djanali nickade, väntade. Jeanette tittade på henne.

"Han gjorde det tre gånger eller vad det var. Rabblade. Eller om det bara var en gång. Precis när han... när han..."

Måsarna skrattade utanför fönstret, de var tillbaka från havet. En bilmotor startade. Ett barn ropade igen. Jeanette gned handduken mot håret. Det var varmt och syrefattigt i rummet.

Aneta Djanali visste att Jeanette sagt allt hon kunde säga nu och det var mer än hög tid att hon fick komma till sjukhuset.

Hon såg att Fredrik reste sig. Allt hade följt normalgången: Våldtäkt. Anmälan. Första förhör. Begäran om rättsintyg. Transport till kvinnokliniken.

Fy fan.

Visst var det en våldtäkt. Ingen fantasi.

Jeanette Bielke var på väg till Östra, Aneta Djanali och Halders körde till parken där det hade hänt.

"Vad säger du om signalementet?"

Halders ryckte på axlarna.

"Stor. Stark. Mörk rock. Luktade inget särskilt. Beväpnad med strypkoppel. Rabblade ramsor. Eller sa nåt obegripligt bara."

"Vilken medelsvensson som helst", sa Halders.

"Verkar hon trovärdig, tycker du?"

"Ja."

"Jag hade velat fråga mer."

"Du fick ut vad du kunde få, nu."

Aneta Djanali tittade ut på sommaren. Folk var lättklädda. Deras ansikten sken i kapp med solen. Himlen var blå och molnen fanns inte. Allt var glass och tunna kläder och ett lätt liv. Det fanns ingen motvind därute.

"Det är för jävligt."

"Bara det inte är början", sa Halders och såg på henne. "Du vet vad jag menar."

"Säg det inte."

Halders tänkte på vad Jeanette sagt om mannens utseende, det hon nu kunnat se. Våldtäktsmannen. De fick vänta på undersökningen, men han var säker på att det var fråga om en våldtäkt.

De kunde aldrig vara säkra på utseende. Signalement var det svåraste. Sätt aldrig full tilltro till signalement, hade han sagt till alla som gitte lyssna. Ingenting behövde stämma med verkliga förhållanden. Samma person kunde variera i längd från 1,62 till 1,97 i vittnens ögon, och minne. Allt kunde variera.

Förra året hade de haft en galning som gick runt och slog ner folk bakifrån, inget synbart mönster mer än att han slog ner dom och snodde pengarna, men han hade en egenhet att presentera sig från sidan, det var väl mönstret då, han hade nån hälsning för att dra till sig uppmärksamheten och så small det.

Offren var rätt så eniga om en sak: han hade påmint om Ringaren i Notre Dame; undersätsig, gravt kutryggig, skallig, släpade ena foten efter sig som om han höll på att sätta potäter...

När de sedan grep honom, på bar gärning faktiskt, visade det sig ju att han var 1.95 med tjockt krulligt hår och skulle kunnat platsa direkt som förste älskare i vilken såpa som helst.

Det berodde på så mycket. Vad man såg. Mörkret. Hur ljuset föll. Skräcken och rädslan. Framför allt skräcken.

Han svängde av och parkerade. Uniformerna var inte där längre. Området var avspärrat, två tekniker kröp på marken. En klunga barn stod utanför den bortre avspärrningen och viskade och tittade. Vuxna kom förbi och stannade och gick vidare.

"Hittat nåt?" ropade Halders och teknikerna tittade upp och sedan ner igen utan att svara. Halders hörde ett kort hundskall och såg hunden och föraren.

"Hittat nåt?" upprepade han till hundföraren.

"Zack fick upp nåt därborta men det försvann i vinden."

"Eller upp i ett träd", sa Halders och tittade uppåt.

"Var du med när vi tog den där jäveln förra året som försökte gömma sig i trädet?" sa hundföraren.

"Jag hörde talas om det."

"Dom här träden är rena."

"Hur kom han härifrån då?"

"Sprang, antar jag. Eller körde. Du får väl prata med teknikerna."

"Ja."

"Men det finns nog inga spår. Det är ju så jävla torrt."

Halders såg sig om. Aneta Djanali tittade på teknikerna. Hundföraren stod kvar. Hans schäfer studerade Halders, sedan teknikerna. Halders såg sig om igen, gick ett par steg.

"Har du varit här förut?" sa han till hundföraren.

"Hur då? För nåt brott?"

"Jag snackar inte om ditt privatliv, Sören. Har du ryckt ut hit nån gång tidigare för en våldtäkt?"

"Till den här parken?"

"Ja. Och till den här platsen."

Halders stod alldeles utanför den lilla inhägnaden, den såg fjantig ut, som ett verk av barnen som fanns kvar som åskådare. Till höger låg dammen. Det glimmade i rosa från flamingorna som stod där i vattenbrynet på ett ben.

Teknikerna kröp runt i ett buskage.

Bredvid stod två träd. Tre meter eller nåt dit. Lönnar? Det var som en passage mellan dem, tillräckligt bred för en människa att gå igenom. Innanför var det skuggigt. Ett stort stenblock bildade en grottliknande skreva bakom träden. Teknikerna rörde sig därinne nu, var på väg in i grottan.

En perfekt våldtäktsplats.

Gode gud, tänkte Halders. Han såg det nu. Det var ju HÄR.

Den asfalterade vägen gick tio meter därifrån men det kunde lika gärna vara hundra. Tusen. En mindre gata låg bortom parkeringsplatsen. En häck skilde bilarna från parken. Belysningen i parken var ett skämt. Han hade gått här hundra nätter och belysningen var mer till hinder än till hjälp. De hade inte förbättrat den trots det som hänt här.

En perfekt plats. Det var som om skuggan mellan träden väntade.

Han hade inte snappat omedelbart.

"Den här platsen?" svarade hundföraren. Han såg sig omkring. "Nää, jag tror inte det." Han såg på Halders. "Vadå?"

"Det har hänt förut", sa Halders.

"Nu är jag inte med."

"Det var ju här." Halders såg på kollegan. "Fan, Sören, det är ju samma plats. Det är samma STÄLLE."

"Nu får du förklara."

"Jobbade du inte i stan för fem år sen?"

"Jag kom för fyra år sen."

"Men du känner väl till Beatrice-fallet?"

Hundföraren såg på Halders.

"Beatrice? Tjejen som blev mördad?"

"För fem år sen. Hon blev våldtagen först. Våldtagen och mördad."

"Jag känner till det… förstås. Jag läste ju om det då. Vi ha…"

"Det var här", sa Halders.

"Här?"

"Det skedde här", sa Halders till hundföraren och till Aneta Dja-nali som dykt upp. "Beatrice hittades här. Precis här. Hon låg inne i den där skrevan", sa han och nickade mot platsen där teknikerna rörde sig fram och tillbaka. "Mellan träden låg hon. Det är som en grotta därinne."

Våldtagen och strypt med hundkoppel, tänkte han. Vi hittade inte kopplet men det var så.

Han såg hunden följa hans blick till grottan och tillbaka igen och den ryckte i kopplet och blev sedan lugn.

3

WINTER KÄNDE HANDENS fasta grepp runt sitt finger. Elsa gurglade till hälsning. Han kysste henne bakom örat, hon skrattade, han blåste lite på halsen och hon skrattade igen.

Han hade ännu inte vant sig vid det där skrattet och det där gurglet som kunde flyta runt länge i våningen. Hans dotter var snart femton månader. Hennes ljud slet tystnaden från väggarna som torra tapeter. Att en så liten kropp kunde göra så höga ljud.

Angela kom in från köket och satte sig i en av fåtöljerna och knäppte upp den rutiga skjortan och tittade på Winter och Elsa på filten på golvet.

"Frukost", sa hon.

Winter blåste bakom Elsas öra.

"Det är frukostdags", sa Angela.

Elsa skrattade.

"Hon verkar inte vara sugen", sa Winter och tittade på Angela.

"Kom hit med henne så ska du få se." Hon skrattade till. "Men det här blir sista gången. Jag kan inte hålla på och amma längre. Herregud."

Han bar flickan till Angela i fåtöljen. Hon var fortfarande lätt, som en fjäder.

Winter såg mapparna på bordet när han steg in i sitt rum. Solen hade redan värmt upp väggarna som luktade av sommaren. Två månader och sen skulle det dröja innan han såg det här igen. Ett år. Han skulle ta ett år barnledigt och vem skulle han vara nästa gång han steg in i det här dystra rummet där nästan alla tankar var en plåga att tänka?

Skulle han komma tillbaka överhuvudtaget?

Vem skulle han vara då?

Han gick till tvättstället och drack ett glas vatten. Han kände sig utvilad. Elsa hade tidigt bestämt sig för att sova från åtta på kvällen till åtta på morgonen. Han och Angela var mycket lyckligt lottade.

Ibland grät Angela, på nätterna. Minnena kom tillbaka men allt mer sällan nu. Han hade inte frågat henne vad som hänt i det där rummet i den där lägenheten dygnen innan han kom dit. Inte först, inte direkt. Hon berättade natt för natt, i sargade meningar.

Nu hade det så gott som upphört. Hon hade sovit timme efter timme.

Det var inte ens femton månader sedan.

Han satte sig vid skrivbordet och öppnade den översta mappen och tog fram papperen och fotografierna. Han höll upp en av bilderna. Stenblocket. Träden. Gräsmattan och stigen. Allt var välbekant på ett... sjunkande sätt, som en sjukdom som kom tillbaka efter flera år. En cancersvulst som skurits bort men som fortsatte växa.

Jeanette Bielke levde i alla fall. De väntade på resultaten av undersökningarna.

Han reste sig med fotografiet i handen och öppnade fönstret. Solen var på andra sidan stan. Det luktade av sommarens lätta nästan viktlösa dofter. Han tänkte på Elsa. Det knackade på dörren och han ropade ett "kom in". Halders stod i dörren och Winter gjorde en gest mot besöksstolen men stod kvar vid fönstret.

"Det är åtminstone fullbordat samlag", sa Halders. "Jag fick precis rapporten. Rent tekniskt, alltså. Men det är ju en våldtäkt."

"Vad säger den mer?"

"Att flickans berättelse nog är korrekt."

"Nog?"

Halders ryckte på axlarna. "Du vet ju hur det är."

Winter svarade inte. Halders tittade på mapparna på bordet och nickade mot dem.

"Du beställde upp det, ser jag."

"Ja."

"Har du hunnit titta på det?"

"Bara på det här fotot", sa Winter och höll upp det.

Halders kunde samtidigt se Beatrice Wägners bild på ett av tidningsklippen som låg vid Winters armbåge.

"Är det en tillfällighet?" sa Halders.

"Platsen? Ja... det är ju inte första gången nån blir överfallen i parken."

"Fast inte på det stället."

"Men i närheten."

"Aldrig det stället", sa Halders. "Du kan det stället. Jag kan det stället."

Det är sant, tänkte Winter. Han kunde den delen av parken. Sedan mordet på Beatrice hade han återvänt regelbundet dit. Stått där och tittat på människorna som rörde sig runt om. Halders hade gjort samma sak. Ett par gånger hade de stött ihop. Du är inte misstänkt, hade Halders mumlat vid ett tillfälle.

De sökte ett ansikte, en rörelse. Ett beteende. En röst. Ett föremål. Ett skärp. Ett strypkoppel.

Gärningsmannen återvänder alltid. Alla poliser visste det. Alla.

På något sätt, vid något tillfälle, återvänder han alltid. Efter fem år kommer han tillbaka, eller efter tio. För att fortsätta. Eller bara för att vara där, andas, minnas.

Det gällde bara att vara där. Om han var där och den som utfört gärningarna kom just då på stigen och han, Winter, skulle veta, verkligen *veta*, så skulle det inte vara en tillfällighet. Det hade ingenting med tur att göra. Ingenting med slumpen att göra. Och just då, när han fortfarande höll fotografiet i sin hand och tittade på Halders som hade en svettfläck på skjortan under vänster armhåla, just då tänkte han att det skulle komma att inträffa. Han skulle möta honom och det skulle bli som om mardrömmen steg in i verkligheten. Det skulle ske.

"Den jäveln är tillbaka", sa Halders.

Winter svarade inte.

"Samma modus operandi." Halders strök med handen över sitt stubbade hår. "Samma plats."

"Vi får höra flickan igen."

"Hon kommer hem i eftermiddag."

"Åk dit."

"Ja."

"Hur var det med föräldrarna?"

"Översiggivna."

"Inget konstigt?"

"Aneta höll ju extra koll, förstås, när jag pratade med flickan." Halders knep lite med vänster öga, som om han hade tics. "Nej. Farsan var skakis och bakis och nåt sånt här är ju inte direkt till gagn för tillfriskningsprocessen."

Halders tittade på Winter.

"Han är tillbaka, Erik."

"Jag ska läsa."

"Hur många hann han med? Då? Tre offer, varav ett som dog?"

"Mhm."

"Det kanske blir aktuellt att prata med tjejerna igen."

Winter svarade inte. Halders reste sig.

"Fredrik?"

"Ja?"

"Jag känner precis som du för det här."

"Ja."

"Jag kan inte heller glömma Beatrice."

"Nej."

"Det är inte bara för att det är ouppklarat."

"Jag förstår." Halders satte sig igen. "Det är så för mig med." Han kliade sig i huvudet. Winter såg att också den andra armhålan lämnat svettavtryck på Halders skjorta. "Det märks i huset. Folk pratar om det."

"Jag ska titta på det gamla mönstret", sa Winter och gjorde en gest mot materialet på bordet.

"Det kommer att bli ett till", sa Halders. "Ett likadant."

"Ta det lugnt nu."

"Ja, ja, okej. En våldtäkt i taget."

Sirener hördes från öster. Någon ropade nedanför Winters fönster. En bil startade. Halders gned sig över huvudet.

Winter bestämde sig plötsligt.

"Vi sticker dit. Nu."

Alla bar kortbyxor eller tunna kjolar. Det var över trettio grader. Han tyckte att det var ovanligt mycket folk på stan. De borde ligga ute på klipporna.

"Det är rea", sa Halders och pekade mot Nordstan. "Sommarrea där priserna är en dröm och köpandet en fest."

Winter nickade.

"Man borde gå själv", sa Halders.

"Jaha."

"Sånt bekymrar väl inte dig men för en frånskild med två ungar blir det dyrt." Han tittade åt sidan på Winter. "Tunga underhåll."

Winter nickade.

"Inte för att jag klagar."

"Hur stora är dina barn nu?" frågade Winter.

Halders såg överraskad ut.

"Sju och elva", sa han efter en liten stund.

"Pojke och flicka, va?" Winter körde längs Allén. Han var ensam i mittfilen. Plötsligt var all annan trafik försvunnen. Han blinkade till och bilarna var tillbaka.

"Eh... ja. Det är grabben som är äldst", sa Halders.

"Har ni delad vårdnad?" frågade Winter.

Halders tittade på honom.

"Dom bor hos Margareta under veckorna och hos mig varannan helg." Han tittade bort, mot älven, och tillbaka på Winter igen. "Ibland blir det mer hos mig. Eller om vi gör nån resa tillsammans. Det är lite olika." Halders ansikte hade slutits, Winter såg hans profil. "Jag försöker alltid hitta på nåt."

Winter stannade för gult efter en blick i backspegeln. En stor familj från annan ort gick över gatan: karta, stora ögon, bekväma skor. En pojke på kanske tio och en flicka på sju tittade på dem och fortsatte efter föräldrarna som sköt en sittvagn med två små barn.

"Hur går det själv?" frågade Halders. "Med den lilla. Skriker hon mycket på nätterna?"

"Ingenting."

"Hannes hade kolik", sa Halders.

"Mhm."

"Det var fruktansvärt. Fyra månaders terror."

"Jag har hört om det", sa Winter. Det lät nästan urskuldande, tänkte Halders. Som om han har sluppit undan för lätt.

"Det var början till slutet", sa Halders och de var framme.

Platsen var en lika sorglig syn som alltid. Då, för fem år sedan, hade teknikerna plockat löv här, gräs, barkbitar. Då som nu. Då hade Winter varit inspektör och otålig. Halders hade också varit inspektör men lite mindre otålig, och fortfarande gift. Hem varje dag till en lägenhet fylld av liv.

Det är ändå inte mord den här gången, tänkte Winter. Två kvinnor passerade med barnvagnar. Solen fanns bakom grenverket. Det kom röster från barnen som badade i dammen. En man låg utsträckt på gräsmattan femtio meter från brottsplatsen. Eller fyndplatsen eller vad man ska kalla det när det är våldtäkt, tänkte Winter och såg mannen på gräsmattan resa sig och vingla till och sätta sig igen och ta upp en påse och dricka på klassiskt vis utan att ta upp flaskan ur påsen.

"Och inga vittnen", sa Halders.

Winter såg på fyllot.

"Har vi tänkt på uteliggarna?" sa han men mest till sig själv.

"Då? Det fanns inga", sa Halders.

"Nu."

"Jag vet faktiskt inte", sa Halders.

"Det bor väl några här." Winter såg hur mannen gjorde ett nytt förflyttningsförsök, och nu lyckades han gå en bit. "Framför allt nu, på sommaren."

Halders följde hans blick och tog upp sin mobiltelefon.

Fem minuter senare svängde en radiobil in mellan parkbesökarna och Halders pekade mot fyllot som fortfarande gick som på lina på den breda grusgången.

De såg hur mannen togs om hand och fördes in i bilen.

"Ska vi höra han direkt?" sa Halders.

"I eftermiddag", sa Winter. Han gick bort till stenblocket och träden, in genom passagen. Samma plats, samma grotta.

Det var så mycket kväll det kunde bli när han gick hemåt. Avenyn var full med människor. Angela mötte i korsningen. Elsa sov. Klockan var över åtta.

Han hade stuckit hem en timme efter ett, efter det att han och Halders varit i parken, och busat med Elsa på filten, blåst bakom örat.

De gick in på en av sidogatorna och fick vänta några minuter på bordet på trottoaren. Han hann beställa en mellanöl på fat och ett bra mineralvatten till Angela.

"Du ser trött ut, Erik."

"Tackar, tackar."

"Det klär dig."

"Jag vet."

Han drack av ölet och drog med handen över ögonen och tittade sedan på Elsa. Hon sov med huvudet på sned. Det hängde saliv ner från munnen mot gosefilten och han sträckte sig fram och smekte bort det bara för att få röra vid henne igen.

Han tittade upp och fick syn på Halders på andra sidan gatan. Halders tittade dit och Winter vinkade åt honom att komma över men Halders skakade på huvudet och pekade på sin klocka. Men han ångrade sig och gick över till dem. Han hälsade på Angela genom att ta i hand och tittade på Elsa som sov.

"Erik har berättat om underverket", sa han.

"Ja, det hoppas jag verkligen", sa Angela.

"Jag menar den goda sömnen", sa Halders och log. "Från åtta till åtta."

"Än så länge", sa Angela. "Men sätt dig Fredrik och gör oss sällskap."

Halders tittade på klockan igen.

"Det är en order", sa Winter.

"I så fall", sa Halders och satte sig och gjorde ett tecken åt flickan i svart förkläde.

Tre flickor som kanske var arton eller nitton gick förbi och log mot Elsa. Flickorna ler mot Winter och Angela och kanske också mot mig av bara farten, tänkte Halders.

Någon i baren slog på musikanläggningen.

Vill ha dig i mörkret i kväll. Jag längtar. Jag svävar fraaam. Låt det aldrig ta slut.

"Gammal dänga", sa Halders. "Freestyle. Åter på modet, som så mycket annat." Han drack som en törstig. "Det blir en sommar att minnas. Det kommer att hålla på så här in i september."

"Är du synsk?" sa Angela och log.

"Tyvärr", sa Halders och tittade på Winter.

"Vi förtjänar värmen", sa Angela.

Halders tittade på Winter igen.

Han visste vad det var innan han hade vaknat riktigt och sträckt sig efter telefonen på nattduksbordet. Det fanns kvar i drömmen, fortsatte in i natten som man kunde ta på, känna lukten av. Det var som om han visste vad rösten i telefonluren skulle säga.

Synsk.

Han tittade på Angela medan han lyssnade. Han kunde se toppen av Elsas lilla huvud nere i hennes säng.

"Ja, ja", sa han in i luren. "Ja."

Han ringde Halders. "Jag vill att du följer med", sa han.

"Tror fan det", sa Halders.

Winter körde i morgonljuset som hade nyanser av mjölk och spenat. Precis så.

De möttes på parkeringen. Halders såg mycket spänd ut, en spegelbild av honom själv.

De hade kunnat gå till fyndplatsen med förbundna ögon. Det fanns ingen annan plats.

Den var upplyst nu, av ett blekt elektriskt ljus som snart skulle vara onödigt. Tekniker gick omkring överallt. Fler än någonsin. Han såg också fler uniformer än någonsin. Mer publik än någonsin. Det var skillnad på att göra... fynd i november klockan fyra och under en tidig julimorgon när det var över tjugo grader. Folk hade ännu inte hunnit hem och hängde nu i utkanterna av parken. Winter gick bort till träden och stenblocket och passagen däremellan och såg flickans ben som två vita pinnar och sedan såg han resten av kroppen, allt utom huvudet som fortfarande låg i skugga.

Han hade kunnat göra halt där, återvända till sitt sorgsna rum på polishuset och öppna mapparna och läsa om vad som hade hänt här. Han visste att det var så och det visade sig också stämma, senare, när obduktionen var över och han hade alla fakta som gick att få just då.

Men nu var det fortfarande morgon. Han såg läkaren, en ny en som han inte visste namnet på. Han såg ung ut. Kom ut och hälsade på honom. Sa ett par saker som han registrerade.

Hon hade slutat andas eftersom någon hade snarat åt hennes hals så hårt att det inte var möjligt att andas. Någon hade gjort andra saker med hennes kropp, ännu oklart vad.

Hon hade plånboken kvar i handväskan som Winter kunde se på marken inte långt från hennes hand.

Men så sträck fram handen och ta väskan, tänkte han. You can do it. Du kan fortfarande göra det.

Hon var arton eller nitton eller så. Han kunde titta om han ville men han ville inte röra något nu. Hon-hade-varit-arton. Det var vad det skulle bli. Jag stoppar där. Det blev inte mer än arton, max nitton. Inget vuxenliv, ingen familj, ingen amning, ingen barnvagn, ingen kolik, ingen skilsmässa.

Halders stod bredvid honom. Han sa något med låg röst till en av teknikerna. En nattfågel gav ifrån sig ett läte som påminde Winter om något. Det var inte situationen. Den var bekant utan ljudillustrationer.

Ficklampor lyste in i skrevan. Han såg ett ansikte på marken. Det verkade på något egendomligt sätt fortfarande befinna sig i skuggan.

Han hörde en melodi inne i huvudet. Vill ha dig i mörkret i kväll. Uteserveringen samma natt. Gick hon förbi? Gick hon förbi just där med sina vänner? Jag flyger, jag svävar fram. Låt det aldrig ta slut. Om jag inte tar dig nu så tar nån annan dig. Bort från mig.

4

Flickans namn var Angelika. Hennes identitetshandlingar fanns i handväskan.

Håret var mörkt och kläderna i oordning. Det hade funnits löv och några grässtrån i hennes hår. Hon hade legat med huvudet som på en kudde av gräs.

Som om någon gjort en kudde till henne. Han bar med sig bilden in till obduktionen. Pia E:son Fröberg, rättsläkaren, arbetade med Angelikas kropp. Så mycket var så välbekant för honom. Kroppen, upplyst. Läkarens vita rock, upplyst också den av det hårda ljuset i taket. De nakna kroppsdelarna. Inget liv här.

Hur många gånger hade han stått så? Inte många men alltför många ändå, naturligtvis. En gång var för mycket.

Han visste att hon var strypt. Ett band över hennes hals som inte gick att ta bort, knäppa av. Pia bekräftade det: kunde vara ett koppel, hundkoppel, strypkoppel. Kunde vara ett rep. Inte ett kängsnöre.

Bara några timmar innan hade de fått larmet. Vad hade han gjort då? Plötsligt tänkte han så. Vad hade han gjort exakt då?

Vad hade hon gjort timmen innan det hände? Vad hade Angelika Hansson gjort?

Hon hade druckit, kanske för mycket. Hon hade kanske hållit någon i handen.

Hon var nitton år. Han tänkte på Halders berättelse om Jeanette Bielke, hennes vittnesmål. Hon var också nitton år, nybliven student sedan snart en månad. Gymnasiekompetens, som Halders hade sagt. Jeanette Bielke hade i vilket fall haft studentmössa i sitt rum, sjung om studentens lyckliga dar. Hade Angelika haft studentmössa? Hade hon känt Jeanette? Hade de gemensamma vänner?

"Hon var gravid", sa Pia E:son Fröberg som kommit bort till honom.

Winter nickade utan att svara.

"Hör du vad jag säger, Erik?"

Han nickade igen.

"Du blir sannerligen tystare och tystare för varje år."

För varje säsong, tänkte han. Tystare för varje säsong.

"Vilken månad?" frågade han.

"Jag kan inte säga exakt", svarade hon. "Men inte många veckor." Hon tittade tillbaka på flickans kropp. "Jag undrar om hon ens visste själv."

"Du är säker på graviditeten?"

"Det är klart."

Winter gick två steg närmare kroppen. De visste ännu ingenting om henne, mer än det de funnit i handväskan, och det fanns hos kommissarie Beier på tekniska roteln.

Snart skulle han besöka hennes hem. Han hade adressen. Hennes föräldrar fanns därute i ett annat rum upplyst av ett hårt ljus bara några meter därifrån. Två ansikten, bleka av chocken.

Han hade inte sett en pojkvän där, någon som kunde vara en pojkvän. Ingen annan bredvid föräldrarna som inte kunde vara mer än några få år äldre än han själv. Folk fick barn när de var tjugotvå. Angelika var ett sådant barn. En gravid dotter. Visste de?

"Vad i helvete?" Mannens ansikte hade blivit vitt. Lars-Olof Hansson, flickans far. Hans fru stod bredvid, Angelikas mor, Ann. Ögon som krympt av sorg och förtvivlan. "Vad i helvete säger du?"

Winter upprepade vad han sagt.

"Hon har inte haft en pojkvän på två år", sa fadern. Han tittade på sin fru. "Har du hört om en pojkvän, Ann?"

Hon skakade på huvudet.

"Det kan inte stämma", sa han och vände sig mot Winter igen.

"Det är omöjligt."

"Hon har aldrig... pratat med mig om det", sa modern. Hon tittade på Winter med ögon som blivit större. "Hon skulle ha sagt nåt." Hon tittade på sin man nu. "Vi pratade om allt. Det gjorde vi ju, Lasse. Det vet du."

"Ja."

"Om allt", upprepade hon.

Hon visste inte, tänkte Winter. Jag tror inte hon visste. Han hade inte fått alla detaljer av Pia ännu. Det fanns någon annan som kanske inte visste. Det behövde inte vara en pojkvän, i den betydelsen. En tillfällig partner, möjligen. Hur många sådana hade hon haft? Han tittade på föräldrarna. Alla dessa frågor som han skulle tvingas ställa just när tillfället var som sämst. Och samtidigt som bäst, när allt var... färskt. Han tänkte på flickans kropp inne på metallbordet i rummet intill.

"Vi behöver veta allt om hennes vänner", sa han. "Allt ni kan komma på, om alla."

"Hör det här med hennes... graviditet ihop med mordet?" frågade fadern och tittade skarpt på Winter.

"Jag vet inte", svarade han.

"Varför frågar du så jävla mycket om den då?"

"Lasse", sa hans fru.

"Ja?" Mannen vände sig mot henne.

"Han gör sitt jobb", sa hon och plötsligt tyckte Winter att hon såg starkare ut. "Vi vill ju veta."

Jag gör bara mitt jobb, tänkte Winter.

De satt i Halders rum. Vad sällan jag varit här, tänkte Winter. Undrar varför.

Halders hade ingenting på sina väggar, inget handfat utefter ena kortväggen. Det fanns en krok på väggen innanför dörren men där hängde ingen rock eller jacka. Fönstret vette mot Ullevi. Arenan låg i skugga. Det fanns inga bilar på gatan framför. Ingen rörde sig där. Halders hade öppnat fönstret. Det hördes inga ljud bortsett från fläktarna som forslade runt luften mellan rummen.

"Schillerska", sa Halders.

"Mhm."

"Dom var trettitre i klassen."

"Ja."

"Var ni så många när du gick i plugget?" frågade Halders och såg på Winter över skrivbordet där det stod två brevkorgar med stora pappershögar.

"I gymnasiet? Jag minns faktiskt inte hur många vi var. Kanske tjugo."

"Du gick i privatskola, va?"

"Tyvärr."

"Det är för sent att be om ursäkt", sa Halders.

Winter log.

"Schillerska", upprepade Halders. "Samhällsvetenskaplig." Han tittade upp på Winter och sedan på papperet han hade framför sig. "Det var inte mycket hon fick ut av samhället." Han tittade på Winter igen. "Det finns vetskap man kan vara utan."

"Vi får höra alla klasskompisarna", sa Winter.

"Många är utomlands."

"Vi får börja med dom som är hemma."

"Dom andra kommer ju hem så småningom", sa Halders. "När det fria livet är över för den här gången."

Winter kände en lukt genom fönstret. Han såg flaggorna röra sig på stängerna framför arenan. Den svaga vind som fanns hade vänt.

"Var var det flickan från Långedrag hade gått?" frågade Halders. "Jeanette Bielke."

"Rudebecks. Sigrid Rudebecks."

"Privatstället?"

"Ja."

"Var det inte där du gick?"

Winter nickade.

"Då tar väl du det?"

Winter nickade igen.

"Hur många var dom i hennes klass?"

"Tjugo", svarade Winter och reste sig. Han gick tillbaka till sitt rum. Han skulle dricka ett glas vatten och ringa sin gamla skola. Kanske skulle hans gamla klassföreståndare svara. Det hade varit en ganska ung man då. Winter visste att han blivit rektor för skolan nu, hade läst det.

Han satte sig med telefonluren men tvekade och la på igen och sträckte sig efter en av mapparna och började läsa. Han letade efter en detalj i en av rapporterna. Han visste ännu inte riktigt vad det var men han skulle känna igen det när han kom dit.

Halders körde tillbaka till familjen Bielke. Han var ensam och hade ringt tidigare. Han parkerade och gick över gruset. Jeanette satt på verandan. Halders tänkte kort på vad hon tänkte på.

Hon tittade upp och fick syn på honom och såg ut som om hon började må illa. Halders var framme.

"Vi sticker härifrån", sa han.

Hon rörde sig inte.

"Vill du åka ut till Saltholmen en sväng?"

Hon ryckte på axlarna. Irma Bielke kom ut på altanen och tittade på sin dotter.

"Vi åker en sväng", sa Halders, men hon verkade inte höra. Dom är alla i chocktillstånd, tänkte han. Idyllen har rämnat och verkligheten har trängt in även i det här området.

Jeanette satte sig i bilen som hunnit bli varm i solljuset. Halders startade. När han växlade upp kom han åt hennes vänstra knä och hon ryckte till häftigt. Han låtsades inte om det och körde nedför gången och ut på vägen.

"Har du nåt favoritställe härute?" sa han när de närmade sig bryggorna och klipporna.

"Ja..."

"Ska vi sätta oss där?"

Hon ryckte på axlarna.

Där var fullt av bilar. Halders felparkerade mitt emot glasskiosken och fäste id-lappen på framrutan. Många gick förbi, på väg till eller från båtarna. Ett barn skrek och släpades med av föräldrarna.

Två flickor i Jeanettes ålder log, kanske åt honom, kanske mot henne.

"Du får visa vägen", sa han. "Vill du ha en glass, förresten?"

Hon ryckte på axlarna.

"Varje gång du rycker på axlarna tolkar jag det som ett ja", sa Halders.

Hon log.

"Gammaldags vanilj", sa hon. "Och himmelsk röra."

Glassen började rinna nedför fingrarna på Halders när de gick mot klipporna. Han slickade så fort han kunde. Hon hade tagit en bägare.

De klättrade mot toppen och ner på andra sidan. Havet låg öppet. Det fanns segel överallt. Vinden förde med sig en stark lukt av hett salt. Det var färre människor än han trott på klipporna. Ingen hade lagt sig på hennes ställe.

"Det är här", sa hon.

De satte sig.

Hon såg ut över inloppet som var smalt. På andra sidan dök en kille.

"Jag var här samma dag", sa hon.

Halders nickade.

"Det är overkligt", sa hon och tittade på Halders. "Som en annan... tid, liksom. Som i ett annat land eller nåt." Hon tittade ut mot vattnet igen. "Som om det inte hänt ens. Som en dröm, va?" Hon tittade på Halders igen. Vad är det som är drömmen och vad är verkligheten? tänkte han.

"Jag kan inte säga vilket som är dröm och vilket som är verklighet", sa hon. "Jag önskar att jag visste vad som var vad... vilket som skulle ha hänt var... men så är det ju inte." Halders såg det slutna ansiktet, sorgset. Något var stängt där, för gott. Hon har slocknat, tänkte han. Nåt har slocknat. Jag skulle kunna slå ihjäl den jäveln. Ja. Nej. Det är ingen lösning. Ingen rehabilitering tillbaka in i det goda samhället.

"Du känner alltså inte Angelika Hansson?"

"Nej, har jag sagt."

"Kanske träffat henne?"

"Det borde jag väl ändå ha kommit ihåg."

Hon hade sett fotografier av Angelika. Halders hade ett i bröstfickan men han tog inte fram det.

"Hon hade ju också tagit studenten", sa han.

"Och därför skulle vi känna varandra?"

"Har man inte en gemensam fest?"

"Är du allvarlig? Vet du hur många som går ut gymnasiet varje år i Göteborg?"

"Nej."

"Inte jag heller. Men tillräckligt många för att det inte ska gå att ordna *en* enda fest." Hon tittade på Halders nu. "Det heter bal, förresten. Studentbal."

Nästa steg är audiens hos konungen, tänkte Halders.

Någon dök igen på andra sidan vattnet. Några trampade förbi på klipporna ovanför dem.

"Vad hände mellan dig och din pojkvän?"

"Det har inget med det här att göra."

"Berätta ändå."

"Om jag inte vill då?"

Halders ryckte på axlarna. Nu var det hans tur.

Hon följde en båt som gled genom loppet, på väg mot havet. En man ombord vinkade men hon vinkade inte tillbaka.

"Vi gjorde slut, helt enkelt", sa hon.

Halders såg hur killen fortsatte att vinka och han vinkade tillbaka för att få slut på viftandet.

"Han tyckte visst inte det själv?" sa han.

"Nu är jag inte med."

"Han ville visst inte acceptera det."

"Var har du fått det ifrån?"

Halders svarade inte.

"Tro dom inte", sa hon.

"Vilka då?"

"Pappa och mamma förstås", sa hon. "Det är dom som har sagt det, va? Att det var nåt bråk, antar jag dom sa. Det var nåt sånt, eller hur?"

Halders väntade med svaret.

"Dom har aldrig tyckt om honom", sa hon.

"Men det är väl slut?"

"Ja."

"Ja?"

"Det blev slut, för helvete. FÖR HELVETE!" Hon tittade på honom, rakt i ögonen. "Har det aldrig hänt dig?"

"Jo."

"Har du behövt förklara hur? Och varför och var? Och för en detektiv?"

"Nej."

"Då så."

"Du vet varför jag frågar", sa han och kände solen på den kala delen av hjässan. Han måste skaffa keps, en vanlig tunn keps. Ingen jävla basebollmössa. "Han dök upp ett par gånger hemma hos er och ville komma in, eller?"

"Kanske nån gång. Nån kväll."

"Han var lite... bråkig. Ville komma in och snacka med dig."

"Han var full", sa hon.

"Varför?"

"Herregud."

"Varför?" upprepade Halders.

Hon suckade, verkligen suckade.

"Han var ledsen", sa hon.

"För att det var slut?"

Hon ryckte på axlarna. Ett ja.

"Men du ville att det skulle vara slut?"

Hon nickade.

Det finns nåt hon inte vill säga. Nåt viktigt. Vad är det?

"Och han förstod inte det", sa Halders. "Att du ville."

"Kan vi inte sluta prata om Mattias nu? Varför pratar vi hela tiden om honom?"

"Har du träffat honom... efteråt?"

"Efter det att jag blev våldtagen?"

"Ja."

"Säg det då. Våldtagen. VÅLDTAGEN!"

Halders såg en kvinna på klippavsatsen ovanför svaja till i steget.

"... efter det att du blev våldtagen", sa Halders.

"Nej, jag har inte träffat honom. Har du?"

"Nej."

"Det borde du väl göra. Du frågar ju hela tiden om honom."

"Jag ska träffa Mattias. I morgon."

"Bortkastat", sa hon. "Det var inte han, om du tror det."

Winter läste. Började det – pånytt – med Jeanette Bielke? Fortsatte det med Angelika Hansson? Skulle det fortsätta?

Han kände den gamla maktlösheten. Spekulationen kring de brott som utförts. Kring dem som väntade på att utföras. Som väntade på att utföras.

Men något var annorlunda. Han trodde att det var en och samma person som våldtagit Jeanette Bielke och mördat Angelika Hansson. Ibland var det mer än att veta, en hjälp, ett stöd.

Ännu ett brott väntade på att utföras och framför sig på skrivbordet hade han resultatet av vad som skett hittills. Han hade tagit fram allt det gamla materialet om Beatrice Wägner. Den obehagliga känslan av att återigen stöta på ett ohyggligt brott. Som ett möte i mörkret.

Det färska minnet av hennes fars röst; inte mer än ett par månader sedan. De hade hållit kontakt genom åren. Winter visste inte för vems skull.

Så länge jag pratar med någon anhörig kan det här fallet inte läggas till handlingarna.

Nu har vi fått en ny chans.

Mobilen ringde där den låg på bordet. Han såg på displayen att det var hans mor, direkt från Nueva Andalucía i bergen ovanför Marbella. Ett vitt hus med tre palmer i trädgården. Altan, och sol och skugga. Han hade varit där för två år sedan i det gamla årtusendet när hans far begravts under Sierra Blanca.

"Hur har ni det i värmen?"

"Hur har du det själv?" svarade Winter.

"Dom säger här på teve att det är varmare i Skandinavien än i södra Spanien", sa hon.

"Då vänder turiströmmen", sa han, "spanjorerna kommer hit för solens skull."

"Gärna för mig." Han hörde hur det klirrade i hennes närhet och tittade på klockan. Över fem. The Cocktail Hour. Happy Hour. Dags för en mycket torr och mycket kall martini. Jag kunde tänka mig en själv.

"Vad gör du annars?" frågade han.

"Inte mycket."

"Lotta sa att du vill ha ner oss i september."

Hans syster hade berättat det i går. En familjeträff på Costa del Sol.

"Ni måste komma då. Jag måste få krama Elsa. Och alla er andra, förstås."

"Det är ju bara att komma hem."

"Barnen tycker det är så roligt att få komma hit", sa hon.

"Vilka barn? Mer än Elsa?"

"Vad säger du? Lottas, förstås."

"Dom är tonåringar."

"Nu ska du inte vara sån, Erik." Han hörde klirret av is mot is igen och tänkte på vatten och bad och en drink. "Hur *är* det med Elsa?"

"Hon pratar och står i."

"Pratar hon mycket?"

"Dagarna i ända."

"Det är ju fantastiskt."

"Ja, är det inte?"

"Hon kommer att gå långt."

"Just nu går hon inte alls. Hon har tagit en liten paus i utvecklingen."

Det svala klirret av is igen. Svalkan genom kroppen. Han behövde en *drink*.

"Snart springer hon runt i hela våningen."

Winter svarade inte.

"Men ni måste verkligen börja tänka på hus nu, Erik."

"Jaha."

"Om inte annat så för Angelas skull. Det förstår du väl? Hon kan inte hålla på och släpa barn och barnvagnar och gud vet allt i trapporna."

"Det finns hiss."

"Du förstår vad jag menar."

"Vi är två som släpar."

"Erik."

"Vi trivs i stan."

"Gör Angela verkligen det också?"

Han svarade inte. Det var inte ett problem. Tankarna kom tillbaka nu, på det andra. Det fanns andra problem.

Dörren öppnades. Halders kom in utan att knacka.

"Jag har fått besök", sa Winter och sa adjö och tryckte av.

5

HALDERS VAR RÖD I PANNAN, där hårfästet en gång suttit. Han stängde dörren efter sig och strök sig över huvudet.

"Det är värmerekord därute", sa han och satte sig mitt emot Winter. Han hade en rodnad över öronen, som stod ut från huvudet och gav ansiktet ett mildare drag mitt i sin hårdhet.

"Har du solbadat?"

"Ja", sa Halders och kliade sig i pannan. "Med Jeanette Bielke. På hennes favoritställe bland klipporna." Halders tittade på Winter och strök sig över vänstra örat. "Fast det verkar inte vara det längre."

"Sa hon nåt?"

"Vi pratade om hennes boyfriend."

"Ja?"

"Eller före detta. Fast det verkar han inte förstå. Mattias Berg. Han heter Mattias Berg."

"Jag vet."

"Han vill inte släppa henne fast hon bestämt sig för att släppa honom."

"Inte alldeles ovanligt", sa Winter.

Det har hänt mig. För länge länge sen. Nånstans nån gång stod jag och hamrade på en dörr som ingen ville öppna. Då kändes det som en fråga om liv och död.

"Nej", sa Halders, "inte ovanligt. Men jag vill prata med killen."

"Visst", sa Winter och reste sig och gick bort till handfatet. Han tog ett glas från en hylla och fyllde det med vatten. "Vill du ha?"

"Ja tack", sa Halders. Han sträckte sig över skrivbordet när Winter räckte honom glaset. Han såg rättsläkarens rapport på bordet, rapporten om Angelika Hansson.

"Jag fick den precis", sa Winter.

Halders nickade och drack.

"Det var inte en fullbordad våldtäkt."

"Bara ett mord", sa Halders.

"Han hade försökt", sa Winter. "Det är så det ser ut i alla fall."

"Han fick inte upp den", sa Halders.

Winter ryckte på axlarna.

"Då väntar vi bara på SKL", sa Halders.

SKL, tänkte Winter. Han hade väntat förr på besked från kriminallaboratoriet i Linköping. DNA-analyser som inte givit resultat. Analyser som givit resultat. Det var alltid värt att vänta. Arbetet bestod i väntan och det svåra var att försöka finna nya vägar mitt i denna väntan. Att inte förlita sig helt på att tekniska och kemiska analyser skulle lösa alla gåtor. Han hade stått med tekniska lösningar av gåtor som förklarade hur och vem och var men inte varför. Han fick gå därifrån med det stora *varför?* Som ett minne omöjligt att glömma.

"SKL kan tala om för oss om det är samma jävel", sa Halders. Han drack igen av vattnet, stånkade lite när han flyttade kroppstyngden på stolen. "Tror du att det är samme fan?"

Jävel och fan, tänkte Winter.

"Hur menar du?" frågade han.

"Som våldfört sig på båda flickorna."

"Ja."

Han hade inte velat svara på det alls men hans "ja" kom automatiskt, som en undermedveten önskan om att de skulle ha något att gå på redan nu, i början av utredningen.

"Och nästa fråga: samme fan som mördade Beatrice", sa Halders.

"Jag vet inte."

"Jag frågade vad du trodde."

"Kan inte svara på det än", sa Winter och tog upp rapporten från Pia E:son Fröberg. "Däremot är det utom allt tvivel att Angelika Hansson var gravid. Sannolikt i sjunde veckan."

"Det låter tidigt", sa Halders. "Sjunde veckan."

"Det är tidigt. Hon borde ha vetat själv i femte."

"Om hon överhuvudtaget misstänkte nåt", sa Halders. Han reste sig och gick bort till tvättstället och fyllde på vattenglaset. Winter såg en rodnad över nacken.

"Jag pratade med Pia", sa Winter. "Hon fick inte mens efter femte veckan och var hon någorlunda normal så borde hon anat det."

"En del förtränger sånt där", sa Halders.

"Eftersom föräldrarna inte visste så visste inte hon heller, menar du?"

"Jag vet inte. Men hon sa i alla fall inget. Om hon visste så höll hon det i alla fall för sig själv."

"Kanske inte helt", sa Winter.

"Du tänker på fadern till barnet?"

Winter nickade.

Fadern, tänkte Halders. Troligtvis en blek nittonårig stör utan en aning om vart han är på väg i livet. Eller så är han något mycket värre och det är vad vi söker här.

Winter tänkte på fadern. De hade så mycket folk de kunde få fram för att ställa frågor till vänner, bekanta, klasskamrater. Familjen. Släktingar. Vittnen. Vittnen av alla slag. Taxichaufförer som förr var bra vittnen men nu usla vittnen eftersom de inget sett och inget hört eftersom de inte borde ha kört på den vägen den kvällen eftersom de inte borde kört alls eftersom de inte var anställda på lagenligt sätt. Och så vidare och så vidare.

"Han kanske inte vet", sa Winter. "Om hon själv faktiskt inte visste så visste inte han heller. Eller så visste hon... hade precis fått veta, men höll det för sig själv och så kanske det skulle förbli. Om du förstår."

"Abort", sa Halders.

Winter nickade.

"Men han vet ju i alla fall att hon är död", sa Halders. "Det har inte gått att hemlighålla för nån. Han kan liksom inte ha missat det."

"Om han är i landet."

"Då hör han av sig när han kommer tillbaka", sa Halders. "Om vi inte fått fram namnet innan." Han tittade på Winter. "Vi borde få fram namnet. Vi ska få fram namnet."

"Ja."

"Hör han inte av sig ligger han illa till."

Kanske mer illa än vi tror just nu, tänkte Winter.

Halders mobiltelefon ringde i hans bröstficka. Winter tittade på klockan. Den var några minuter i fyra på eftermiddagen. Han längtade plötsligt därifrån, till Angela och Elsa och ett kvällsbad och liv och *hopp*. Bort från alla hypoteser kring död och ofullbordat liv. Angelika Hanssons liv var som ett första kapitel i en bok och hennes ofödda barn va...

"Jag hör dåligt", sa Halders med hög röst in i luren och reste sig. Hans panna blev vitstrimmig när han rynkade den. "Repetera, tack."

Winter såg hur Halders ansiktsuttryck förändrades när han började uppfatta vad rösten i telefon sa till honom.

"Va i he...", sa Halders. "Va i he..."

Han rynkade ansiktet som om han inte hade kontroll över sina muskler. Det såg mycket egendomligt ut. Winter förstod att något allvarligt inträffat. Att det inte rörde utredningen.

"Ja... ja visst", sa Halders. "Jag åker dit med en gång." Han knäppte av samtalet och tittade på Winter med ett nytt uttryck i sitt röda ansikte som blivit blekt. Nästan grått.

"Det är min exfru", sa han med en röst Winter inte hört förut. Halders fortsatte att titta på Winter. "Min exfru. Mar... Margareta. Hon blev ihjälkörd för en timme sen på trottoaren."

Han strök sig över huvudet, kliade sig återigen över det röda stället i pannan, det var som om förra gången varit i en annan tideräkning. Inget nu skulle bli som då.

"På en jävla trottoar, va? På en trottoar utanför ett snabbköp i Lunden." Han gjorde en gest mot fönstret. "Det är ju inte långt härifrån." Musklerna i hans ansikte rörde sig igen, utan kontroll.

"Vad hände?" sa Winter som inte hade en aning om vad han skulle säga.

"Påkörd", sa Halders med egendomlig röst. "En smitare." Han

tittade förbi Winter ut på det vackra eftermiddagsljuset. "Vad annars, va?"

"Är det... konstaterat? Att hon är... död?" frågade Winter. "Vem var det som ringde?"

"Va?" sa Halders. "Vad sa du?"

"Vart ska vi åka?" sa Winter och reste sig. Halders stod orörlig. Det ryckte i hans ansikte. Han försökte säga något men det kom inga ord. Sedan såg han på Winter och blicken fixerades och han reste sig upp.

"Östra", sa han. "Jag sticker nu."

"Jag kör", sa Winter.

"Jag klarar det", sa Halders men Winter gick före ut genom dörren och de tog hissen ner och gick ut på parkeringen. Halders satte sig bredvid Winter utan ett ord och Winter körde österut.

Ett brutalt besked, tänkte Winter. Milt uttryckt. Kunde de inte sagt att hon var svårt skadad... vem var det som hade pratat med Halders?

Han hade hört en rolig historia en gång på det temat. Han tänkte plötsligt på den när det blev mörkt inne i bilen i skuggorna från husen som var höga utefter esplanaden.

Historien handlade om en man som reser utomlands och ringer hem och hans bror säger omedelbart att din katt är död. Han svarar att du får inte lämna såna brutala besked så direkt. Du kan säga att katten var på taket... just det, katten var på taket, och brandkåren kom och polisen och alla gjorde vad dom kunde för att få ner katten och till slut lyckades det men den slank undan och hoppade och landade olyckligt och fördes till sjukhus och ett läkarlag opererade hela natten men måste till slut konstatera att kattens liv inte gick att rädda. På sånt sätt ska en så tragisk händelse berättas. Lite inlindat. Brodern säger att han förstår och de säger hej och några dar senare ringer mannen hem igen och brodern säger att det just inträffat en tråkig sak, bara för en liten stund sen. Vad då? frågar mannen. Mamma var på taket, svarar brodern.

Winter skrattade inte. Halders var tyst. De körde på motorleden och tog av vid rondellen mot sjukhuset. Winter kände svetten i ryggslutet. Trafiken var tät, tidiga semesterfirare som återvände efter en dag på klipporna på de stora öarna i norr eller vid sjöarna i öster.

"Barnen vet inget än", sa Halders.

Winter väntade på en fortsättning medan han körde in på sjukhusparkeringen. Skuggorna var skarpa och långa.

Han visste nästan ingenting om Halders familj, bara att kollegan varit skild några år och att han hade de två barnen.

"Jag har två barn", sa Halders.

"Jag vet."

De hade pratat om det men Halders hade glömt.

"Dom är i skolan nu FÖR HELVETE", skrek plötsligt Halders.

Winter parkerade. Halders var ute ur bilen innan den hade stannat och började halvspringa mot en av sjukhusbyggnaderna.

Han var en främling för Winter, och samtidigt som en familjemedlem.

Precis så tänkte Winter när han såg Halders gestalt rusa över asfalten genom solljuset och sedan förmörkas vid ingången till akutmottagningen. Halders hade blivit på samma gång mer främmande och mer nära. Winter fick en ny känsla av overklighet, som om han stigit in i en dröm. Han kunde inte längre se Halders och han visste inte vad han skulle göra.

Här hade han varit nyss, följt flickan Hansson från parken i city till hennes sista undersökning. Nu var han här igen.

Halders stod vid båren. Margaretas ansikte var fortfarande som han mindes det sedan sist.

Bara tre dar sen. Söndag. Han hade varit på Burger King med Hannes och Magda, och Margareta hade öppnat med ett leende och han hade sagt nåt och sen gått utan att komma med in. Den här gången. Inte för att dom var ovänner. Det var längesen. Längesen han var en idiot. Han var fortfarande en idiot men då hade han varit det på ett annat sätt.

Han kunde inte se resten av kroppen under allt det vita och han ville inte. Han tänkte på Hannes och Magda samtidigt som han tänkte på Margareta. Han tänkte på de döda flickorna i samma stund och det räckte för att han skulle börja sjunka mot golvet, tappa balansen, finna den igen, gå fram till båren, sjunka mot Margaretas ansikte, hålla kvar ögonblicket som han visste var det sista.

Nu har det hänt mig, tänkte han. Hänt mig på allvar. Inte ett besök i andras olycka. Det här är min egen.

Han strök Margareta över kinden.

Det hade funnits en första gång.

Den förbannade tanken.

Hon hade varit nitton... nej... jo, nitton. Hon hade varit som flickorna som han och Winter hade pratat om för bara en halvtimme sen.

Han hade varit tjugotvå, snart färdigutbildad snutjävel.

Han strök henne över kinden igen.

Skilsmässan hade inte betytt nånting. Inte på det sättet. Den kom inte emellan på det sättet.

Någon sa något. Han lyssnade inte, stod kvar på knä vid båren, tänkte göra det länge.

Han kände en hand på axeln och såg upp på Winter.

Det var ljust som på dagen när Winter kom hem på kvällen. Allt därute sken in i våningen. Det luktade mat i hallen men han var inte hungrig längre.

Han hade ringt till Angela för några timmar sedan.

Han gick in till Elsa och funderade på att väcka henne men nöjde sig med att lukta på henne, och lyssna.

Angela väntade i köket med lite vin.

"Jag tar en whisky", sa Winter och gick till köksbänken och tog en av flaskorna där och hällde några centimeter i ett kraftigt glas. Inget tunt maltwhiskyglas nu.

"Oj."

"Du kan ta resten om jag inte får i mig allt."

"Bara för att jag precis har slutat amma behöver jag inte bli alkoholist."

"Skål", sa Winter och drack. Angela höjde sitt vinglas.

"Är du hungrig?"

Winter skakade på huvudet, kände whiskyns kraft i kroppen, satte sig vid bordet och tittade på Angela som var lite röd om kinderna. Det var varmt i köket.

"Hur är det med Fredrik?" frågade hon.

Winter gjorde en gest med handen. Halders är fortfarande med oss. Han har inte brutit samman helt.

"Vad händer med barnen?"

"Vad menar du?"

"Vad jag säger. Hur är det med barnen?"

"Du sa 'vad händer med barnen'. Det är väl självklart. Dom är med Halders."

Angela sa ingenting.

"Tror du att han inte klarar av det?" sa Winter.

"Det sa jag inte."

"Det lät lite åt det hållet."

Angela svarade inte. Winter drack igen.

"Dom är i huset uppe i Lunden", sa han. "Halders tyckte det var bäst. Just nu."

"Det tror jag med."

"Han var sammanbiten", sa Winter. "Eller vad det kan kallas. När vi åkte från Östra. Till deras skola."

Angela tog en liten klunk vin, blundade, tänkte på barnen.

"Det var för jävligt", sa Winter. "En hemsk upplevelse. En lärare var kvar med dom i skolan tills vi kom." Han drack igen. Det smakade inget längre, bara sprit. "Det hade ju hänt när dom fortfarande de hade lektion så... ja, dom var kvar."

"Körde du dom hem?"

"Ja." Winter tittade på klockan. "Det blev ett par timmar."

"Naturligtvis." Hon reste sig och gick bort till spisen och stängde av fläkten. Det blev en annan tystnad därinne. Winter kunde höra ljud nere från innergården. Glas. Röster. "Men dom är väl inte ensamma där nu?"

"Hanne är där", sa Winter. Han hade ringt polisprästen, Hanne

Östergaard. Hon var bra på samtal. Tröst, kanske. Han visste inte. Jo. Tröst. "Halders protesterade inte när jag föreslog det." Han hörde rösterna igen, högre, men inga ord som gick att tyda. "Hanne skulle ringa efter en psykolog, tror jag. Dom pratade om det i alla fall."

"Bra."

"Och Aneta kom."

"Aneta? Aneta Djanali?"

"Ja."

"Varför det?"

"Det var Halders som ringde. Hon kom direkt."

"Jobbar dom mycket ihop?"

"Nästan jämt."

"Har dom inte en rätt ansträngd relation?"

"Var har du fått det ifrån?"

"Kom igen, Erik. Vi har ju haft lite att göra med dom. Du har väl sagt nåt nån gång."

"Äh... det har nog mest varit jargong." Han lyfte glaset och såg till sin förvåning att det var tomt. Han reste sig och gick bort till flaskan. "Han behöver ju tydligen henne nu." Han hällde. En och en halv centimeter. "Det är ju inte bra att vara ensam. Med barnen."

"Inga släktingar?"

"Inte i stan i alla fall."

Angela såg ut genom fönstret när han kom tillbaka och satte sig. Därute mörknade himlen och det fanns gula stråk av ljus över hustaken. Hon hörde röster och glasklirr från gården.

"Jag tänker på barnen hela tiden", sa hon och vände sig mot Winter igen. "Var dom helt upprivna?"

"Nej. Åtminstone inte på ytan. Väldigt tysta. Det är väl chocken."

Någon skrattade högt nere på gården, fler skrattade. Han reste sig och gick bort till fönstret. Ett sällskap satt fyra våningar ner och hade trevligt i sommarnatten. Han stängde fönstret men stod kvar.

Vad skulle hända nu? Han behövde Halders men han skulle inte tänka på det en minut mer om Halders stannade hemma. Det var

Halders beslut. Han skulle inte påverka honom.
Vi är ändå mänskor i första hand.
Han gick tillbaka till Angela och whiskyn.

6

DET VAR VARMT I RUMMET, kvavt av sommaren. Ingen vind utanför, ingenting att släppa in i rummet för att byta ut luften som kändes klibbig på huden.

Winter såg på högen av pärmar framför sig, papper, fotografier. Det fanns färska utskrifter som Möllerström gjort från hårddiskarna men det mesta luktade förgången tid. Fem år sedan, en annan sommar. Beatrice Wägner. Papperen om hennes våldsamma död luktade damm och torrt mörker, gav ett falskt intryck av frid som var så påträngande att det nästan fick honom att lägga undan den här mordbibeln och gripa den nya, den knappt påbörjade om Angelika Hansson.

Mordbiblar var rapporter om död samlade för evig läsning, om och om igen. Ingen frid.

Han hade beställt upp en särskild pärm med pressklippen. Tidningspapperet kändes som hundra år när han tog i det.

Han reste sig och ställde sig vid det öppna fönstret och tände en Corps. Cigarillen smakade rent och lätt efter bläddrandet i de gamla dokumenten. Det var morgonens tredje. Han rökte över tjugo om dagen, ibland fler. Varje ny skulle kunna vara den sista. Ingen rökning hemma längre, vilket var en bra utveckling. En annan: Corps Diplomatique var ett märke på väg bort. Hans tobakshandlare hade varnat honom. Varje paket kunde vara det sista, men Winter var inte mycket för hamstring. När inga Corps fanns längre skulle han sluta.

Han drog ett bloss och följde den svaga trafiken bortanför ån. Spårvagn, buss, bil, spårvagn igen, fotgängare. Allt i ett solljus som inte kastade skuggor nu när det snart var lunch.

När det inte finns några Corps längre lägger jag av, tänkte han igen.

När det inte finns några lik längre lägger jag av. Ha!

Han gick tillbaka till skrivbordet. Han hade bestämt sig för att följa hela Beatrice-fallet från början, arbeta sig igenom alla vittnesmålen, redogörelserna. Fanns det något där som de kunde ha nytta av nu skulle han finna det. Försöka finna det. Nej. Finna det.

Beatrice Wägner hade bott med sina föräldrar i en villa i Påvelund i västra staden. Inte mer än en dryg kilometer söderut från villan i Långedrag där Jeanette Bielke bodde.

Det kunde inte heller vara mycket mer än två kilometer ytterligare söderut från Påvelund till villan i Önnered där Angelika Hansson hade bott, tänkte Winter. Rakt söderut.

Han reste sig igen och gick bort till stadskartan på den södra väggen och följde med fingret en linje som gick i rakt nordlig riktning från Angelikas adress genom Beatrices och slutade hemma hos Jeanette. Spikrak linje. Det var en egendomlighet men behövde inte betyda någonting. Gjorde sannolikt inte det.

Han stod kvar vid kartan. Beatrice Wägner hade gått på Frölundagymnasiet. Liksom Angelika och Jeanette hade hon tagit studenten. Hon hade varit samhällsvetare som de andra två. Hon hade varit kvar i stan när de flesta andra hade åkt bort. Han kom inte ihåg nu om hon hade haft något sommarjobb. Jeanette hade inte haft något sommarjobb. Angelika hade haft ett, på ett lager.

Tre flickor, alla nitton år. Nyss färdiga med gymnasiet. Två denna sommar och den tredje en sommar för fem år sen. Tre olika skolor. Jeanette hade sagt att hon inte hade känt Angelika. Hade hon känt Beatrice? Han måste fråga henne om det. Det var ju inte omöjligt. De bodde ganska nära varandra i villaförorterna intill havet.

Hade det alltid varit så? Hade de gått i småskolan ihop? Högstadium? Ta det lugnt, Erik. Det finns inte tid att finna svar på alla frågor nu.

Hade Beatrice och Angelika känt varandra? Det borde finnas i utredningen.

Tre flickor. En levde och två var döda.

Han stod vid kartan. Om han kokade ner alla sina frågor till en enda, till Frågan, var det då denna: Var det en och samma mördare som de mött? Samme fan, som Halders hade sagt i det här rummet. Hade Jeanette också mött honom?

Winter läste, rökte vid skrivbordet nu. Följde Beatrice under hennes sista timme, eller timmar. Hon hade varit på stan med sina vänner. Hela tiden? Det var inte helt klart. Strax efter ett på natten skildes de åt. Tidig söndag morgon. De hade gått i grupp, fem av dem, och stannat vid ett Seven Eleven femhundra meter från parken och där, utanför butiken, eller därinne, hade något hänt som fått Beatrice att lämna sällskapet.

Winter läste vittnesprotokollen. Det fanns en lätt grumlig hinna över orden, som om minnet inte riktigt fungerat hos dessa ungdomar. Winter visste vad det var, hade sett det hundra gånger. De hade helt enkelt varit fulla, eller berusade i olika stadier, och nu hade alkoholen börjat gå ur kroppen och tröttheten hade börjat komma och sinnena var inte skarpa och sånt kan göra en människa irriterad och nervös och det var nåt sånt som hade hänt utanför butiken. Beatrice hade blivit förbannad och gått. Jo, de kunde minnas att hon blivit förbannad men ingen kom längre ihåg varför. Kanske ville hon röka inne på Seven Eleven. Kanske hatade hon just då hela världen, under ett berusat ögonblick.

Hon hade haft alkohol i kroppen, men inte så mycket. Kanske var det nåt annat.

Hon hade gått bort mot parken. Gänget hade sett henne gå. Låt henne gå. Hon kommer snart tillbaka.

De hade gått in i butiken men när de kom ut igen var Beatrice inte tillbaka. De hade ropat, och gått mot parken, och ropat igen.

Där hade de vänt. Hon skulle dyka upp. Hon var på andra sidan. Hon hade tagit nattbussen. Hon satt redan hemma hos Lina och väntade. Hon sitter där och väntar, hade Lina sagt därute i natten, för fem år sen, och då kom nattbussen och... tja, de hade hoppat på och kollat genom fönstren hela vägen förbi parken och Beatrice syntes inte till, vilket talade för att hon väntade på dem hos Lina. Eller hur?

Beatrice väntade inte. Hon fanns därinne bland träden hela tiden. Kanske. Hon fanns där definitivt klockan 11.45 på söndag förmiddag, bakom det gröna i stenblockets skugga: naken och mördad. Solen hade stått högt, lika högt som nu.

Kläderna hade legat i en hög intill. Winter läste vilka kläder hon hade haft den kvällen, de som dragits av henne av mördaren. Allt fanns med i förteckningen, men det var inte det han sökte. Han sökte det som saknades. Ibland saknades nånting som offret haft med sig och som gärningsmannen tagit med sig.

I Beatrices fall var det hennes skärp.

Winter hittade det i förhören med vännerna, och, senare, i samtalen med hennes föräldrar.

Beatrice hade ägt ett skärp av läder som inte hade hittats bland kläderna som legat i en slarvig hög bredvid hennes kropp.

En av spanarna som genomfört ett av förhören hade kallat skärpet för livrem. Ordet blev självlysande på papperet när Winter väl såg det. Livrem. En rem runt hennes liv.

Det kunde vara den som mördaren strypt henne med, tagit hennes liv med. De visste inte till hundra procent eftersom de inte hade funnit remmen. Skärpet.

Winter tog upp den andra mordbibeln. Angelikas. Han letade sig fram till förteckningen över hennes kläder. Tröja, shorts, strumpor, trosor, behå. Hårband. Gymnastikskor, basketmodell. Reebok. Inget skärp. Behövdes det inte till shortsen?

Hade någon frågat om hennes klädsel? Han kunde inte se någon anteckning om något skärp. Han läste Pia E:son Fröbergs utlåtande. Angelika kunde ha blivit strypt med ett läderskärp. Han lyfte telefonluren och slog direktnumret till Göran Beier på tekniska. Inget svar. Han ringde huvudlabbet. Rotelns ställföreträdande chef svarade efter två signaler.

"Ja hej, det är Erik. Jag tänkte att jag skulle störa dig ett par minuter."

"Varsågod."

"Jag sitter här med Wägner-utredningen. Beatrice."

"Ja."

"Jobbade du då?"

"Beatrice Wägner? Ja. Det var väl... fyra år sen? Fem?"

"Fem år. Ganska exakt dessutom."

"I vilket fall glömmer man ju inte."

"Nej."

"Vi gjorde vad vi kunde."

Winter hörde kanske en undermening i Beiers ord.

"Jag har inte gett upp", sa han.

Beier svarade inte.

"Det är därför jag ringer", sa Winter. "Det hör kanske ihop."

"Jaha?"

"Kommer du ihåg att Beatrice ägde ett skärp, som hon tydligen alltid brukade bära, och att det var försvunnet efter mordet?"

"Naturligtvis."

"Du kommer ihåg det?"

"Det sa jag just. Nån kompis hade till och med gjort nån kommentar om det samma kväll som hon... försvann", sa Beier. "Det läste jag i förundersökningen." Han gjorde en paus. "När jag tänker efter tror jag till och med att det var du som hade undertecknat dokumentet. Så gott är mitt minne."

"Jag har det framför mig här", sa Winter och rörde vid papperet. Han kunde se sin egen signatur: Erik Winter, kriminalinspektör.

"Det var före den ärofulla kommissarietiden", sa Beier. "Både för dig och mig."

Winter svarade inte.

"Det var väl Birgersson som ledde utredningen?"

"Ja."

"Jag kommer ihåg att vi hade ett snack om det där skärpet", sa Beier.

"Vad ledde det till?"

"Inte till mer än att vi trodde att skärpet kanske hade använts vid mordet. Men vi hittade det ju aldrig."

59

"Och nu gäller det Angelika Hansson", sa Winter.

"Jag hörde från Halders att ni kanske ser ett samband", sa Beier.

"Det kan finnas."

"Eller inte."

"Det kan också finnas ett skärp", sa Winter.

Beier var tyst. Winter väntade.

"Jag förstår vad du menar", sa Beier efter sin korta tystnad.

"Går det att se om Angelika Hansson brukade ha ett skärp till dom där shortsen som hon bar samma kväll? Ett skärp?"

"Det har vi redan konstaterat", sa Beier.

"Vad säger du?"

"Läser du inte rapporterna? Vad är det då för me..."

"När skickade du iväg dom?"

"I går, väl. Det sk... vänta, nån säger nåt här." Winter hörde hur Beier talade med en kollega. Sedan återkom hans röst i telefon. "Förlåt, Erik, men Pelle här säger att han inte har skickat iväg det där än. Han ville kol..."

"Okej, okej. Men hon hade alltså ett skärp?"

"Det har funnits ett skärp i byxlinningen runt hennes midja, svar ja. Runt just dom shortsen som låg i högen bredvid kroppen. Så mycket kan vi se. Det är inte komplicerat på nåt sätt."

"Men jag har inte hittat nåt skärp i förteckningen över vad som låg i den där högen", sa Winter.

"Nej, eftersom det inte låg nåt där."

"Han tog det alltså med sig", sa Winter, men mest för sig själv.

Beier sa ingenting.

"Angelika Hansson kan alltså ha blivit strypt med sitt skärp", sa Winter.

"Det är ju möjligt."

"Precis som Beatrice Wägner."

"Jag förstår vart du vill komma", sa Beier nu. "Men ta det lugnt."

"Jag tar det lugnt."

Han tog det lugnt en timme till medan solen därute kröp vidare över en himmel utan moln. Röken stannade i rummet. Han fortsatte att följa timmarna och sedan dagarna efter mordet på Beatrice Wägner.

Vittnen hade sett bilar på väg bort. En bil hade haft bråttom därifrån, enligt en kvinna, men han visste att det kunde vara en efterkonstruktion, en dramatisering för att hon så gärna ville hjälpa utredningen framåt, men i de flesta fall ledde sådant åt andra hållet.

Då som nu hade sommaren inneburit ett problem eftersom färre än vanligt var hemma. Han hade nu börjat parallelläsa tidningsklippen och log åt en mening som steg upp från sidan, uttalad av Sture Birgersson en sommardag för nästan exakt fem år sedan. "Polisens problem i mordspaningar är semestertiden", hade Birgersson sagt.

Birgersson var Winters chef på spaningsroteln. Han satt på sitt rum och Winter hade avtalat ett möte med honom samma eftermiddag.

Dörrknackningarna runt parken hade gett lika lite den sommaren som hittills under den här.

Winter dröjde vid en detalj i rapporterna från natten när Beatrice Wägner mördades. Två olika vittnen hade oberoende av varandra observerat en man och en pojke som hållit på och packa en bil under mer än en timme under de tidiga morgontimmarna. Det hade skett utanför ett av de trevåningshyreshus som låg nordost om parken, hundra meter bort. De två vittnena som sett dem hade gjort det från varsitt håll och ungefär samtidigt.

Mannen och pojken hade kanske själva sett eller hört något men ingen visste eftersom de aldrig hade hört av sig till utredarna. Polisen hade gått ut med en uppmaning men inte fått något svar.

Dörrknackningen efteråt hade inte gett resultat. De hade helt enkelt inte kunnat finna någon man med en pojke i husen som motsvarade beskrivningen. Winter kom ihåg nu att Birgersson hade kontrollerat med hyresvärden.

Just då ringde Winters telefon på skrivbordet. Han svarade och hörde Birgerssons röst.

"Skulle vi kunna ta det lite tidigare, Erik? Jag har fått ett möte vid fyra."

"Okej."

"Kan du komma upp nu?"

"Om en kvart. Jag vill fråga dig ett par saker men då måste jag läsa lite till först."

Birgersson stod vid fönstret och rökte medan Winter ställde den första frågan. Birgerssons skalp syntes genom det kortklippta grå håret, lystes upp av solstrålarna. Chefen skulle fylla sextioett nästa år. Winter skulle fylla fyrtiotvå. Birgersson var mer som en far för honom än en storebror.

"Jag vet inte vad det hade lett till", svarade Birgersson och askade i handflatan. "Men vi försökte verkligen få tag på det där paret, far och son eller vad det var." Han tittade på Winter. "Ja, du var ju med."

"När jag läste om det nu så kom jag ihåg att jag blev förbannad då", sa Winter.

"Jag hängde också upp mig på det." Birgersson rörde musklerna i sitt magra ansikte. "Men det var naturligt. Vi hade inte så mycket att gå på och då blev det där viktigare än vad det kanske var."

"Tänker du ofta på Beatrice-fallet?" frågade Winter från stolen vid skrivbordet mitt i rummet.

"Bara varje dag."

"Så har det inte varit för mig. Inte riktigt varje dag. Förrän nu."

"Du är en ung man fortfarande, Erik. Men jag riskerar att gå i pension med det där jävla fallet olöst och jag vill inte göra det." Han drog ett bloss men röken syntes inte i ljuset vid fönstret. "Jag vill inte göra det", upprepade han och tittade ut och sedan tillbaka på Winter igen. "Jag vet inte om det här är ett slags skruvat önsketänkande men jag hoppas att han är tillbaka. Att det här aldrig har tagit slut."

Winter svarade inte.

"När vi nu har ett monster i stan igen så hoppas jag att det är samma monster."

"Det viktigaste för mig är att fånga det", sa Winter.

"Det kan vara samma", sa Birgersson.

"Ja."

"Det kan hjälpa din utredning."

"Det är därför jag sitter med Beatrice-bibeln", sa Winter.

"Skärpet", sa Birgersson. "Skärpet är en nyckel."

"Det är möjligt. Jag tänkte på det själv nyss."

"Hade flickan Bielke nåt skärp?" frågade Birgersson.

"Det var en av de saker jag ville kolla innan jag kom hit", sa Winter. Han tände en ny Corps och reste sig och gjorde Birgersson sällskap vid fönstret. "Men hon hade inget. Hon har aldrig haft nåt."

"Kanske räddade det henne", sa Birgersson. Han tittade Winter i ögonen. "Vad säger du, Erik? Kanske blev hon inte lika intressant som offer när hon inte hade ett skärp att bli strypt med. Och inget skärp att ta hem, som en trofé."

7

Det stack till i högerfoten, under tårna. Hon hade gått försiktigt men bottnen var täckt av tång här, som ett högt tjockt gräs som rörde sig med strömmen. Det var brunt och äckligt. Som döda blommor.

Nu stod hon på en liten sandbotten. Hon balanserade på ett ben och höll upp högerfoten och såg att det blödde, men bara lite. Det var inte första gången i sommar. Det hörde till. De ropade från klipporna. Hon kastade sig ner i vattnet som var varmare än någonsin, som ett andra skinn över kroppen, mjukt, som en smekning.

"Anne!"

De ropade igen. Någon höll upp en flaska men hon såg bara en silhuett i solen som var på väg ner men ändå stod högt över horisonten. Kunde vara Andy. För honom hade festen börjat när de kom ut hit, eller egentligen redan på vagnen, redan i stan.

"Anne! Paaarty!"

Hon såg honom nu, med vinflaskan, grinet i ansiktet. Party. Gärna ett party till. Hon var värd det. Tre år på Burgården. Vem skulle inte vara värd ett par partyn efter det?

Det fanns annat som gjorde att hon också var värd det.

Hon ville inte tänka på det nu.

"Anne!"

Hon klängde sig uppför klipporna därnere, fick fäste på en sten och kände att det stack till i foten igen.

Hon var uppe, kollade foten. En halvmeter tång hade virat sig runt ena smalbenet. Hon drog bort den. Tången kändes hal.

"Här kommer den lilla havsfrun", sa Andy.

"Ge mig ett glas."

"Har du sett en vackrare kväll?"

"Ge mig glaset nu."

Fredrik Halders satt i en soffa som han inte kom ihåg från sitt förra besök i huset. Han såg sig om som en främling. Huset var mer främmande än någonsin.

Direkt efteråt hade han känt sig overklig därinne. Direkt efter skilsmässan. Då var det som om han hade rört sig i en dröm. Allt hade varit välbekant men han hade inte känt igen det. Kunde inte ta på sakerna. Han stod bredvid. Så hade det varit. Han hade stått bredvid sitt eget liv. Så hade det känts. Skilsmässan hade gjort att han fått ställa sig vid sidan av sitt eget liv och det hade inte blivit så mycket bättre sedan dess.

Kanske var det därför han varit så ARG de sista åren. Förbannad. Han hade vaknat förbannad och lagt sig förbannad och varit ännu mer förbannad däremellan. Det hade gjort ont att leva, kunde man kanske säga.

Men det hade inte varit någonting.

Absolut ingenting jämfört med detta.

Hannes och Magda sov. Magda hade snyftat ända in i sömnen. Hannes hade tittat in i väggen. Själv hade han försökt tala med dem om... om... Vad hade han försökt tala om? Han hade glömt.

Det var över midnatt nu. Dörren till verandan stod öppen och släppte in dofter som han inte mindes från trädgården. Han såg Aneta Djanalis ansikte i dörröppningen som var belyst av lampan på hyllan till vänster.

"Du vill inte komma ut?"

Han skakade på huvudet.

"Det är skönt härute."

"Jag går och hämtar en öl", sa han och reste sig och gick ut i köket.

"Det börjar snart ljusna", sa Aneta Djanali när han kommit ut och satt sig på bänken utmed väggen.

Han drack och såg mot himlen. Det var redan ljust så det räckte för honom. Skulle han kunna stanna tiden så var det nu. Varde mörker. För evigt mörker, och vila. Inga barn som vaknar på morgonen och minns. Med hela långa livet framför sig. Sometimes I feel like a motherless child, tänkte han plötsligt. Precis det tänkte han och sedan tänkte han på Margareta.

Han drack igen och tittade rakt över uteplatsen på sin kollega. Och vän.

"Ska du inte ta dig hem nu, Aneta?" Han såg hennes silhuett men ingenting annat. I en annan tid skulle han ha skämtat om det, som alltid; hennes svarta hud var inte mycket till kontrast till natten. Inte nu.

"Det är inga problem."

"Jag klarar mig", sa han.

"Det vet jag."

"Så du kan åka hem och vila. Du ska väl på i morron bitti."

Han såg inte om hon nickade.

"Ska du upp tidigt?" frågade han.

"Ja. Men jag har aldrig behövt mycket sömn."

"Inte jag heller." Han drack flaskan i botten och ställde den på bordet. "Då kan vi väl sitta här en stund till."

"Ja."

Hon såg hur han drog över ansiktet med ena handen. Hon hörde ett ljud och snart ett till. Hon reste sig och satte sig bredvid honom på bänken och la armen runt honom, eller så långt det gick. Han skakade, men bara lätt.

"Jag behöver jobba."

De satt kvar på bänken. Det var morgon, ett par minuter efter tre. Ljuset var tillbaka. Skuggorna var som havsvikar in i Halders ansikte, formade under de sista timmarna. Pannan fjällade. Det korta håret såg ut som stål. Aneta Djanali kunde höra måsars skrin. En bil passerade på vägen bakom häcken. Några småfåglar störtade upp ur en buske, kanske skrämda av måsarna. Hon kände ingen

66

trötthet. Den skulle komma senare, i eftermiddag, i bilen på väg fram och tillbaka i hettan.

"Förstår du vad jag menar?" Halders vände sig mot henne. Ett litet blodkärl hade spruckit i hans vänstra öga. "Det är inte för att jag måste komma... iväg. Inte på det sättet." Han gned sig över pannan, över näsryggen. "Men jag tror det är bäst... för alla. Att jag jobbar."

"Om du orkar så."

"Varför skulle jag inte orka?"

Hon ryckte på axlarna.

"Tror du jag saknar självinsikt?" sa han.

"Nej."

"Tror du att jag inte tänker på barnen?"

"Verkligen inte."

Halders strök sig över ansiktet igen. Hon hörde raspet från skäggstubben som nu verkade längre och kraftigare än hårsnaggen.

"Vi måste komma in i normala gängor så fort som möjligt", sa han och såg ut att spana efter stöd borta vid horisonten. "Det viktiga är att alla försöker komma in i det normala så fort det går."

Men först en ordentlig kollaps, tänkte Aneta Djanali. Den är nära.

Winter sökte vidare i de två mordbiblarna, den ena tjock, den andra tunn.

Han hade bett Bergenhem läsa. Lars Bergenhem var en ung och bra spanare som hade återvänt efter en tids sjukskrivning för huvudvärk och orkeslöshet men Winter visste vad det egentligen handlade om. Även poliser drabbades av depressioner.

Ibland undrar jag om jag inte bär på en. Jag är inte alltid så glad. Det kan vara värmen eller det här fallet som är svårt att skölja bort på kvällarna i havsvattnet.

De körde till parken. Luftkonditioneringen var påslagen i Winters

Mercedes. Gatorna låg nästan öde.

"Ibland går jag hit", sa Winter när de stod vid platsen. Träden var stilla. Stenblocket syntes knappt. Det var fortfarande avspärrat. Den som inte tittar så noga kan tro att det är ett nytt trädgårdsprojekt, tänkte Bergenhem. Det är ett nytt... projekt, men inte av den arten.

Han kunde se barnen som badade i dammen. Flamingorna stod på ett ben och studerade plaskandet.

"Jag har gått hit då och då under dom här åren", fortsatte Winter. Han svepte med blicken över platsen. "Förstår du vad jag menar?"

"Ja."

"Vad menar jag då?"

"Gärningsmannen återvänder alltid."

Winter nickade och såg två unga flickor gå förbi och kasta ett par snabba blickar på honom och Bergenhem som stod innanför avspärrningen.

"Han har varit här minst lika många gånger som jag", sa Winter. "Det är så. Han har varit här."

"Kanske samtidigt", sa Bergenhem.

"Nej." Winter tittade på kollegan. "Jag hade vetat det."

Det är bara att fortsätta, tänkte han. Det är så.

Han hade gått här vår, sommar, höst och vinter efter mordet på Beatrice. Inte jämt förstås, men han gjorde sig ärenden förbi på helger och kvällar, ibland någon natt.

En sen kväll hade han sett en skugga nära stenblocket och gått närmare med lite högre puls och stått öga mot öga med Birgersson när skuggan vände sig om.

Han visste ju att Halders kom hit ibland.

Han trodde inte att de skrämde bort någon. De gick inte bredbenta in i parken i bredd med vapnen dragna, upplysta av en skarp solnedgång.

"Det är tjejen som är vår största möjlighet", sa Bergenhem. "Jeanette. Hon som kom undan."

"Det kanske var meningen", sa Winter.

"Vilket? Att hon skulle komma undan?"

68

Winter gjorde en gest med armarna. Kanske.

"Är det *han* så har hon sett honom, känt honom. Hört honom."

"Ja."

"Ett slags ramsa utan mening."

"Hmh."

"Hon sa att han hade rabblat en ramsa utan mening. Rabblade. Samma sak. Hon trodde att han sa samma sak kanske tre gånger."

"Ja."

"Under våldtäkten."

"Ja", sa Winter och såg flickorna som gått förbi förut nu komma tillbaka med varsin glasstrut och titta nyfiket på avspärrningen igen. De stannade en bit bort och satte sig på gräset. "Under våldtäkten."

"Det kanske finns annat", sa Bergenhem.

Winter såg på flickorna. Det såg gott ut med glass. Den här värmen krävde glass och kalla drycker.

"Hon kanske kommer ihåg mycket mer nu", sa Bergenhem.

"Jag ska träffa henne i morgon", sa Winter. "Klockan tio."

Bergenhem gick närmare träden och lutade sig in mellan dem. När han talade igen var rösten dämpad av stenen och träden.

"Hur långt tror du att han måste släpa dom?" frågade Bergenhem.

"Tio meter", sa Winter.

"Fanns det släpmärken också efter Beatrice Wägner?"

"Ja."

"Hur var det med Jeanette? Blev hon indragen dit?"

"Vi ska prata om det i morgon. Hittills har hon sagt att hon inte minns. Att hon svimmade."

Winter tittade åt andra hållet och flickorna hade gått.

"Ska vi ta en glass?"

Bergenhem kom ut.

"Okej."

De gick runt dammen till glasskiosken. Ljudet av de badande barnen var svagare här. Ett par i Winters ålder svischade förbi på rollerblades. En man sålde ballonger ute på det öppna fältet. Det stod tre personer i kö framför kiosken.

"Jag bjuder", sa Winter.

De gick tillbaka med strutarna. Glassen började rinna.

"Man skulle tagit en bägare i stället", sa Bergenhem.

De satte sig i gräset. Det luktade torrt och sprött. Gräset var fläckvis gult i det svagt gröna.

"Varför försökte han strypa Jeanette?" sa Winter efter en liten stund.

"Hur menar du?" frågade Bergenhem.

"Hon hade inget skärp på sig som han kunde använda... som han gjorde med dom två andra, Beatrice och Angelika, men han hade ändå med sig nåt... ett koppel, som hon sa, han hade med sig det men han ströp henne inte. Han dödade henne inte."

"Du förutsätter att det är samme gärningsman när det gäller Beatrice och Angelika."

"Ja. Jag gör väl det. Just nu i alla fall." Winter kände den kalla glassen på fingrarna och det kändes skönt.

"Samma person", sa Bergenhem. "Fem år emellan."

"Ja."

"Som använde flickornas skärp."

"Ja."

"Hade Angelika ett skärp?"

"Enligt Beier hade hon haft ett till sina shorts. Jag kollade med föräldrarna sen och det stämde."

"Och nu är det borta."

"Ja."

"Precis som Beatrice Wägners."

"Precis."

Anne badade en sista gång. Andy badade. Resten av gänget sjöng en sång för solnedgången, eller om solnedgången. Hon kände sig lite snurrig av de två glasen vin och det var som om hon blev klar och skarp igen av vattnet som kändes svalare nu än för bara en timme sen, eller om det var två.

I kväll skulle de gå ut hela gänget och hon såg fram emot det. Det var inte alltid så. Ett par gånger hade hon stannat hemma. Hon var inte säker på att mamma gillade det. Hon hade sagt att det var skönt att hon var hemma en kväll men hon var inte säker på att hon menade det. Det var som om mamma ville att hon skulle vara ute så mycket som möjligt och roa sig den här sommaren efter skolan, som om det var den sista sommaren. Den sista sommaren. Fanns det inte en film som hette så?

Ett par gånger hade hon åkt hem direkt därifrån.

Två gånger till och sen fick det vara nog.

Hon borde aldrig ha gjort det. Om nån frågade henne skulle hon inte ens kunna säga hur det hade gått till.

Men det var ju ingenting.

Hon torkade sig snabbt eftersom det nästan kändes lite kyligt nu när solen bara var röd.

Det fanns ingen vind när de åkte hem men det var ändå lite svalt på nåt sätt över fälten.

I stan låg värmen kvar mellan husen. Det var som att gå in i ett hus efter att ha cyklat genom fälten vid havet.

De stannade till på Avenyn och låste cyklarna och satte sig på uteserveringen. Samma som alltid.

"Stora starka över hela linjen", sa Andy när servitrisen kom.

"Egentligen borde man sticka hem och duscha först", sa hon. "Det känns skönare att sitta här då." De fick sina öl. De var fem vid bordet. "Som efter ett jobb."

"Det är hårt jobb att ligga ute vid havet hela dan", sa Andy och drack. "Men på det här sättet får du dubbel utdelning." Han log, ett mycket vitt leende. "Vi tar en öl och relaxar och sen åker du hem och duschar och fixar och så kommer vi hit igen."

Någon skrattade.

Hennes mobil ringde. Hon tryckte på knappen och hörde sin mors röst. Ja. Hon skulle sticka hem snart. Om en halvtimme. Ja. Gå ut i kväll. Hon himlade med ögonen mot de andra. Andy sträckte upp handen mot servitrisen som vaggade förbi med en bricka öl till ett annat gäng. Andy kanske skulle bli kvar hela kvällen. Han behövde inte fixa sig. Han såg aldrig ut som om han behövde fixa sig.

"Det var mamma", sa hon och stoppade tillbaka mobilen i facket i handväskan.

"Aha."

"Jag bor själv men hon måste allt hålla lite koll ändå."

Servitrisen ställde ner en ny öl framför Andy.

"Du blir visst kvar här", sa hon.

"Skål."

"Jag sticker nu."

"Du har väl kollat mobilen."

"Vadå?"

"Att tangentlåset är på."

"Ja, ja", sa hon och tog upp mobiltelefonen igen och kollade. "Det är på."

"Inga mer pinsamheter, tack." Andy drack och log, vitt, vitt.

Hon svepte det sista i sitt glas och vinkade och gick till cykeln och låste upp och styrde över boulevarden. Det kom mer och mer folk, som karavaner upp och ner för Avenyn. Det var som det blivit mycket varmare igen. Hon längtade efter en dusch.

Mobilen ringde och blinkade "SAMTAL" men ingen sa något när hon svarade. Hon kontrollerade tangentlåset och stoppade tillbaka mobilen i handväskan.

Inga mer pinsamheter. För några dar sen hade hon och Andy hållit i varandra och kanske gjort nåt mer och hon, eller han, hade stött till mobilen på nåt sätt så att tangentlåset hade gått upp, om det nu ens varit på, och trean hade tryckts in och när de hade legat där hade liksom ljuden och pratet och, tja... det hade gått rakt in i telefonsvararen hemma eftersom de hade kommit åt kortnumret hem och mamma hade varit hemma hos henne just då och lyssnat på telefonsvararen.

Pinsamt.

"Varför har du kortnummer hem till ditt tomma hus?" hade Andy frågat.

"Det är inte tomt jämt", hade hon svarat. "Man kan behöva ringa hem till sig själv. Det kan finnas nån där som man vill nå snabbt."

"Man kan lägga ett telefonnummer i ett brev och posta det till sig själv", hade Andy sagt. "Rikki don't loose that number. Steely Dan."

Hon svängde ner på cykelvägen västerut. Det var lite svalare utefter Allén. Det luktade mat från restaurangen i Storan.

8

WINTER HOPPADE ÖVER RAKNINGEN. Han drog på sig en kortärmad skjorta och ett par linnebyxor. Angela och Elsa sov när han gick halv sju. Det var svalt i trapphuset. Det luktade fortfarande ny puts efter renoveringen under försommaren. Han saknade den urgamla lukten från väggarna, och från det glänsande trät i trappräcket. Den hade alltid funnits där, ända sedan han flyttade in i våningen för tio år sedan. Nu var det som att börja på nytt. Vilket det också var. Vilket gör att renoveringen och den nya lukten är på sin plats, tänkte han och steg ut ur porten och kände den ljuva morgonen.

Gatukontoret tvättade Vasagatan, borstarna under bilarna skrapade mot beläggningen och vattnet rann österut, i samma riktning som han gick. Avenyn var tom, helt tom. Han hörde en spårvagn men såg den inte.

Det fanns ingen vind över Heden. Temperaturmätaren på husväggen på andra sidan visade på tjugofyra. Klockan var tio i sju och det var tjugofyra grader. Det var tropiskt. Det hade varit över tjugo hela natten. När dygnsmedeltemperaturen överstiger tjugo är det tropiskt.

Han tog hissen upp till rummet som var olåst. Därinne kände han samma lukt som alltid. Inget nytt. Han hade lämnat fönstret på glänt över natten men till liten nytta.

Han hade låtit papperen ligga. Läsglasögonen låg ovanpå. Han hade ett par här och ett par hemma. Han började också få problem med att se på avstånd. Snart skulle han famla sig fram längs väggarna, ledas runt. Dras i rullstol. Han var ändå fyrtiett.

*

Ett manligt vittne hade berättat att han hört skrik från parken. Klockan hade varit cirka två på natten, eller snarare halv två. En halv till en timme efter det att Beatrice försvunnit in i bland träden. Mannen bodde i närheten och var på väg hem från en privat fest. Han hade druckit men kände sig "klar i huvet" och en av kommentarerna i vittnesprotokollet betecknade honom som trovärdig.

Han hade gått en bit in i parken och passerat ungefär femton meter från platsen där de funnit Beatrice, men han hade inte hört eller sett något då.

Han hade tyckt att han hört ljud tidigare, som om någon blev jagad. Just jagad. Ett skrik, eller om det var två. Men sedan hördes inget mer.

Winter kom ihåg den där mannen. Han hade själv inte hört honom men han hade träffat honom som hastigast ett par dagar senare. Han kom ihåg att killen fortfarande verkade skärrad, eller om det var hans personlighet. Skärrad.

Han hade stuckit ut från parken efter det där skriket och sprungit mot det närmaste hyreshuset och på trottoaren utanför hade han mött ett par i "35-årsåldern" som båda hade haft "vita kläder" och han hade berättat för dem vad han hade hört. Kvinnan hade nyligen passerat genom parken och kanske hade hon mött någon då. Hade hon sagt till det skärrade vittnet.

Kanske hade hon mött någon då.

De hade aldrig själva pratat med henne, eller honom. Winter mindes att de hade sökt efter det där paret i vitt. Uppmanat dem att höra av sig.

Det var precis som mannen och pojken som hade packat sin bil under natten. Det var som om de aldrig hade varit där. Kanske skulle det där paret inte ha synts tillsammans där och då. Sådant höll gärna tillbaka vittnen från att träda fram. Privata pinsamheter. Vad var ett mord mot det? Snedsprång. Samhällets dom mot snedsprång är alltför hård, tänkte Winter. Eventuell otrohet döms så hårt att den hindrar polisen i arbetet. Kan man lagstifta om moralen? Ett slags mildring med tanke på alla förundersökningar som blir saboterade.

Men mannen och pojken... efter fem år hade de ännu inte hörts av, och ingen av dem kunde knappast längre minnas ens att de hade packat en bil en sommarnatt utanför en park i centrala Göteborg.

Det fanns också en annan sak.

Han tog av sig läsglasögonen och gned sig över näsroten. Han tittade på armbandsuret: åtta. Om två timmar skulle han träffa Jeanette Bielke i hennes hem. Han hade frågat var de skulle ses och hon hade valt hemmet.

Han gick till kafferummet och gjorde i ordning en kopp. Han var ensam. De hade ställt in mötet i dag. Han fick sammanfatta i morgon men alla visste vad de skulle göra just nu.

När han kom tillbaka senare i dag från samtalet med Jeanette väntade han sig resultat från slagningarna på potentiella misstänkta. Möjligen inga resultat, men det var ett slags resultat det också. Eliminering. Den och den och den hade inte kunnat göra det. Den här gången. Den välkände våldtäktsmannen hade just den kvällen inte möjlighet. Den mördaren hade suttit inne. Den mördaren hade sovit och det kunde andra vaknare styrka. Den våldsverkaren hade bultat någon annan halvt ihjäl just vid den tidpunkten, men det hade varit i andra ändan av stan, eller i andra ändan av landet. Om ens i landet.

Och så vidare och så vidare.

Asfalten därute var vit i morgonljuset. Kanske var det redan trettio grader. Som i Marbella. Han tänkte på sin far som låg begravd på en liten vacker kyrkogård i berget med utsikt över havet nere vid Puerto Banús, och över huset i Nueva Andalucía där hans mor valt att bo kvar.

Winter hade varit med när fadern dog, varit med på begravningen, suttit i natten i husets trädgård med de tre palmerna och till slut inte tänkt på något alls.

Han gick tillbaka. Solen skvätte in genom persiennerna och gjorde mönster i korridorens tegelväggar.

I rummet rökte han vid fönstret. Det var dagens första, efter två timmars arbete, och det var ett framsteg. I morgon skulle han jobba en kvart till utan en första Corps.

Han satte sig igen och tog på glasögonen.

Det fanns en annan sak. En 20-årig kvinna hade blivit överfallen och våldtagen av en "smal" och "ganska lång" man tre dagar efter mordet på Beatrice. Det fanns likheter, men när fanns det inte det i samband med våldtäkter? Den här kvinnan hade tyckt att mannen pratat för sig själv när han förgrep sig på henne, "rabblat", som hon uttryckte det i rapporten som Winter höll i händerna.

Huset skuggades av träd som kunde vara hundra år. Huset kunde också vara hundra, tänkte Winter. Väl bibehållna hundra. Gamla pengar. Som så mycket här, i den äldsta delen av Långedrag. Han hade själv vuxit upp bara någon kilometer närmare stan, cyklat på gatorna här ibland. Welcome to Pleasantville.

Två pojkar kom farande på rullbrädor. De var skickliga. Han steg åt sidan och fortsatte sedan över gatan och gick gången upp mot huset. En man satt på verandan men reste sig när Winter gick uppför trappan. Han hälsade, tog i hand. Jeanettes far. Winter hade inte träffat honom tidigare. Han hade inte träffat Jeanette, det hade varit Halders. Men Halders hade andra problem i dag.

"Är det här nödvändigt?" sa Kurt Bielke. Han var något kortare än Winter men tittade inte uppåt när han pratade med honom. Hans tonläge var inte aggressivt, mer som en sorgsen utandning.

Det var en bra fråga. Hur många gånger kunde man komma tillbaka till offret utan att det började ge motsatt effekt? Då skulle resultatet vara till ren skada.

"Är man där och trycker för mycket så får man allt man vill ha av dom till slut, men är det sanningen man får?" som Halders hade sagt för två dagar sedan när de suttit i Winters rum. Det var så. Man kunde höra sönder sina vittnen, som fackuttrycket löd. Höra sönder.

"Vi behöver prata med Jeanette lite till."

"Vi?" sa Bielke. "Jag ser bara en av er här."

"Jag."

"Vad behöver du prata om? Hon har berättat hundra gånger nu vad hon var med om."

Winter svarade inte. Han funderade på om det var någon mening med att tala om alla detaljer som sakta kunde dyka upp i minnet, rester av upplevelser som till slut blev till något mer. Ibland kunde allt komma på en gång. Klockan två på natten på ett ensamt ställe, som ett stycke betong mot huvudet eller ett svärd i själen. Gud bevare.

Om Jeanette mindes nu skulle det vara lättare sedan.

"Ibland blir en del saker tydligare efter en tid", sa Winter. "Efter några dar."

"Vadå för saker?" Bielke tittade förbi Winter. Han lät fortfarande inte aggressiv. Hans ansikte var spänt, stelt, som klippt ur aluminium. "Exakt vad som hände sekund för sekund under våldtäkten? Hur han drog åt snaran eller?"

Winter svarade inte.

"Vad skulle hon själv ha för hjälp av att minnas alla detaljer?"

"Jag vet inte", sa Winter.

"Varför är du här då?"

"Det har inträffat ett mord", sa Winter.

Bielke tittade på honom. Han hade kommit närmare. Winter tyckte att han kände lukten av sprit, men det kunde också vara rakvatten. Rakvatten var ju sprit. Bielke torkade sig i pannan. Winter såg svetten i det raka hårfästet. Han kände värmen själv nu när de stått stilla en stund på verandan under en markis som snarare verkade höja temperaturen där. Under eftermiddagen måste verandan vara som en bastu.

"Ja herregud", mumlade Bielke. "Det borde jag ju förstått." Han strök sig över pannan igen. "Ni tror att det kan vara samma... brottsling?"

"Det kan vara samma person", sa Winter. "Det är ingenting vi har några bevis för men det finns en möjlighet att det är så."

"Kallar du det möjlighet?"

"Förlåt?"

"Jag skulle inte använda just det ordet", sa Bielke.

Hans blick flackade. Plötsligt kändes det som om Bielke tänkte på helt andra saker. Han verkade försjunken i minnen.

"Kan jag få träffa Jeanette nu?" frågade Winter och tog ett steg åt sidan.

"Hon är uppe i sitt rum." Fadern backade, som om vägen nu var klar att beträda. Röjd från minor. "Hon ville inte komma ner."

Winter gick in med Bielke efter sig. Bielke pekade uppför en trappa till vänster innanför ytterdörren. Winter hörde ljud av glas och porslin någonstans inifrån huset. Han såg ingen annan när han gick uppför trappan. Huset påminde om ett slott men med mindre proportioner.

Jeanettes dörr var öppen. Winter såg ett hörn av en säng och ett fönster som skuggades av ett av de stora träden. Han kände ett obehag som hade vuxit under bilresan dit ut och förstärkts efter samtalet med hennes far. Det kröp in i honom, innanför allt professionellt tänkande. Angela skulle säga att det var bra. Att det måste vara så annars var det inte bra, inte bra alls.

"Kom in", sa hon när han knackade på dörrkarmen. Han kunde fortfarande inte se henne. "Gå in bara."

Hon satt i en fåtölj till höger innanför dörren. Där fanns en soffa och ett bord, lite längre bort ett skrivbord i vinkel bredvid en dörr genom vilken han kunde se ett badrum. Rummet var en svit. Gamla pengar, eller nya eller en kombination.

Hon borstade sitt mörkbruna hår. Ett ansikte utan smink, vad han kunde se. Jeans, t-tröja, inga strumpor. En tunn guldlänk runt halsen. Hon fortsatte att borsta i långa drag och hennes ansikte stramade vid varje borsttag, ögonen blev sneda och gav henne ett stundtals orientaliskt utseende.

Hon gjorde en gest mot soffan. Winter satte sig och presenterade sig.

"Det var en annan förut", sa Jeanette.

Winter nickade.

"Är det nåt slags taktik?" sa hon.

"Hur menar du då?"

"Ni skickar olika som sköter... pratet. Förhöret eller vad det heter."

"Ibland", sa Winter. "Men inte den här gången."

79

"Vad menas med det?"

Winter svarade inte direkt.

"Jag gillade han som var här förut", sa Jeanette och la ner borsten. "Fredrik." Hon tittade på Winter. "Det är väl bra? Och då verkar det vara taskig taktik att bryta det, eller hur?"

Okej, tänkte Winter. Jag berättar, och så berättade han om det som inträffat i Halders familj.

"Jag ska inte fråga nåt mer", sa hon.

"Är det okej om *jag* gör det?" Winter lutade sig framåt i soffan. Hon nickade. En fågel slog mot fönstret och fladdrade bort utan att hon verkat höra den spröda smällen mot rutan. "Är det nåt som... dykt upp i minnet sen du pratade med Fredrik senast? Vad som helst."

Hon gjorde en rörelse med axlarna.

"Vad skulle det vara?" svarade hon.

"Vad som helst. Från den kvällen. Natten."

"Jag vill ju inte tänka på det. Det sa jag till... Fredrik också." Hon tog upp borsten igen och började borsta och ansiktet förändrades. "Det enda jag tänker på är om ja... jag kommer att få aids." Hon borstade ännu hårdare och tittade på Winter med ögon som var som smala sneda springor nu. "Eller hiv som sjukdomen heter i sitt förstadium. Eller vad det heter. Jag är inte riktigt säker och jag kanske aldrig blir det."

Winter visste inte vad han skulle säga. Han funderade på att resa sig och ställa sig vid fönstret och tända en Corps.

"Kan jag röka vid fönstret?"

"Visst", sa hon och kanske log hon svagt när hon sa: "Men se upp så att pappa inte ser dig." Hon tittade bort. "Han ser allt. Han vet allt."

"Vad menar du då?"

"Ähh, ingenting. Men se upp."

"Se ner snarare", sa Winter och reste sig och tog fram det smala vita cigarillpaketet ur vänstra bröstfickan och drog av skyddet från cigarillen.

"Vad sa du?"

"Jag får ju se ner härifrån, så att pappa inte ser mig därnerifrån."

"Ha ha."

Winter öppnade fönstret och tände cigarillen. Gräsmattan verkade stor som en fotbollsplan mellan trädkronans grenar. Han hörde ljud av glas därnerifrån, och en svag röst och sedan en annan röst som svarade något han inte kunde höra. Något hälldes i ett glas. Halv elva, inte dags för lunchdrinken än, men what the hell it's noon in Miami. Det var semestertider. Han vände sig in mot rummet efter ett bloss.

Deras dotter kanske hade haft en helvetes otur och fått hiv. Förstadiet till aids.

"Vad jag menade innan med att jag kanske aldrig blir säker på terminologin är att jag skulle börja på läkarlinjen i höst", sa hon. "Men nu skiter jag i det."

"Varför det?"

"Ha ha igen."

"När får du besked om aidstestet?" frågade Winter.

"Oj, det var rakt på sak."

"När kommer det?"

"Nästa vecka."

"Okej."

"Men jag vill göra ett till och då dröjer det några veckor till."

Winter nickade.

"Och sen vet man ändå inte förrän efter ett år."

Winter rökte igen och blåste ut rök i luften. Han hörde en kvinna som verkade säga något i upprörd ton och Kurt Bielke blev synlig när han gick tvärs över gräsmattan och fortsatte på en gång till en svart bil som stod parkerad på uppfarten. Han startade och körde bort, in mot stan. Winter stod kvar med ryggen mot rummet. Han hörde en gräsklippare, såg kaskaden av vatten från en vattenspridare, såg ungarna komma tillbaka på rullbrädorna, såg en kvinna med barnvagn. Allt var normalt därute i den skimrande idyllen.

"Drömmer du om vad som hände i parken?" sa Winter efter en halv minut och vände sig in mot rummet.

"Ja."

"Vad drömmer du?"

"Att jag springer. Alltid det. Springer, och att jag hör steg som kommer efter mig."

"Vad händer sen?"

"Jag vet inte riktigt... det är mest det där... springandet... jagandet."

"Du ser aldrig nån?"

"Nej."

"Inget ansikte?"

"Tyvärr." Hon gjorde en paus med borsten och tittade på Winter. "Det vore väl bra, va? Om jag såg ett ansikte i drömmen som jag aldrig sett i verkligheten och det visade sig att det var just han. Att det *var* just det ansiktet." Hon la borsten på bordet igen. "Skulle det kunna användas som bevis?"

"Inte enbart."

"Synd."

"Men du har inte sett nåt ansikte?"

"Inte då och inte nu. I drömmen."

"Blir du släpad?"

"Hurdå släpad?"

"Är det nån som släpar dig i den där drömmen. Drar i dig, försöker bära iväg dig." Winter tog ett bloss igen. "Släpar."

"Nej."

"Hur var det i... verkligheten då?"

"Det har jag svarat på. Jag vet inte. Jag svimmade." Hon såg ut att tänka på vad hon sagt. "Måste ha gjort det."

"Men du vaknade upp på ett annat ställe än där du hade gått? Där du kom ihåg att du hade gått innan du blev överfallen."

"Ja, det måste det ju ha varit."

"När vaknade du?"

Hon borstade, borstade. Winter såg lidandet i de smala ögonen. Det var som om hon ville stryka bort plågan ur huvudet med kraftiga rörelser som plattade till det tjocka håret mot skalpen.

"Ibland är jag ledsen för att jag vaknade överhuvudtaget", sa hon.

Winter hörde billjud bakom sig igen och såg Bielke parkera mitt på gången och gå in i huset med snabba steg. Han hörde röster men inga ord.

"Kan du hälsa från mig till han... den andre detektiven. Fredrik."

"Javisst."

"Jobbar han?"

"Inte just nu."

"Han kan väl inte jobba nåt mer efter det där? På länge?"

Winter såg på henne. Kan du leva så kan han jobba. Han tänkte på hennes ord om att vakna upp, inte vakna upp.

9

Han hörde ljudet av glas och porslin igen nere från verandan. Vad som än hade sagts därnere så hindrade det dem inte från att äta lunch.

"Ursäkta mig", sa Jeanette och gick till badrummet och stängde dörren efter sig.

Winter såg sig om. Rummet var välstädat, nästan pedantiskt. Allt låg i ordning, i högar, rader. Han reste sig och gick fram till bokhyllan. Böckerna var ordnade i bokstavsordning, efter författarnamn.

"Ordning och reda, va?"

Han vände sig om.

"Sen... det hände har jag inte gjort annat än städat härinne", sa hon och gjorde en rörelse med huvudet mot bokhyllan. "Nu funderar jag på att ordna böckerna efter ämneskategori i stället."

"Det är många böcker", sa Winter.

"Men inte så många ämnen."

"Mest skönlitteratur, ser jag."

"Vad läser du själv?"

Winter fick lust att skratta, och gjorde det. "Det blir allt mindre av riktig läsning. Litteratur. Jag ska ändra på det. Jag ska snart vara ledig lite längre. Nu blir det mest rapporter som hör till förundersökningen. Vittnesförhör och sånt."

"Spännande."

"Det kan vara mycket spännande", sa Winter. "Och jag skojar inte. Men först måste man lära sig att tyda språket. Olika poliser har olika språk. När dom skriver sina rapporter. Ibland blir det liksom en kod man måste knäcka."

"Men dom kan skriva?"

"Dom flesta."

"Vad är det som är spännande då?"

"När man upptäcker nåt som hänger ihop med nåt annat som man läst nån annanstans. Och när man verkligen ser nåt som man stirrat på hundra gånger förut men inte sett. Det har funnits där hela tiden men man har bara inte sett det."

"Hur menar du då?"

"Man har inte begripit. Eller så har man gjort en feltolkning. Men sen förstår man."

"Pratar du aldrig med nån annan? Som också läser vad det är ni läser."

"Jo. Och det kan vara just det. En mening för mig kan ha en annan mening för nån annan, betyda nåt annat."

"Är det inte alltid så? När det gäller all läsning?"

"Jag vet inte", sa Winter och funderade på att tända en Corps till men avstod. Han satt i hennes fåtölj.

"Jag har stulit dom flesta av böckerna här", sa hon och slog ut med armen mot bokhyllan.

Winter svarade inte, han reste sig och gick bort till fönstret igen och tände cigarillen. Det var en mitt-på-dagen-stillhet därute nu. Allt han hört förut hade tystnat.

"Hörde du inte? Stulit!"

"Jag hörde."

"Ska du inte göra nåt åt det då?"

"Jag tror inte på dig."

"Jaså?"

"Berätta om ljuden som han gav ifrån sig", sa Winter.

"Va?"

"Du har ju tidigare sagt att han sa nåt, eller rabblade en ramsa som du inte förstod. Berätta om det."

"Jag har berättat, precis det som du sa nu. En ramsa eller nåt. Det var vad jag hörde."

"Har du tänkt på det mer?"

Hon ryckte på axlarna.

"Kunde du uppfatta några ord?"

"Nej."

Winter tänkte. "Du kan inte försöka visa hur det lät?"

"Visa hur det lät? Är du inte klok?"

"Det kan vara viktigt."

"Vad spelar det för roll?"

"Det här som har hänt dig kan hända andra." Han tittade på henne. "Har hänt andra."

"Jag vet."

Winter nickade. "Bra."

"Men det är ändå lite magstarkt att jag ska försöka härma... härma den jäveln."

"Tänk på det."

"Det är ju för fan det jag inte vill göra."

"Okej. Jag förstår dig."

"Det måste vara ett problem."

"Hur då?"

"Att tvingas ställa alla dessa frågor när man vet att den man frågar helst borde lämnas i fred. Borde *framför allt* lämnas ifred."

"Det är ett problem."

"Se där."

"Det går inte att undvika. Jag är inte här av fri vilja. Inte på det sättet."

"Men du har ju valt jobbet."

"Ja."

"Varför det?"

"Låt mig tänka på det", sa Winter med ett leende.

"Bara till nästa gång", sa hon. Han kunde inte se om hon också log. Han kände ett vinddrag genom fönstret. Han såg ett moln i väster. Plötsligt var det där.

Halders gick genom huset. Allt var främmande nu när han inte längre bodde där. De hade flyttat in tillsammans och han hade flyttat ut. Margareta bodde kvar med barnen och han bodde i lägenheten nere i stan. Det var inte billigt men det var det bästa. Huset fanns kvar för barnen. Och hon tjänade bättre än han.

Hade tjänat bättre.

I går hade Hannes och Magda varit hemma men i dag var de i skolan. Han var tillbaka i vardagsrummet. Han hade gått varvet runt. De flesta möbler stod kvar från då. Det mesta var kvar. Hon var inte kvar men allt det andra. Margareta hade inte träffat någon annan vad han visste, men han visste inte allt.

Han hade frågat barnen om skolan, om de ville stanna hemma i stället några dagar. Magda hade sagt nej först och Hannes hade inte svarat. Pojken satt inte ens vid köksbordet. Halders hade gått in i hans rum.

"Får vi bo kvar här?" sa Hannes från sängen när Halders kom in.

Halders satte sig på sängkanten.

"Får vi bo kvar i huset? Jag vill bo kvar här."

"Vill du bo kvar här så blir det så."

"Ska du också bo här, pappa?"

Han kände sig mycket kall i kroppen av pojkens fråga. Det var en fruktansvärd fråga. Han tänkte plötsligt på barns utsatthet, på hur utlämnade barn är. I pojkens föreställningsvärld var det inte självklart att hans pappa skulle bo med dem. Komma tillbaka till dem... på heltid.

Han kände sig oerhört ledsen där han satt. Oändligt sorgsen.

"Det är klart att vi ska bo tillsammans, Hannes."

"Magda också?"

"Magda också förstås."

"Ska vi bo här då?"

Halders tänkte på sin lägenhet. Sin skitiga lägenhet. Nu var den borta, nästan. Det här huset var inte längre hans men det måste ju gå att lösa.

"Vi satsar på det", sa han.

"Måste jag gå till skolan?"

"Nej. Som jag sa förut."

"Vad ska Magda göra? Ska hon gå till skolan?"

"Om hon vill. Hon sa för en liten stund sen att hon ville."

Pojken satte sig upp. Det hängde affischer över hans säng som föreställde hårdrockare med namn som Halders vagt kände igen.

"Har dom inte börjat med första timmen efter bamba?"

"Inte än."

"Då kan jag gå."

Halders körde barnen till skolan och åkte sedan tillbaka och gick varvet i huset.

Han ringde till Winter.

"Har du träffat henne?" frågade han.

"Ja."

"Hur gick det?"

"Hur är det med dig, Fredrik?"

"Du besvarar en fråga med en fråga."

"Jag vill veta hur du har det."

"Mycket bra."

"Lägg av, för fan."

"Inte så bra. Men efter omständigheterna..."

"Vad gör du?"

"Går runt i huset, varv efter varv. Jag får nog flytta hit. Barnen vill bo kvar."

"Gå så många varv du vill." Winter hörde Halders andning. "Jea-nette Bielke hälsade till dig."

"Jag kommer in", sa Halders.

"Ta ett par dar."

"Nej."

"Jag kan inte stoppa dig."

"Om kollapsen kommer så sker det i alla fall i frontlinjen."

"Det där hörde jag inte", sa Winter.

"Jag har nåt annat som du kanske vill höra", sa Halders. "Jag kom att tänka på en sak när det gäller mordet på Angelika. Nåt vi inte har pratat om."

"Kan vi inte göra det nu? I telefon?"

"Jag kommer in. Det kan vänta en timme."

"Det måste nog bli i eftermiddag. Om en halvtimme ska jag träffa föräldrarna till Beatrice."

"Var det dom som hörde av sig?"

"Det var jag."

Hon hade cyklat hem och hängt upp de blöta badkläderna på strecket bakom huset, eller framför om man valde att gå in genom köksingången. Vilket hon gjorde nu.

Det var tyst i huset. Hon hade kvällen för sig själv om hon ville stanna här. Hon kunde gå runt med en öl eller ett glas vin och känna dofterna utifrån genom öppna fönster när natten kom. Det fanns så mycket grönt därute att det var en upplevelse att gå runt i huset och se och känna.

Hon duschade. Telefonsvararen blinkade när hon kom tillbaka in i sovrummet. Hon lyssnade av den och ringde upp direkt.

"Jag stod i duschen."

"Mhm."

"Har du ringt förut? Det var nån som inte sa nåt på mobilen."

"Nej."

"Så... vad händer?"

"Kan du komma hit ikväll?"

"Jag vet inte... jag orkar inte."

"Menar du verkligen det?"

"Det är sant. Jag känner mig rätt slö."

"Du kan vara slö här också. Relativt slö."

"Det är på andra sidan stan."

"Ta en taxi."

"För dyrt."

"Jag bjuder."

"Nej."

"Jag lovar."

"Jag menade inte så. Jag känner för att vara kvar. Ta det lugnt."

"Okej."

"Du blir inte sur?"

"Du kommer att ångra dig."

"Blev du sur?"

"Ja."

"Sant?"

"Nej."

"Vi kan väl ses i morron?"

"Det går inte."

"Nehej."

"Jag ringer."

10

DET REGNADE NÄR WINTER kom ut från polishuset. Värmen var kvar och den var tyngre och han kände svetten i pannan nästan genast och regn som mest var som fuktig luft i hårfästet. Det doftade från gräset bredvid parkeringsplatsen. Det hade blivit grönare på några minuter. Nederbörden var den första på över en månad.

Plötsligt var ljuden annorlunda från trafiken runt om. Svischet från däcken på den blöta asfalten. Ett mjukare ljud.

Färgerna var klarare än tidigare när han körde genom centrum. Få människor hade regnkläder. Tre killar med nakna överkroppar dansade över Allén när han stannade för rött. En av dem gjorde tummen upp mot Winter. Han nickade genom Mercedesens ruta.

Han körde genom tunneln och svängde av och fortsatte in på de mindre gatorna och parkerade utanför huset. När han steg ur bilen hade regnet upphört. Det fanns ingen vind. Han var fuktig över ryggen trots luftkonditioneringen i bilen.

Huset såg lika sorgset ut som alltid. Senast han varit här var för två år sedan. Eller var det bara ett? De hade hållit kontakten. Birgersson också, men det hade blivit så att Winter hade känt ett... starkare behov av att hålla kvar kontakten med Beatrices föräldrar. Kanske en plikt, vid sidan av den rent professionella. Deras dotters mördare fanns kvar därute i friheten. Själva var de för alltid fångade av brottet, bundna av minnet och sorgen. För alltid fast i det där tegelhuset som var tungt och mörkt i diset, fönstren var svarta, dörren var stängd men den öppnades när Winter gick de få stegen från grinden. Bengt Wägner kom ut och stängde efter sig och skakade hand med Winter.

"Lisen kommer inte ut", sa Wägner. "Hon ligger. Allt kom tillbaka igen."

"Jag är ledsen."

"Det är inte ditt fel."

"Jag ringde ju. Då kom..."

"Vi kan ju inte börja låtsas som om det inte har hänt", sa Wägner. Han gick ett par steg ut på gräsmattan som slutat växa under hettan men nu ömsat färg. "Det bästa för Lisen är att hon känner sorgen. Annars blir det ännu värre. Och värre igen nästa gång." Han tittade på Winter. "Så det har alltså hänt igen."

Winter nickade.

"På samma ställe."

"Ja."

"Exakt på samma ställe?"

"Det verkar så."

"Och ytterligare en flicka har blivit överfallen, alltså?"

"Ja."

"Våldtagen också?"

Winter nickade igen.

"Det finns väl fler än en våldtäktsman lös och ledig i stan?"

"Beroende på hur man räknar finns det åtskilliga", sa Winter.

"Men det finns alltså speciellt en", sa Wägner.

"Det är en hypotes", sa Winter.

"Är det klokt att utgå från den?"

"Jag tror det."

"Vad vinner ni på det?" Wägner frustade till, som av ett torrt litet skratt. "Vad vinner *vi* på det?"

Winter tände en Corps och blåste ut röken och såg den blandas med luften som var på väg att klarna nu när den sista fukten från himlen sjönk ner genom gräset där de stod.

"Kan vi se ett samband kan det hjälpa oss. Det kan hjälpa oss enormt."

"Hur då? Vilket samband kan det vara?"

Winter rökte igen. Han hade bjudit Wägner en cigarill och han hade tackat ja och tände den nu.

"Angelikas mördare kan också vara... den som mördade Beatrice. Varken du eller jag kan nånsin sluta tänka på att han går fri härute. Det är tio miljoner gånger värre för dig men jag kan inte släppa det heller."

"Men vad är det för samband man kan se genom att gå igenom all jävla skit igen?" sa Wägner och rökte och studerade röken som snabbt blev osynlig.

"Finns det nåt gemensamt hittar vi det", sa Winter. "Det är det som kommer att hjälpa oss."

"Men vad kan det vara då? Som verkligen betyder nåt?"

"Vad som helst."

"Du har ju läst alla akter och rapporter och allt sånt flera gånger, Erik. Om och om igen. Det finns väl inget som du kan ha missat?"

"Jag har inte haft nåt att jämföra med."

"Nej det förstår jag. Men det måste ju finnas mycket som kan vara... tja, gemensamt utan att det betyder ett skit. Det är ju tydligen tre flickor i samma ålder. Kanske samma intressen, vad vet jag. Samma nöjen, kanske. Samma favoritställen i stan, kanske samma... dom kanske rörde sig i samma kvarter. Du sa ju innan att dom här tre nyss hade gått ut gymnasiet." Wägner lyfte ena armen och gjorde en rörelse med handen. "Herregud, det finns ju massor med gemensamma saker. Måste ju göra det. Hur vet du vilket som är viktigt eller inte när du läser och jämför?"

"Jag kan bara hoppas att jag ser det."

"Hoppas? Är det det bästa vi kan hoppas på?"

Winter log snabbt och rökte igen.

"Rätt starka dom här", sa Wägner och såg på den långa tunna cigarillen i sin hand. "Jag tänkte köpa ett paket av dom för några månader sen men dom fanns inte."

"Det är visst bara jag som röker dom", sa Winter. "Och när dom inte tillverkas längre lägger jag av."

"Men du lägger inte av med... Beatrice."

"Aldrig."

"Kommer du... vi... kommer vi att hitta den jäveln?"

"Ja."

"Nu hoppas du igen."

"Nej. När den här sommaren är över har vi hittat honom."

"Det kan bli en lång sommar", sa Wägner och tittade upp mot himlen.

Winter ringde från Wägners gräsmatta. Halders svarade efter fyra signaler. Winter körde tillbaka österut och hittade huset i Lunden efter Halders instruktioner. Halders bil stod utanför. Winter parkerade bakom.

"Jag kunde ha kommit ner till station", sa Halders som väntade vid grinden.

"Jag var ändå ute", sa Winter.

"Det är ett fritt och fint yrke, eller hur?"

"Har du nåt att dricka?"

"Duger det med folköl?"

Winter nickade och följde Halders in i huset.

"Jag hade inte varit här på fyra år eller nåt."

"Inte alls?"

"Bara vid grinden." Halders hade tagit fram en burk ur kylskåpet. "Här."

Winter öppnade burken och drack.

"Jag kan hämta glas."

Winter skakade på huvudet och drack igen. Köket var ljust. Det fanns inga högar av odiskat porslin på diskbänken. Det låg inga smulor på arbetsbänkarna. Ovanför köksbordet hängde en inramad affisch från sextiotalet som gjorde reklam för en tandkräm som inte längre fanns. Bredvid telefonen framför Winter hängde en almanacka och han såg att datumet var gammalt, ingen hade rivit av sidorna fram till i dag. Winter visste vad det var för datum utan att behöva räkna efter.

"Det är nåt skumt med hennes farsa", sa Halders. "Jeanettes farsa."

"Hur menar du då?"

"Eller mellan dom. Det är nåt konstigt där."

"Kan du vara mer konkret?"

"Det är ju flera punkter som inte stämmer mellan vad hon säger och vad han säger. Natten när hon kom hem. När det hade hänt."

Winter hade läst och sett skillnaderna. Det var inte ovanligt. Det behövde inte betyda någonting. Det behövde inte betyda att någon ljög, åtminstone inte medvetet.

"Jag undrar vem som ljuger", sa Halders. "Jag tror det är hon och han vet men vill inte säga nåt."

"Det är inte ovanligt."

"Vi måste sätta åt dom hårdare."

"Honom, i så fall." Winter drack igen tills burken var tom. "Jeanette får tänka lite till. Slippa oss lite."

"Jag undrar när hon kom hem", sa Halders. "Hon kom inte hem när hon sa." Han gick bort till kylskåpet och hämtade en öl till sig själv. "Men varför säger han inget om det? Jag tror inte han sov."

De hade ett vittne som sett Jeanette Bielke komma hem i gryningen, tre timmar efter den tid hon uppgett.

"Hon är nyckeln", sa Halders. Han tittade på Winter, gick närmare. "Jeanette Bielke är nyckeln här. Hon var nånstans den där kvällen och hon vill inte säga det."

Nyckeln, tänkte Winter. En av nycklarna.

"Farsan kanske vet", sa Halders.

"Vi får höra honom igen."

"*Jag* vill höra honom."

Winter såg hur spänt Halders ansikte var. Det var inte ovanligt, men detta var annorlunda. Situationen var värre än någonting annat men samtidigt verkade Halders mer samlad än på länge. Som om en förställning hade lämnat honom. Som om han nu hade fått något att *verkligen* kämpa emot, tänkte Winter. Inte bara den vanliga cyniska snutsvartsynen. Frågan var hur det skulle påverka Halders arbete. Hur skulle Halders reagera i en kritisk situation? Det kunde leda till katastrof om han fattade fel beslut då.

Skulle han koppla loss Halders från arbetet? Vilket skulle vara det rätta? Skulle det visa sig självt?

"Det finns en annan sak jag vandrat runt här och tänkt på", sa

Halders och satte sig vid köksbordet. "Sätt dig du också." Winter satte sig. "Varför har vi inte hittat killen som gjorde Angelika Hansson på smällen?"

"Jag kan inte svara varför, Fredrik."

"Det var en så kallad retorisk fråga."

"Det är ju ingen i vänkretsen som vet", sa Winter. "Av dom vi frågat hittills. Ingen som vill säga nåt, i alla fall."

"Det är ju jävligt konstigt."

"Hon kanske höll det hemligt. För alla."

"Till och med för sig själv?" sa Halders.

"Hon kanske inte visste", sa Winter. "Eller förträngde att hon var gravid."

"Vilket väl är samma sak", sa Halders. "Men han finns ju. Fadern, eller vad fan man ska kalla honom."

"Nån av kompisarna vet", sa Winter.

"Hon hade väl en bästis?"

"Inte enligt föräldrarna."

"Dom vet inget om sånt", sa Halders. "Föräldrar har inte en aning om vad deras före detta små barn håller på med." Han tittade på Winter. "Har jag rätt eller har jag rätt?"

"Du har rätt i att föräldrar kanske inte alltid är helt tillförlitliga som sanningsvittnen", sa Winter och log svagt.

"Det är skit om vi inte hittar killen", sa Halders. "Vi måste hitta honom." Han gjorde en grimas. "Han skulle ha blivit förälder han också."

Det *var* skit. Winter kände tyngden av fallet när han styrde bilen mot polishuset. De hade koncentrerat resurser på att finna Angelikas pojkvän eller vad han var men inte lyckats.

Kanske skulle de lösa gåtan i samma stund som de fann fadern till det barn som hon aldrig födde. Han mördade Angelika. En galning.

Så enkelt var det kanske.

Den som mördade Beatrice var en annan.

Och den som våldtog Jeanette ytterligare en annan.

Nej.

Han parkerade och var uppe på rummet inom fem minuter. Det fanns några regndroppar kvar på brädan under fönstret som han lämnat öppet.

Telefonen ringde.

"Vi har ett nytt vittne", sa Bergenhem när Winter sagt sitt namn.

"Ja?"

"Det är alltså... eh, mordet på Angelika Hansson. En kille som säger att han hörde nåt konstigt ljud när han gick förbi parken samma natt."

"Stämmer tiden?"

"Ja."

"Vad hörde han då?"

"Ett väsande, säger han. Att det var som ett väsande som upprepades några gånger."

"Vad gjorde han då?"

"Fortsatte förbi. Snabbt, dessutom."

"Inte mer nyfiken än så."

"Han trodde det var en grävling och blev rädd."

Det kunde Winter förstå. Han hade själv mött en grävling en gång på en lugn gata ute i väster och blivit jagad hundra meter och känt faran mycket påtagligt komma forsande därbakom.

"Men nu tror han inte längre på att det var en grävling?"

"Han har sett nyheterna", sa Bergenhem.

"Och det var just där?"

"Verkar så."

"Vittnena dyker upp ett efter ett."

"Det saknas en del", sa Bergenhem.

"Ja. Framför allt från för fem år sen."

På kvällen gick de till parken. Angela slickade på en glass och Winter drog sittvagnen och Elsa sov men vaknade när ett gäng for förbi på rollerblades.

"Det var ändå dags", sa Angela och lyfte upp Elsa som sträckte sig efter glassen. "Dom behöver ingen straffpåföljd."

"Hon vill ha glass."

"Jag har inga pengar på mig."

"Tur att det finns nån som har", sa Winter och bar med sig Elsa bort till kiosken, som var stängd. Killen som skötte den hoppade just upp på en cykel och Winter funderade på om han skulle beordra honom att öppna igen.

Elsa förstod att hon inte skulle få glass och blev inte glad.

"Hon behöver nog avledning", sa Angela när de kom tillbaka.

"Det var stängt", sa Winter.

"Hitta på nåt annat då."

Han bar Elsa till dammen och doppade försiktigt hennes fötter i vattnet och gråten övergick i skratt. Han doppade dem igen och mumlade i hennes öra och lyfte sedan blicken och såg tvärs över dammen. Allt var välbekant. Han kunde se den lilla öppna platsen innanför cirkeln av buskar, och träden, och stenblocket som glimmade i de sista solreflexerna.

Han kunde se skuggan till vänster, alldeles framför ingången till den svarta öppningen.

Skuggan stod orörlig. Winter var stilla tills han kände Elsas sprattel i sina händer. Han tog inte ögonen från skuggan som hade konturen av en människa, ännu mer så nu när den nedåtgående solen lyste längre in som en strålkastare. Skuggan som var en människa rörde sig.

Winter hörde Angela säga något alldeles bakom sig och lyfte Elsa ur vattnet och lämnade henne i Angelas armar utan att säga något och hörde barnets besvikna skrik när han sprang i skydd av häcken till vänster om dammen och nådde promenadvägen på andra sidan buskarna och kunde se öppningen och skrevan som inte längre lystes upp av solen och han vräkte sig förbi ett ungt par på promenad och dök genom buskaget och såg träden och allt det andra vidrigt välbekanta och pulsen var högre än normalt när han kände efter vapnet som låg i ett skåp långt därifrån.

11

INGEN STOD KVAR och väntade när Winter kom fram. Han såg öppningen mellan träden, och stenblocket, och ris och buskar vid sidorna och flikar av skymningshimmel men ingen skugga.

Därinne i grottan var det tomt och doftlöst.

Gräset utanför var torrt som sand igen. Det var meningslöst att söka fotspår. Men han skulle kalla dit någon som kunde leta efter eventuella nya föremål på platsen. Man visste aldrig. Man visste aldrig, tänkte han igen.

Han gick i en cirkel runt gläntan och sedan snabbt in på stigen bakom och följde den femtio meter. Han återvände och där stod Angela med Elsa i sittvagnen och hon tittade storögt på honom när han böjde sig under ett snår.

"Vill du leka kurragömma kan du ju säga till oss andra innan du börjar", sa Angela. "Eller du kanske vill gömma dig och sen leta efter dig själv?"

Han borstade bort barr från axeln och grep efter cigarillpaketet som inte längre låg i den vida och breda bröstfickan.

"Nu är rätta tillfället att sluta", sa Angela som sett rörelsen.

Winter såg paketet på marken där han böjt sig ner. Flera av cigarillerna hade ramlat ur och låg i en gles halvcirkel. Han gick dit och tog upp paketet och när han plockade upp cigarillerna en efter en såg han knappen bredvid den näst sista. En knapp bara, vit eller benvit, en skjortknapp.

De hade hittat den om den legat där när de spärrade av efter mordet på Angelika. Och efter våldtäkten på Jeanette.

Efter det kunde vem som helst ha gått här och tappat en knapp.

"Har du en pappersnäsduk?" frågade han och vände sig mot Angela. Han satt fortfarande på huk.

Angela drog fram en kleenex ur handväskan och Winter hämtade den och svepte in knappen.

"Vad är det?"

"En knapp."

"Jaha?"

"En skjortknapp", sa Winter. "Tror jag."

"Aha. Och nu har vi alltså sett hur du jobbar", sa Angela och vände sig till Elsa. "Så här arbetar detektiver, Elsa. Se och lär."

"Vill du att Elsa blir spanare?" sa Winter och böjde sig igen men nu vid sittvagnen. Elsa sa något. "Hon sa detektiv", sa Winter.

"Nej. Hon sa *perspektiv*." Angela tittade på honom med ett leende. "Jag tror att hon menar att man måste ha perspektiv på sig själv och sitt arbete." Hon såg bort mot buskaget. "Ska vi ha det så här under kvällspromenaderna?"

"Jag tyckte jag såg nån", sa Winter.

"Herregud."

"Det är mer komplicerat än du kanske tror."

"Ja sannerligen."

"Det stod nån där. Det var inte bara en tillfällig... flanör."

"Glöm inte knappen, Erik." Hon hade sett ett plötsligt mörker i hans ögon. Det blev kallare inne bland träden. Elsa försökte komma ur vagnen. Han hjälpte henne. "Förlåt, Erik. Jag vet att det är viktigt... och allvarligt. Hemskt. Men jag kunde inte låta bli att raljera lite."

"Jag bjuder på det."

Han lyfte upp Elsa. De gick tillbaka mot dammen.

"Tror du det är så att... att han återvänder till platsen för brottet?"

"Ja."

"Du menar att det alltid är så?"

"Det är min erfarenhet. Och andras."

"Och skuggan du såg kunde vara... han?"

Winter ryckte på axlarna. "Just när jag såg honom kändes det starkt som att det var nån... viktig. För fallet viktig." Han tittade på henne med Elsa över axeln. "Fan, nu vet jag inte längre."

"Fan", sa Elsa. Det var ett av de första ord hon uttalat korrekt.

"Vad är ett privatliv?" sa Halders till Aneta Djanali som satt bredvid honom i bilen. Den stod parkerad utanför familjen Hanssons villa. Aneta Djanali kände lukten av hav genom det öppna fönstret.

"När upphör ett liv att vara privat?" sa Halders och vände sig mot henne. "Själv kan jag inte längre skilja mina olika liv."

"Nej."

"Nu har jag blivit filosof också." Han skrattade kort. "Privatfilosof." Han skrattade igen, ännu kortare, torrare. "Amatörfilosof."

Han behöver vara hemma, tänkte Aneta Djanali. Varför plockar inte Winter bort honom från utredningen? Eller Birgersson. Det blir mindre laddat om Birgersson gör det.

"Jag förstår att du tycker att jag borde vara hemma ett tag", sa Halders. "Du tänker på det nu."

"Korrekt."

"Jag förstår dig, men du har fel." Han öppnade bildörren. "Sorg bearbetas på så många olika sätt." Han satte ner foten på asfalten. "Om jag märker att barnen inte vill gå till skolan eller får andra problem, så skiter jag i det här. Men först då." Han stod ute nu och böjde sig in mot Aneta. "Kommer du?"

Lars-Olof och Ann Hansson satt i varsin ände av soffan. Aneta Djanali och Halders satt mitt emot dem i varsin fåtölj. Hon ser förstörd ut, tänkte Aneta Djanali när Angelikas mor vände sig ut mot trädgården som om hon studerade alla de gröna nyanserna därute.

Lars-Olof Hansson stirrade ner i bordet.

Bakom paret fanns ett slags bokhylla och på en av hyllorna stod ett nytaget porträtt av Angelika. Studentmössan var vit, skarpt vit mot hennes svarta hy. Hon är ännu svartare än jag, tänkte Aneta Djanali.

Lars-Olof Hansson hade sett Anetas blick och vände sig om.

"Det togs för bara fem sex veckor sen."

Aneta nickade.

"Vi fick henne när hon var ungefär lika gammal", sa fadern.

"SLUTA", sa modern med hög röst och reste sig upp och gick snabbt ut från rummet.

"Ja, det var klumpigt", sa han. Rösten var tonlös. Han tittade på Aneta. "Är du född här?"

Han är förlorad i sorgen, tänkte Halders. Han kan säga vad som helst när som helst utan att tänka på det. Sorg bearbetas på så många olika sätt.

"Faktiskt", sa Aneta Djanali. "På Östra sjukhuset. Men mina föräldrar kommer från Afrika."

"Varifrån då?"

"Övre Volta. Som det hette när dom kom hit. Burkina Faso nu."

"Mhm." Hansson stirrade ner i bordet igen och lyfte blicken. "Har du varit där nån gång?"

"Ja."

"Hur var det?"

"Tja... jag kände inget särskilt. Eller mindre än jag hade trott innan", sa Aneta Djanali. Förhöret tar en annan vändning men okej. "Men jag ville ju åka."

"Angelika ville också åka", sa Lars-Olof Hansson i samma stund som hans fru kom tillbaka in i rummet.

"Säg inte mer, Lasse." Hon tittade på honom med ett uttryck Aneta Djanali inte sett förut. Han såg plötsligt alldeles hjälplös ut. Som en drunknande, tänkte hon.

"Till Uganda", sa han och sedan kunde de inte prata mer om Angelika Hanssons ursprung, eller Aneta Djanalis.

"Vi har problem med att följa Angelikas väg hem den där natten", sa Halders.

"Vad kan jag göra åt det?" Lars-Olof Hansson stod upp nu, lutad mot väggen bredvid altandörren. "Jag har sagt allt jag känner till. Allt jag vet."

"Varför var hon ensam på stan under flera timmar? Utan sällskap."

"Det är det ni som säger."

"Ingen vi pratat med har varit tillsammans med henne under nästan fyra timmar den där kvällen. Eller tidiga natten."

"Jag har sagt allt jag vet", sa Lars-Olof Hansson.

"Men vad gjorde hon?" frågade Halders.

"Jag vet inte, har jag sagt."

"Kan hon ha haft ett jobb?"

"Ett jobb?"

"Ett sommarjobb. Ett jobb", upprepade Halders.

"Det hade hon väl berättat för oss i så fall."

"Hände det att hon gick ut på stan för sig själv?"

"Är det så jävla egendomligt om det sker?"

"Gjorde hon det?"

"Jag följde inte efter henne."

Halders väntade. Han såg på mannen att det skulle komma mer.

"Hon tänkte mycket på... sitt ursprung", sa han nu. "Hon blev... förvirrad. Eller vad man ska kalla det." Han tittade på sin fru men hon sa ingenting. "Det var som om det blev värre. Ja. Hon kanske gick för sig själv och tänkte på det. Jag vet inte."

"Var hon deprimerad?"

"Jag vet inte." Han upprepade det. "Jag vet fan inte."

"Hur var det med pojkvänner?" frågade Aneta Djanali. Ann Hansson tittade upp. Aneta vände sig mot henne. "Ni måste ha... tänkt mycket på det dom här dagarna."

Kvinnan nickade. Plötsligt hade hon samma hjälplösa ansiktsuttryck som mannen nyss. Exakt samma hjälplöshet.

"Vi har inte gjort annat."

Aneta Djanali väntade. Hon ville lämna ledtrådar, allt enligt modern kognitiv förhörsmetodik, men hon hade inga.

"Det fanns inga pojkar", sa Ann Hansson. "Inte som vi kände till i alla fall."

"Pratade ni om det?" frågade Aneta Djanali.

"Pratade? Jag och... Lasse?"

"Ni och Angelika", sa Aneta Djanali och nickade mot henne, "du och Angelika."

"Ja... vad ska jag säga... klart att vi pratade om det. Men hon hade ännu inte haft nåt... stadigt sällskap", sa Ann Hansson och började gråta, stilla, för första gången sedan de kom dit. "Det här me... med graviditeten är fullständigt otroligt. Det är som en... som en mardröm mitt i mardrömmen."

"Det är ingen mardröm", sa hennes man. "Det är verkligt." Han tittade på sin fru. "Det måste ju sägas, eller hur?"

Bergenhem satt i Winters rum. Klockan var halv tio på förmiddagen. Fläktsystemet skramlade över dem. Bergenhem var solbränd efter lediga timmar på klipporna i nordväst. Han ser starkare ut än på länge, tänkte Winter. Lugnare.

"Hon hade kanske ändå en pojkvän", sa Bergenhem. "Jag fick tag på en kompis till henne nu på morron som kom hem från Paris i går och hon hade sett en kille tillsammans med Angelika. Ett par gånger." Bergenhem läste i sitt block och tittade upp. "Två gånger. Du har rapporten utskriven efter mötet."

"En kille, alltså."

"Ja. Två gånger hade hon sett Angelika och killen, en gång på ett kafé där hon stämt möte med Angelika, och en gång hade hon sett dom gå på gatan när hon åkte förbi i vagnen. Spårvagnen." Bergenhem tittade upp. "Den där gången på kaféet hade killen varit på väg därifrån och dom hade bara sagt hej."

"Hon har bara sett honom dom två gångerna?"

"Ja."

"Aldrig för sig själv? Ensam? Eller med andra?"

"Inget av det."

"Vad sa Angelika själv då?"

"Dom hade inte pratat om det."

"Mhm."

"Hon hade frågat förstås men Angelika hade inte sagt ett ord."

"*Hur* hade hon inte sagt ett ord?"

"Vad menar du då?"

"Hade Angelika skrattat bort det eller sett plågad ut eller rädd eller förbannad eller besviken eller vad?"

"Jag vet faktiskt inte."

"Ta reda på det."

"Visst."

"Och den här kompisen kände inte igen killen?"

"Nej."

"När ska du träffa henne igen?"

"Nu på förmiddan. Jag ville bara prata med dig först."

"Okej. Bertil och du pratar med henne."

Bergenhem nickade.

"Jag vill ha tag på den där killen snabbt", sa Winter. "Han finns ju därute."

Men de kunde inte finna honom. Efter flera samtal hade de inte kommit längre och det verkade som om den enda chansen att få tag på killen var om Angelikas kompis Cecilia fick syn på honom igen på stan.

Hon hade beskrivit hans utseende.

Det gick en dag till. De skulle efterlysa honom. Men allt var så vagt. Det fanns inget ansikte än.

"Är han i landet så hade han hört av sig", sa Bertil Ringmar på förmiddagsmötet.

Winters högra, och äldre, hand satt på en stol i utkanten av gruppen. Vi kommer att bli färre för varje vecka, tänkte Winter, för varje resultatlös vecka, men det vet vi inte om förrän det finns något som kan likna ett facit.

"Har vi kartlagt hela bekantskapskretsen?" sa Bergenhem.

"Förhör har gjorts med alla vi känner till, ja", sa Ringmar. "I alla fall dom som är hemma, och där har vi bra koll. Vi har lite sämre koll på dom som är utomlands."

"Det kanske bara var ett tillfälligt möte", sa Aneta Djanali. "Det behöver inte ens vara samma kille båda gångerna. Tjejen, Cecilia, kan ju ha fel."

"Varför sa Angelika inget om det?" sa Bergenhem. "Om mötet. Eller mötena. Om honom. Eller om det var nån annan den andra gången fast jag tror att det var samma kille. Det var väl bara att säga det."

Han kanske inte lever, tänkte Halders. Killen kanske är död.

Det ringde när hon hade somnat. Hon svarade med sömn i rösten.

"Ja... hallå?"

"Jag väckte dig väl inte?"

"Jo, faktiskt." Hon satt upp nu. Det var nästan mörkt ute, vilket betydde att det var mitt i natten. Det luktade blommor och tång genom fönstret som stod på glänt.

"Så synd."

"Vad vill du?"

"Kan du jobba i morgon? Bara en gång till."

"Jag har sagt att jag inte vill."

"Anne."

"Nej."

"Okej, okej."

"Ring inte hit mer."

"Jag kanske gör det i alla fall."

Hon kände rädslan nu. Den fanns i hennes egen röst. Hon visste att han visste det.

"Du behöver inte vara rädd för nåt", sa han. "Men jag vill att du kommer hit i morgon."

"Jag vill inte jobba. Och jag är inte rädd. Vad skulle jag vara rädd för?"

"Kom bara hit. Vi måste prata om det."

"Det behövs inte. Jag har sagt det till dig."

"Mhm."

"Tusen gånger."

"Vi ses då."

*

Winter höll presskonferens. Det var lika många journalister nu som alltid när det skett grova våldsbrott. Han förstod varför men tyckte inte om presskonferenser. Han hade inga särskilda åsikter om journalister som sådana. Folk gjorde väl sitt jobb, en del bättre, en del sämre.

Han behövde medierna ibland precis som de behövde honom.

Den här gången skulle han komma att behöva dem mer än någonsin. Han visste det inte än, men han hade en aning om det, som en tunn slinga i bakhuvudet, nu när han stod där och undanhöll utredningstekniska detaljer för redaktörerna.

12

WINTER HITTADE EN PARKERINGSPLATS utanför Noon och gick över korsningen.

Det var längesen han gått längs Bellmansgatan fast den inte låg långt från hans hem. Tjugo år sen? Tio? Gatan låg som alltid i skugga mellan stenfasaderna.

Kanske hade han faktiskt inte gått här sen den där solskarpa dagen i juni 1979 när han trängts med alla de andra nykläckta utanför Sigrid Rudebecks privata gymnasium. Studenten. Gymnasiekompetensen. Han hade inte haft vit mössa. Alla andra i klassen hade haft det, utom han, och en till, Mats, som dött i lunginflammation för fem år sen, eller egentligen aids. Winter hade varit på vinterbegravningen ute i havsbandet och han saknade Mats, tänkte på honom när han sköt upp porten och steg in i hallen som såg ut precis som då, den var sliten som då, trappan var som då, gården bakom, och anslagen på väggarna som var klistrade över varandra.

Vad som inte fanns just nu i sommartid var springet i trappan, den lilla samlingen av ungdomar framför anslagstavlan, rösterna som blandades och stegen mot lektionssalarna på övre plan.

Den ena eleven duktigare än den andra, tänkte han, men det var orättvist mot dem. Han hade själv stått där. Han behövde inte vara bitter för att han inte blivit mer än snut, tänkte han och såg sitt ansikte speglat i ett bokskåp. Alla kunde inte lyckas i livet. Han såg att han kanske log. Det luktade böcker som värmts upp av solen.

Rektorsexpeditionen låg kvar till vänster därnere. Ansiktet som vändes mot honom när han steg in genom den öppna dörren var bekant, avlägset bekant, dragen hade sjunkit neråt lite av åren och ansiktet hade blivit bredare och tyngre, men det var samme Gustav Hjalte som satt där i rektorsstolen som för tjugotre år sedan suttit i katedern i klassrummet under svensklektionerna. Hjalte hade varit lite yngre än vad jag är nu, tänkte Winter och såg plötsligt den yngre mannen i den äldres kropp. De hade inte setts på alla dessa år. Inga klassträffar. Inget sammanträffande på stan. Är det inte konstigt? Han hade inte passerat skolan men han hade rört sig i närheten.

Hjalte log och kom runt skrivbordet.

"Det var intressant att höra från dig, Erik." Han tryckte Winters hand. "Fast det kanske inte är rätt ord i sammanhanget."

"Det duger."

"Man vet ju inte riktigt vad man ska säga ibland."

"Ord är väl annars er specialitet, magistern. Svenska språket."

"Man undrar. Efter några år på den här stolen är det mest siffror jag sysslar med. Administration har inte så mycket med ord att göra, är jag rädd. Ibland kan jag undra varför jag sitter här." Hjalte gjorde en gest mot Winter att sätta sig på en stol som såg utomordentligt obekväm ut. Hjalte ville inte ha långa besök. "Färre ord och fler siffror." Han tittade på Winter. "Det var ju annorlunda när jag var din klassföreståndare." Han log igen. "Och du får förresten gärna säga du. Nu."

Winter nickade.

"Jag läser om dig ibland", sa Hjalte.

"Inget ofördelaktigt, hoppas jag."

"Tvärtom."

"Jag skulle önska att det inte stod nåt alls."

"Att det inte fanns några brott, menar du?"

"Vore inte det ett underbart samhälle?"

"Men då skulle du vara utan jobb, Erik."

"Det vore ett offer jag är beredd att göra."

"Men istället vet du att det finns hur mycket arbete som helst. Hur länge som helst."

"Tyvärr."

"Och det har fört dig hit."

"Ja. Jeanette Bielke."

"Du berättade det. Stackars flicka. Vi visste inte."

Det knarrade bakom Winter.

Hjalte reste sig och krånglade sig förbi honom i det trånga rummet och stängde dörren som glidit upp.

"Kåken är lika sned och vind som när du var elev här", sa han och satte sig igen. "Det är väl en del av charmen med privata skolor. Kanske skulle det kunna jämföras med engelska public schools."

"Så illa var det aldrig här", sa Winter.

"Tack för det."

"Hur väl kände du flickan?"

Hjalte verkade inte reagera på ämnesbytet.

"Ganska ytligt, är jag rädd." Hjalte viftade mot blanketter och formulär på skrivbordet. "Allt det här är skulden till det. Den så kallade administrationen." Han tog upp ett papper. "Jag vet inte om det är ett tecken på samhällsandan men det verkar som om alla vill ha in sina ungar på privatskola nu."

"Det är förskräckligt", sa Winter.

"Vilket då? Samhällsandan? Samhällsklimatet?"

"Privatandan", sa Winter.

"Du säger det", sa Hjalte och la ner papperet igen och tittade på Winter. "Allvarligt talat vet jag inte hur jag ska kunna hjälpa dig, Erik. Jeanette är en trevlig och skötsam flicka som råkat fruktansvärt illa ut och det är väl allt jag kan säga."

"Är det ändå inte lite konstigt att du inte visste nåt om vad som hänt?" frågade Winter, "innan jag ringde alltså. Sånt sprider sig väl snabbt, inte minst på en skola. Och inte minst på en sån här liten skola."

"Jo, det är kanske konstigt. Men det är ju faktiskt sommarlov."

"Men ändå... inte minsta lilla rykte, alltså", sa Winter. "Sommarlov eller inte borde väl skolledningen fått nån sorts information."

"Av vem?"

"Jag vet inte exakt."

"Hon har väl lojala vänner som inte vill prata."

"Kanske. Och det verkar faktiskt inte vara så många i vänkretsen som är elever här."

"Jaså?"

"Hennes vänner, dom vi träffat i alla fall, går inte på Rudebecks. Flera går inte ens i gymnasiet. Eller gick."

"Där har du förklaringen." Han tittade på Winter med ögon som inte hade blivit äldre. "Det är nåt annat bakom det här också, eller hur?"

"Hur menar du... Gustav?"

Det kändes ovant för Winter att säga magisterns förnamn. Han hade varit påverkad av auktoritetens makt när han gick här. Han hade försökt värja sig men inte haft verktyg nog till det.

"Jag har ju läst och hört om mordet på den där flickan... hon som gick ut Schillerska nu i vår", sa Hjalte. "Har det nåt samband med det här, Erik?"

Hannes väntade i klassföreståndarens rum. Halders höll om honom. Den kvinnliga läraren stod bredvid. Hon hade tagit bort sin hand från Hannes axel efter en liten stund.

"Magda vill vara kvar tills hon slutar", sa pojken. "Jag frågade henne."

Halders höll hårt om sin son.

"Kan vi åka nu, pappa?"

De åkte i regnet. Det hade börjat regna på eftermiddagen.

"Du blev inte arg, pappa?"

"Varför skulle jag bli arg?"

"För att du fick åka från jobbet och hämta mig innan skolan var slut."

"Vill du inte vara där så behöver du inte vara där", sa Halders och kramade sonens axel med högerhanden. "Och jag behöver inte vara på jobbet."

Pojken verkade nöja sig med det, föll in i tystnad under resten av resan hem. Halders parkerade och de gick in. Han hade tagit dit en del av sina saker från lägenheten. Han visste inte var han hörde hemma mer än att det var tillsammans med sina barn.

"Jag är trött", sa Hannes.

"Lägg dig en stund. Jag sitter här i vardagsrummet."

"Blir man tröttare när man är ledsen, pappa?"

"Ja." Han hade inte vetat det förut men nu kände han det. Det kom nu. Kände det så inihelvete. "Vi går och lägger oss tillsammans en stund innan vi åker och hämtar Magda."

"Jag vet inte exakt vad hon gjorde varje sekund under natten", sa Kurt Bielke. "Nån sån koll har jag aldrig haft."

Det är nåt skumt med hennes farsa, hade Halders sagt. Jeanettes farsa. Eller mellan dom. Det är nåt konstigt där. Kan du vara mer konkret? hade Winter frågat. Det är ju flera punkter som inte stämmer mellan vad hon säger och vad han säger, hade Halders svarat. Natten när hon kom hem. När det hade hänt.

"Men du är säker på att hon var hemma före tre?"

"Det var nåt sånt, det har jag sagt flera gånger nu."

"Inte två timmar senare?"

"Nej. Vem säger det?"

"Det finns ett vittne som sett Jeanette komma hem då."

"Jaha. Men då har vederbörande sett fel."

De satt i ett vardagsrum som var mycket ljust trots det täta regnet utanför.

"Ni har ju hört med min fru också. Jeanette var hemma vid tre och jag kan inte förstå varför i helvete vi ska fortsätta att mala om det."

Han tittade stint på Winter.

"Hon har ju sagt det själv också, eller hur? Varför skulle hon ljuga om det? Det är ju helt befängt."

"Berätta en gång till om telefonsamtalet den där kvällen", sa Winter.

Kurt Bielke pustade, ljudligt.

"Jag är tålmodig här, kommissarien. Men ni får ursäkta om jag också blir lite otålig. Eller till slut ovillig att svara på frågor. Vi är en familj som råkat illa ut... Jeanette har råkat mycket illa ut... och ni sitter och frågar och frågar om telefonsamtal och hemkomster."

"Vi utreder ett allvarligt brott", sa Winter.

"Det låter nästan som om jag var skyldig själv", sa Bielke.

"Varför säger du det?"

"Va?"

"Varför säger du att det låter som om du är skyldig?"

"För att det verkar så nästan."

"Berätta om samtalet."

"Hon ringde vid elvatiden för att höra om nån hade hört av sig."

"Nån särskild?"

"Nej. Bara 'nån'."

"Hade nån hört av sig?"

"Nej."

"Hon hade lånat en kamrats mobiltelefon", sa Winter.

"Ja, ni säger det."

"Du kunde inte höra det?"

"Nej."

"Har du fått samtal från mobiltelefoner förut?"

"Inte sen början av artonhundratalet", sa Bielke. "Men jag kommer ihåg att det hörs ett annat brus."

Var ironisk du, tänkte Winter. Jag bjuder så gärna på det. I det här jobbet handlar det också om att låta ord rinna av en som vatten.

"Men det lät inte så nu?" frågade han.

"Jag kommer inte ihåg."

"Hon sa att hon var utomhus."

"Ja."

"Nåt som tydde på det?"

"Det var ett samtal på några sekunder."

Hennes egen mobil var på reparation. Winter hade fått det bekräftat.

"Det är oklart vem som lånade ut sin mobil till henne", sa Winter.

"Spelar det nån roll?"

"Det är oklart för oss var Jeanette var under ett par timmar den där natten", sa Winter. "Kanske ännu längre."

"Du får väl fråga henne. Igen. Det är inget jag tycker om men måste ni så måste ni."

"Jag frågar dig nu."

"Fel person."

Winter märkte att mannen förändrats under samtalet. Eller förhöret. Och hur han förändrats sedan de möttes första gången. Han hade blivit... aggressivare. Det kunde bero på Winter, eller Halders. Det kunde också bero på något annat.

"Vill du inte också veta?" frågade Winter.

"Vad tror du?"

Winter svarade inte. Han hörde något uppifrån, steg i trappan. Mjuka steg, eller ett snubbel. Kanske hade hon lyssnat men det borde han ha märkt. Just då kom Jeanette in i rummet från köket. Någon annan hade stått däruppe i trappan. Irma Bielke var inte hemma, det hade Bielke sagt när Winter kom.

Det regnade ute, kraftigare nu. Trädgården var svept i vått grönt. Temperaturen hade sjunkit men det var fortfarande varmt. Från väster hördes vågorna som bröts mot klipporna.

Winter körde söderut. Högra vindrutetorkaren behövde bytas. Synfältet till höger var oskarpt och kletigt, som att se hus och träd genom ett tunt lager gelé.

Han fick vänta i en korsning medan ett stycke gata lappades med asfalt. Arbetarna fyllde långsamt gatan med svart. Hans tankar var snabbare.

Flickorna hade befunnit sig på samma ställe. Beatrice och Angelika. De hittades där, mördades där. Eller några meter därifrån. Jeanette blev överfallen där. Hon hade sagt att det var där. Varför skulle det inte vara där?

Vad betydde det? Vad betydde platsen? Han hade spanat bakåt... mot Beatrice... men hade nån annan också gjort det? Fanns det en copycat? Han hatade det ordet.

Men det var ingen hemlighet vad som hade hänt Beatrice, och var det hade hänt.

Utnyttjades det av nån? En copycat.

Spanade han åt fel håll? Skulle han se framåt när han såg bakåt?

En asfaltsgubbe vinkade fram honom, förbi fordonet som såg ut som en kokvagn i en infanteribataljon eller ett av fordonen i en Mad Max-film. Den varma asfalten sjöd under regnet, ångade. Den luktade som ett infanterianfall genom bilfönstren.

De hade kartlagt de tre flickornas sista timmar så noga de kunnat. Han räknade också in Jeanette. Det var ytterligare en egendomlighet. Hon levde men hennes kväll före brottet var den svåraste att se tydligt. Vittnena var färre. Flera kunde inte minnas.

Han hade suttit över kartan, försökt finna en gemensam väg fram till parken, till stenblocket, öppningen, buskaget.

Det fanns kanske en gemensam väg, eller något som kunde vara det. La man ihop alla vännernas vittnesmål om var de hade varit och vart de hade gått och skulle gå i natten fanns det något som liknade en sträcka som Beatrice, Angelika och Jeanette kunde ha gått den natten de mötte mördaren. Den började norr om centrum, och alla visste var den slutade.

Norr om centrum. Vad hade de gjort norr om centrum? Det var nära älven, den gamla hamnen, eller runt Operan. Eller på andra sidan? Winter hade läst utredningarna framlänges och baklänges men inte hittat något ställe som nämnts som låg i närheten av den eventuella plats där den eventuellt gemensamma sträckan började. Var allt tillfälligheter? Han visste inte, men han skulle fortsätta. Han skulle bege sig ner i kartans verklighet, till de där kvarteren.

Han hade letat efter en beröringspunkt mellan de här tre, och det här var något sådant, oändligt vagt ännu, men något sådant. Vad skulle han annars göra?

Winter svängde vänster. Angelika Hanssons far stod i dörren och väntade, som förra gången.

"Jag blir ensam härinne en stund", sa Winter och Lars-Olof Hansson stängde dörren utifrån. Winter såg sig om i Angelikas rum. Det var bara att börja om. Han öppnade den vänstra garderobsdörren.

13

DET FANNS INGENTING I GARDEROBEN som han inte hade sett förut. Ingen hade flyttat om kläderna därinne sedan han och Bergenhem varit där vid första husrannsakan och lyft på tröjor och byxor, vilket var ett arbete han inte önskade någon. Han kände motstånd när det gällde att vidröra döda människors kläder. Han var inte menad att bli kriminaltekniker. Kläderna skulle aldrig mer bäras av någon. Han hade sett det förut: under åratal skulle allt ligga kvar på sina hyllor och i sina lådor precis som alla möbler skulle stå där de stod i rummet, papperen skulle ligga kvar på skrivbordet, böckerna stå i hyllan, de få prydnadssakerna skulle stå orörda.

Allt var förtingligade minnen nu, minnen som de inte ville ha i det här huset men saknade kraft att utplåna. Eller vilja. Eller både och, tänkte han och stängde garderobsdörren.

Vad letar jag efter? Visste han det skulle han inte vara här, tränga sig in med de förtvivlade föräldrarna i rummet intill. Visste han skulle han redan ha hittat det, tagit det med därifrån för belysning i ett skarpare ljus.

En hemlighet.

Tanken hade funnits i hans huvud sedan han pratat med Jeanettes far första gången. Där fanns en hemlighet. Fadern eller dottern bar på en hemlighet. Kanske båda. Nåt de inte sagt. Det gick inte att peka på som man pekade på ett bevis. Men den rörde brottet mot dottern, våldtäkten. Han kom inte åt det, inte nu. Men han kände det. Och Halders kände det.

Han behövde Halders. Det här var ett fall också för Halders, ett komplicerat fall som krävde ett slags tänkande som gick direkt på mål utan för många sidospår.

Och nu var han här i det här rummet som bara skulle släppa in halvdager och halvnatt genom de halvt slutna persiennerna.

Han satt vid skrivbordet och tittade på ett fotografi av Angelika på en badbrygga vid havet. En svart ung kropp och ett leende lika stort som horisonten bakom havet, lika vitt.

Dessa förbannade fotografier som inte tog hänsyn till framtiden. Han hade stirrat på tusen bilder som denna, som en siare som förebådar en tragedi som kommer att inträffa. Allt som finns i fotografier som dessa får en annan betydelse än vad man ser på ytan, tänkte han. När jag ser på den här bilden är det som om jag kommer till den där bryggan från framtiden med ett dödsbud.

Angelikas far bar inte på en hemlighet på det sättet. Winter kunde höra honom harkla sig någonstans i huset. Fadern – han var ju ändå det, adoptivfader men fader – hade varit genuint ovetande om dotterns graviditet och eventuella pojkvänner.

Men bar Angelika på en hemlighet? Vem hade hon råkat ut för i natten? Precis som Beatrice hade hon skilts från några vänner och blivit ensam. Eller hade hon träffat mannen som gjort henne gravid ungefär åtta veckor tidigare?

Vad hade hon gjort då? Hon hade nästan avslutat sin tolvåriga skolgång och var på väg ut i livet.

Stötte hon på en mördare och våldtäktsman som väntade in sina offer i sommarnatten? En tillfällighet. Otur, om man uttryckte det milt. Eller fanns det ett motiv bakom? Var det ett planlagt brott, på ett annat sätt?

Platsen kunde vara vald med omsorg... i båda fallen. Av galningen. Eller av mördaren som väntade på en särskild person, bara på henne.

Då handlade det här inte om Beatrice Wägner, eller Jeanette Bielke.

Eller gjorde det det i alla fall?

Kanske hade de tre flickorna ändå något gemensamt som fört två av dem i döden, kanske handlade det inte enbart om att vara på fel plats.

Hade de *gjort* något gemensamt som... förenade dem. Kunde det vara så?

Herregud, jag måste koncentrera mig på det här mordet. Det går att hitta gemensamma nämnare i allt.

Winter satt med huvudet i händerna och tänkte, tog bort händerna, reste sig och öppnade en av lådorna till skrivbordet. Han behövde röka men höll tillbaka begäret. Det hade ökat sedan han blivit far. Han hade trott att det skulle minska, eller upphöra. Men det hade ökat. Han rökte mer än någonsin. Det betydde att det var dags att sluta. Angelas diskreta antydningar hade sakta förvandlats till något annat. Inte tjat. Aldrig det. Men kanske... irritation. Det var inte bara läkaren i henne. Det var sunt förnuft. Sunt.

Han reste sig och gick genom huset och ut och tände en Corps.

När han var tillbaka igen sökte han metodiskt igenom rummet. Han tittade länge på fotografiet igen, hennes hud mot havet. Han drog ut skrivbordslådan och tog fram de åtta buntarna fotografier som han nyss gått igenom. Han började om, sorterade i mindre högar, sorterade om. Angelika i olika miljöer, mestadels utomhus. Leende, utan leende. Han la utomhusbilderna för sig, inomhusbilderna för sig. Sommar för sig. Vinter för sig. Höstlövens starka färger. Angelika i en snödriva, svart, svart, vitt, vitt. Angelika i en vårbacke med vitsippor som glänste likt hennes tänder. Angelika med sin far och mor, i samma backe: föräldrarna nästan sjukligt bleka efter vintern.

Bilderna saknade datering men verkade alla vara tagna under det senaste året. Det var en gissning men blev mer än så när han läste datumen på kuverten. Det var nästan 300 bilder. De var som en öppen dagbok över hennes senaste år. Sommar, höst, vinter, vår, sommar igen. Den sista sommaren, eller halva sommaren, tänkte han och tittade på serien bilder från hennes examensdag. Skolgård, blommor, ballonger, allt det traditionella, en ettårig Angelika uppförstorad arton gånger på ett plakat som svängdes över alltihop.

Det stod många människor runt om, i en bred halvcirkel, många ansikten. Winter kände igen föräldrarna men inga andra. Angelika hade vit mössa och skrattade in i kameran.

Det var för sex veckor sedan.

Winter fortsatte med att lägga fotografierna i olika högar. Varför gör jag så här? Är det egenterapi inför den tunga jävla utredningen? Som en patiens. Tålamod. Allt handlar om tålamod.

Fåglar sjöng utanför. Regnet slog mot fönstret igen efter ett uppehåll. Winter hade blivit sittande med ett fotografi av Angelika i något slags rum med en vägg av tegel bakom sig. Teglet var... tegelfärgat. Hon såg in i kameran men hon log inte. Ansiktet var egentligen uttryckslöst, tänkte han. Det stod glas och flaskor på ett bord framför henne. Ett par tomma tallrikar med något som kunde vara matrester. Det fanns en skugga av någonting i bildens övre vänstra hörn. Kanske en lampskärm, eller någonting som hängde på väggen.

Det var definitivt inomhus och han såg inga spår av dagsljus i skenet som verkade komma från flera olika håll. Kanske syntes en svag silhuett också från fotografen.

Han la ner bilden och tog fram en annan där Angelika syntes i halvprofil vid samma bord med samma vägg men utan skuggan i övre vänstra hörnet. Fotografen hade flyttat sig.

Kanske en restaurang, tänkte Winter. En pub.

Bilderna hade legat i samma kuvert som vinterbilderna. Kanske hade också de här tagits på vintern. Han hade inte funnit några negativ i kuvertet.

Kanske var det ett ställe hon brukade gå till. Kanske ett stamställe. Hade de några uppgifter om lokaler dit hon gått för att roa sig? Ja. Det fanns några stycken. Vilken hade den här tegelväggen?

Det fanns inga andra fotografier av nöjeslokaler eller restauranger eller pubar bland alla de 300 bilder Winter gått igenom och lagt i dussinet högar framför sig på skrivbordet. Inte bilder inifrån. Det fanns några från uteserveringar. På en av bilderna gör kyparen en rolig min.

Han reste sig och gick ut ur rummet och sökte upp Lars-Olof Hansson som satt ensam i vardagsrummet och följde regnets rörelser på fönsterrutorna.

"Det är nåt jag vill att du tittar på", sa Winter. "Om du har en minut."

"Bara en", sa Hansson, "jag håller på att vänta ut regnet på den där rutan." Han pekade. "Det kan inte bestämma sig."

Winter nickade som om han förstod.

"Vad är det om?" frågade Hansson.

"Några foton", sa Winter. "Jag vill att du tittar på dom." Han nickade mot hallen. "I Angelikas rum."

"Jag går inte in dit." Hansson tog blicken från fönsterrutan. Det luktade av värme och fukt i rummet, som luften utanför. Vinden tog tag i träden. Det var som skymning både i rummet och i trädgården bakom glaset som var strimmigt av regnet. "Jag går aldrig dit sen det hände."

"Jag hämtar dom", sa Winter och gick tillbaka och återvände med fotografierna. Han gav dem till Hansson. Mannen tittade men verkade inte se.

"Vad är det här?" frågade han.

"Jag vet inte riktigt", sa Winter. "En lokal av nåt slag. Restaurang kanske. Du känner inte igen den?"

"Känner igen vad?" sa Hansson och tittade på Winter.

"Lokalen. Väggen. Eller nåt annat. Angelika sitter ju där och jag undrar om du vet var det är nånstans."

Hansson tittade på fotografiet i sin hand igen.

"Nej", sa han. "Där har jag aldrig varit."

"Angelika var där", sa Winter. "Det finns ett par bilder i hennes skrivbordslåda därifrån."

"Ingen aning var det är", sa Hansson. "Och... spelar det nån som helst roll?"

"Jag vet inte", sa Winter.

"Hon gick ju på fler olika ställen, som ungdomar gör. Jag höll aldrig ordning på dom." Han tittade på bilden igen. "Varför skulle det vara viktigt att veta var den här jävla tegelväggen står?"

"Det beror på vilka som var där", sa Winter.

"Angelika var uppenbarligen där", sa Hansson. "Kanske var hon ensam."

"Nån höll i kameran", sa Winter.

"Självutlösare", sa Hansson och hostade till av en kort skrattserie. Det lät som en krevad i det slutna rummet. "Förlåt", sa han när det var över.

"Hon var där nyligen", sa Winter.

Hansson verkade för trött och alltför förtvivlad för att fråga hur Winter kunde veta det.

"Andra kan ha sett henne där", sa Winter. Och sett andra, tänkte han.

Han fick också en annan tanke. Han gick tillbaka till Angelikas rum och hämtade bilderna från examensdagen och gav dem till Hansson som höll ut handen på ett sätt som nästan verkade apatiskt.

"Det är hennes examen", sa Hansson.

Winter nickade. "Skulle du kunna hjälpa mig att identifiera personerna på bilden?"

Hansson studerade bilden.

"Även dom som vänder ryggen till?"

"Om du kan."

Hansson pekade på fotografiet.

"Fetknoppen därborta till vänster." Han tittade upp på Winter. "Det är farbror Bengt. Min brorsa, alltså. Han vänder sig bort och tuggar på ett kalkonlår eller nåt." Han höll upp handen mot munnen. "Tvångsätare."

"Vilka känner du igen mer?" frågade Winter.

Hansson namngav dem en efter en genom att köra pekfingret i deras ansikten.

När han var klar återstod fyra.

"Aldrig sett dom", sa han.

"Du är säker?"

"Vaffan tror du?"

Winter tittade på ansiktena. Tre män och en kvinna. Två av männen kunde vara runt fyrtio. En var mörk och en var blond och hade skägg och glasögon. Det fanns något vagt bekant över honom. Den tredje var en pojke ungefär i Angelikas ålder. Kvinnan var kanske fyrtio, kanske yngre. Hon stod i utkanten, som om hon var på väg att stiga ut ur bilden. Hon tittade åt ett annat håll, bort. En av männen stod bredvid pojken. Mannen liknade pojken, eller om det var tvärtom. Sydländskt utseende, mörkt men ändå blekt, bleka ansikten. Mannen i glasögon och skägg höll i en ballong och skrattade när Angelika skrattade. Winter tänkte på var han kunde ha mött honom. Han kände inte igen ansiktet. Kanske var det hållningen, som var lite framåtlutad.

"Aldrig sett dom", upprepade Hansson.

Winter kände en krusning på huden. Något hände just nu, just där. Han såg på de fyra främmande ansiktena igen. Det var som om de övriga runt flickan var kända för honom nu när Hansson identifierat dem. Men de fyra var främlingar. De kunde vara utsända från ett okänt ställe. Något hände.

"Är inte det konstigt?" sa han.

Hansson ryckte på axlarna.

"Det var mycket folk på skolgården som du kan se själv." Han petade på en av bilderna. "Dom här som jag inte känner igen kom väl fel."

"Är det troligt?" Winter nickade mot kortet. "Dom ser ju ut som dom... deltar. Som om dom känner Angelika."

"Ja, jag känner dom inte i alla fall."

"Du pratade inte med dom?"

"Jag känner ju för fan inte igen dom har jag sagt."

"Okej."

Det blev tyst. Winter hörde inget regn mot rutorna. Han kunde höra en bil köra förbi utanför, ljudet av vatten mot däcken.

"Vad fan gjorde dom där?" sa Hansson plötsligt och tittade på kortet igen. "Jag hade inte bjudit dom." Han tittade på Winter igen. Hans ansiktsuttryck hade förändrats. "Jag såg dom inte då. Det borde jag väl ha gjort?"

"Det var mycket folk, som du själv sa."

"Dom kan inte ha varit där", sa Hansson.

"Vad menar du?"

"Dom har kommit dit... efteråt." Han tittade på bilden igen och sedan upp på Winter. Han reste sig och ställde sig närmare Winter som kände hans svettlukt och stanken av rädsla och förtvivlan. "Förstår du inte? Dom har kommit dit senare! Dom hade sänts till den jävla studentexamen men ingen kunde se dom." Han stirrade in i Winters ögon som en blind. "Ingen såg dom. Inte Angelika heller. Men dom kom med bud. Bud från helvetet!"

Han fortsatte att stirra med blind blick genom Winters huvud.

"Nu har dom återvänt!" ropade han.

Han behöver vård, tänkte Winter. Eller så har han rätt men på ett sätt som jag inte begriper.

Hanssons ansikte förändrades igen. Han skakade på huvudet och såg på bilden igen i sin hand. "Du kommer aldrig att hitta det här gänget", sa han.

"Tror du att dom... hör ihop? Som ett... gäng?"

"Det spelar ingen roll", sa Hansson. "Dom finns inte."

14

HALDERS HADE VALT ATT SPELA Led Zeppelin på begravningen, mot slutet. Aneta Djanali kände igen låten, förstås. Den var ny för Winter som satt tillsammans med Angela och Elsa tre rader bak. Musiken kändes stor i den lilla kyrkan.

Hanne Östergaard förrättade akten. Hon arbetade deltid som präst för polisen sedan flera år. Någon att prata med efter de svåra upplevelserna.

Hon har faktiskt varit ett stöd efter Margaretas död, tänkte Halders.

"Led Zep var hennes favoritband", hade Halders sagt till Aneta Djanali timmen före. "Hon har minnen till den här låten och det har jag också." Efter det hade han sagt: "Vi har det tillsammans. Minnen." Han hade tittat på henne. "Tycker du det är opassande? Musikvalet?"

"Nej. Folk spelar väl ofta sin egen musik på begravningar nu."

"Jag har inte varit på nån på många år."

"Led Zeppelin blir bra", sa hon.

"Det är ju ändå en ballad."

Halders stod tillsammans med barnen när jorden kastades på kistan. Ingen kremering. Det regnade försiktigt men skulle lätta senare under dagen.

Han talade med folk efteråt men hörde inte vad någon sa. Barnen stod tätt intill honom.

"Är mamma i himlen nu?" frågade Magda.

"Ja", svarade han.

Magda tittade uppåt och molnen rusade undan åt alla sidor. Det fanns blått i mitten.

"'Titta ett hål!" ropade hon och pekade uppåt. "Mamma kan resa genom det där hålet!"

Han försökte se himlen men allt var en dimma genom tårarna.

"Ser du hålet i himlen, Hannes!?" Magda vände sig mot sin bror.

"Det finns inget hål", sa han. "Det är bara rymden." Han tittade ner i marken som var våt.

"Det finns det visst", sa hon och tog ner handen och kramade Halders hand hårt. "Det finns det visst."

De körde mot klipporna i söder. Det var dubbelt så varmt nu efter de regniga dagarna. Angela körde, Elsa satt i barnstolen i framsätet. Winter satt i baksätet och såg fälten glänsa under solen. Han vevade ner rutan och bad Angela stänga av luftkonditioneringen så att han kunde känna några dofter.

De parkerade. Han bar Elsa på axlarna när de gick över hästhagen. De stannade och tittade på fölet som vilade i gräset. Mamman stod bredvid med huvudet intill fölet.

Deras egen skreva var inte upptagen. Winter bytte snabbt om och gick ner till vattnet med Elsa och doppade henne lite i sänder. Angela tog över och han simmade ut. Det var stilla. Han låg på rygg och såg på Angela och Elsa på filten på klippan.

Den tunga känslan från tidigare sjönk genom honom och under ytan. Inte så mycket fanns kvar när han vände i vattnet och simmade längre ut. Han la sig på rygg igen och såg på sin familj som blivit mindre.

Halders hade sett ut att sjunka när begravningen var över. Winter visste inte när han skulle komma tillbaka. I morgon eller aldrig. Man visste inte.

Winter hade själv känt sig som en sten under begravningen.

Han rörde sina armar tätt under ytan.

Kroppen hade varit tung att lyfta från bänken i kyrkan. Tidigare upplevelser kom tillbaka, från nyss, när Angela varit så nära... när

Elsa... det som var Elsa... när han stått utanför den där dörren som fastfrusen i golvet, tung som sten. Han hade känt sitt eget liv sjunka då, rusa, mot det bottenlösa.

Han blundade och kände solen i ansiktet. En båt av något slag passerade hundra meter ut i viken men han fortsatte att blunda. Måsar skrek. En röst från någonstans flöt över vattnet. Det luktade bensin som drivit i den svaga vinden från båten mot honom. Just nu var han på plats här och nu. Om man kunde hålla kvar det.

"Du blev nästan till en jolle därute", sa Angela när han kom upp våtare än han någonsin varit. "Ordentligt förtöjd."

"Jag visste inte att jag var så bra på att flyta."

"Jag vet orsaken", sa hon och petade honom i magen som putade knappt synbart. *Han* såg ingen rundning när han tittade neråt. Elsa petade också, flera gånger. Det gjorde nästan ont.

"Allt som krävs är en enda runda på en mil", sa han. "Förresten, jag kan ju springa hem." Skorna låg i bilens bagageutrymme. Det var en dryg mil in till stan. Kanske för dryg? Nej.

"Vågar du äta det där då?" sa hon och nickade mot baguetten med kycklingsallad som han höll i handen.

"Ja", sa han och Angela började plötsligt gråta. Hon strök sig över ögonen. Winter la ifrån sig smörgåsen och lutade sig över filten och höll om henne. Då började Elsa gråta. Han fångade in henne också i omfamningen.

Elsa byggde en koja mellan dem och kröp ut. Angela strök sig över ansiktet igen och såg ut mot havsviken där det seglade några båtar i olika storlekar.

"Jag blev så ledsen när jag såg Fredrik och barnen", sa hon.

"Ja. Jag kände det själv som en stor tyngd."

"Jag hoppas att allt fungerar."

"Han försöker fortsätta." Winter sökte efter paketet med cigarillerna. "Han vill inte ta ledigt. Inte mycket, i alla fall."

"Hoppas allt fungerar", upprepade Angela.

De körde hem i skymningen, när skenet från de röda trafikljusen blandades med det röda skenet från solnedgången. Inget springande den här gången. Elsa sov i sin stol. Huvudet lutade och en sträng saliv hängde ner från munnen mot tröjan. Angela körde snabbt och bra, bättre än han. Han sjönk bakåt i sätet. Kroppen var varm av sol och salt, torr, huden stel på ett behagligt sätt.

Det var tyst i Vasastan, men inte tomt. Många satt på utekaféerna utefter Vasagatan.

Angela parkerade i källaren. Elsa fortsatte att sova när de satte henne i sittvagnen.

"Vi tar en öl", sa Winter.

De satte sig på närmsta servering där det fanns ledigt bord och beställde öl från fat. Det luktade mat, och av värmen från dagen som gled mellan de stora stenhusen.

"Är du hungrig?" frågade han.

Angela skakade på huvudet.

"Jag är hungrig", sa han och beställde en grillad laxkotlett och Angela ändrade sig. De fick maten och åt och Elsa sov i vagnen bredvid bordet. Där satt fler föräldrar med barn som sov i sina vagnar. Tre tonårsflickor gick förbi och skrattade när en av dem sa något i sin mobiltelefon, och Winter tänkte på sina tre flickor, just då gjorde han det, och han tänkte för första gången just så, *sina tre flickor*, och han sköt tallriken ifrån sig och beställde en öl när kyparen kom förbi, han tittade på Angela men hon ville inte ha något mer.

"Jag åker ut till Påvelund i morron bitti", sa han. "Familjen Wägner."

Hon svarade inte, rättade till något vid Elsas ansikte. Fler tonåriga flickor gick förbi.

Tio nästa morgon var han hemma hos Bengt och Lisen Wägner. Det var lördag.

"Jag ber om ursäkt."

"Gör absolut inte det", sa Bengt Wägner. "Du får bosätta dig här om det krävs för att vi ska få veta vad som hände Beatrice."

"Vem", sa Lisen Wägner. "Vem som hände henne."

"Ja", sa mannen och tittade på sin fru, "vem som gjorde det."

De följde honom in i rummet. Morgonsolen låg på genom persiennerna. Det var tillräckligt ljust därinne utan att han behövde tända i taket.

"Jag vill titta på alla foton som finns på Beatrice", sa Winter. Han såg hur Lisen Wägner ryckte till, en kort men tydlig rörelse. "Förlåt, jag uttryckte mig klumpigt. Jag menar dom som togs under det... sista året." Herregud. Kvinnan såg ännu mer plågad ut. Hur skulle han uttrycka sig för att det inte skulle bli fel? Det blev alltid fel.

"Varför då?" sa Bengt Wägner.

"Jag vet inte riktigt." Han vände sig mot mannen. "Det är nåt jag letar efter. Som en jämförelse. En miljö."

"Ni tittade ju på allt när... det hände", sa Lisen Wägner. "Ni tog ju med er det mesta av allt och gick igenom det. Också alla fotografier."

"Jag vet."

"Varför hittade ni inget då?"

Winter slog ut lite med armarna.

"Om ni inte visste vad det var då... varför vet du nåt nu?"

Winter berättade så mycket han kunde.

"En tegelvägg?" sa Bengt Wägner. "Nåt sånt har jag inte sett, tror jag. Men jag såg aldrig alla foton hon hade, förstås."

"Jag såg aldrig allt", sa Winter. "Och jag minns ingen sån heller."

"Här är en låda i alla fall", sa Lisen Wägner som hämtat den från klädkammaren i andra änden av rummet.

Winter sorterade bilderna på samma sätt som han gjort i Angelika Hanssons rum. Vår, sommar, höst, vinter. Ute, inne.

Lisen Wägner kom med kaffe och ett ljummet wienerbröd som doftade vanilj. Winter vinklade persiennerna när solen flyttat sig och det blivit mörkare i rummet. Han såg Bengt Wägner genom fönstret.

Till slut hade han fem bilder där Beatrice satt på något som borde vara en restaurang eller en pub, ute eller inne. Det fanns ingen tegelvägg någonstans, ingenting som liknade inredningen på bilderna hos Angelika. På tre av bilderna fanns en av hennes föräldrar med, på en båda.

Han tittade ut och Bengt Wägner gick fortfarande omkring bland blomsterlanden med en sekatör. Winter gick ut och visade mannen bilderna. Han kände omedelbart igen stället. Hon gick ofta dit.

"Finns det fler foton nånstans?" frågade Winter.

"Jag vet faktiskt inte."

"Kan hon tänkas ha förvarat foton nån annanstans?"

Wägner såg ut att fundera på det. Han la ifrån sig verktyget på marken. Lisen Wägner kom ut. Winter ställde samma fråga till henne.

"Som bokmärke", sa hon.

"Javisst", sa hennes man.

"Det hände att hon la ett foto som bokmärke", sa Lisen Wägner. "En vana sen hon var liten."

I vilka böcker då? tänkte Winter. Hennes egna, bara? Eller alla? Det fanns fyra eller fem meter böcker i hennes rum och kanske femtio meter i familjens vardagsrum.

Winter gick tillbaka till Beatrices rum och började plocka fram bok efter bok. Efter en halvtimme kom Bengt Wägner in och frågade om han ville ha lunch. Han tackade ja.

Han hade en meter böcker kvar när han återvände efter maten. Han öppnade alla men hittade ingenting.

"Det finns några på vinden också", sa Bengt Wägner som kommit in i rummet. "Barnböcker. En låda."

"Kan du hämta den?"

Wägner försvann och kom tillbaka med en långsmal låda. Winter sökte i böcker som handlade om små pojkar och flickor, och om större, där låg också en serie ungdomsböcker med gröna ryggar. I den tredje boken uppifrån fanns ett kuvert fastlimmat på insidan av främre pärmen. Han tittade på Bengt Wägner som skakade på huvudet:

"Har jag inte sett förut."

"När åkte den här lådan upp på vinden?"

"Jag vet inte."

"Vem bar upp den?"

"Beatrice."

"När?"

"Det är längesen, Erik." Wägner såg ut genom fönstret på skuggorna under träden. "Längesen hon dog." Han vände sig mot Winter igen. "Kanske gjorde hon det samma... sommar. Efter studentexamen." Han såg på skuggorna igen därute. "Som att nåt var över. Hon hade behållit en massa saker från hela... uppväxten. Skolgången. Och nu var det... över." Winter tittade på Wägners profil. Solen skar in från vänster och speglade sig i Wägners ögon som fyllts av tårar. "Dags för nåt nytt", sa han och fortsatte att titta ut.

Winter skar försiktigt upp kuvertet utan att röra det med fingrarna och lät innehållet falla ut på plastpåsen som han lagt på skrivbordet.

Det var två fotografier.

Winter kände omedelbart igen tegelväggen. Beatrice satt vid ett bord med tallrikar och glas. Det fanns en skugga uppe till vänster.

Det var samma plats och samma kameravinkel. Bara en annan ung kvinna.

"Visa inte det här för Lisen", sa Bengt Wägner.

"Har du aldrig sett det här fotot?"

"Nej. Och lova att inte visa det för Lisen", upprepade han.

"Jag kanske måste."

"Ja. Men vänta ett litet tag."

"Har du sett något ställe som liknar det här?"

"Nej."

"Inget som kommer i närheten? Känns bekant?"

"Den där muren är rätt iögonfallande. Den hade jag kommit ihåg om jag varit där. Var det nu är."

"Det är samma ställe", sa Winter. "Angelika satt också där."

"Är du verkligen säker?"

"Samma vinkel. Samma ljus. Samma vägg."

"Låt mig jämföra."

Winter tog fram fotografierna på Angelika. Det var ingen tvekan. Ingen tvekan.

"Herregud", sa Bengt Wägner. "Vad betyder det här?"

"Jag vet inte än."

"Men att dom gick till samma ställe behöver väl inte betyda nåt?"

"Jag vet inte."

"Ni får väl leta upp det där stället."

"Ja."

"Hoppas det ligger i stan." Wägner såg på Winter. "Hon gjorde ju ett par korta charterresor ensam. Alltså ensam utan oss."

"Jag vet."

"Det kanske den andra tjejen också gjorde. Angelika."

"Ja."

"Det kanske är där", sa Wägner. "Cypern, eller Rhodos."

"Vi får se."

"Varför hade hon gömt undan kuvertet?" sa Wägner.

"Ser du det så? Att det var undangömt?"

"Det verkar ju så."

"Men hon hade inte slängt bilderna."

"Varför skulle hon göra det?" frågade Wägner.

"Jag vet inte det heller."

"Kan det verkligen finnas ett samband mellan det här... alltså mellan flickorna? Mellan... deras död?"

"Det är det jag söker efter", sa Winter. "Eller försöker utesluta."

"Ni ska alltså leta efter det där stället?" sa Wägner.

"Och fotografen", sa Winter.

"Jag tror inte dom kände varandra", sa Wägner. "Beatrice... och Angela."

"Angelika."

"Jag tror inte dom kände varandra. Beatrice borde ha nämnt det." Han tittade på fotografiet av Angelika framför tegelmuren. "Jag hade känt igen henne om jag hade sett henne. Vi har inte så många svarta i Påvelund." Han såg på bilden av Beatrice. "Verkar vara ett hyfsat trevligt ställe. Hon ser väl inte jätteglad ut precis men hon ler ju i alla fall."

"Tror du att du kan säga ungefär när det kortet togs?"

"Inte på rak arm."

"Ungefär."

"Hon är sig lik från... den sista tiden." Wägner vände sig mot Winter med ett underligt uttryck i ansiktet. Hans röst blev tjock. "Hörde du vad jag sa just nu, kommissarien? Hon *är sig lik*. Bra att Lisen inte är här."

Winter svarade inte. Wägners röst blev normal.

"Det kan ha varit nytaget, om du förstår vad jag menar." Han såg på Winter igen. "Jag tror nog vi får prata med Lisen i alla fall. Hon är bättre på... detaljer."

15

"Jag känner igen klänningen", sa Lisen Wägner. Hennes ansikte var tungt av sorg när hon studerade fotografierna. "Hon köpte den ett par veckor innan hon... försvann."

"Är du säker på det?" frågade hennes man.

"Ja."

"Två veckor innan?" frågade Winter.

"Ungefär." Det var som om hon kände tvivlet från de båda männen. "Det går inte att glömma." Hon tittade på sin man. "Jag har tänkt på det mycket. På den där klänningen." Hon tittade på Winter. "Som om det var den sista. Hennes sista."

"Det är flera år sen", sa Bengt Wägner.

"Det har ingen betydelse."

"Då måste hon ju ha hämtat ut foto..." sa Winter och blev avbruten av Lisen Wägner:

"Kort före hon blev mördad."

Winter betraktade fönstret, såg inte på henne. Han ville inte säga ordet därinne.

"Det finns datum på baksidan", sa Bengt Wägner med förundran i rösten när han tittade på den vita ytan.

Winter hade sett datumet. Beatrice hade hämtat ut bilderna veckan innan hon dog. Om hennes mor mindes rätt hade de här fotona alltså tagits några dagar före. Men hon måste ha haft en hel rulle. Det måste finnas fler foton från den där rullen.

"Var brukar ni lämna in filmrullar?" frågade han.

"Fotoaffären vid Mariaplan."

"Beatrice också?"

"Jag antar det", sa Bengt Wägner.

Lisen Wägner hade satt sig. Hennes tunna solbränna var borta. Winter såg dotterns drag i moderns ansikte.

Winter tittade på fotot som han höll i handen. Beatrice hade varit i en lokal där det fanns en tegelmur och bord och porslin. Sannolikt en bar, eller en restaurang.

Hon hade varit där några få dagar innan hon mördades.

Hon hade sparat tillfället som ett hemligt minne.

Varför?

Angelika Hansson hade också varit där. Det måste vara samma ställe. När hade Angelika varit där? Det fanns inga datum på hennes foton. Inte samma fotoaffär. Han hade funnit bilderna med muren tillsammans med andra. Vinterbilder. Inte... undangömda. Men det var samma plats, samma mur. Han hade funnit en länk.

Winter satt på sitt rum och det var fortfarande lördag, fortfarande varmt. Bergenhem satt mitt emot, brunare än förr. Han såg ännu starkare ut.

"Hon såg alltså Angelika tillsammans med en kille ett par gånger", sa Winter och läste i dokumentet. "Cecilia, kompisen."

"Två gånger", sa Bergenhem. "En gång på ett kafé och en gång från vagnen."

"Och än har han inte hört av sig", mumlade Winter för sig själv.

"Nej. Hon har fått se en del bilder men det har inte gett nåt." Bergenhem började kavla upp ärmarna på skjortan. "Killen är nog utomlands." Han hade kavlat färdigt. "Han borde ha sett våra uppmaningar."

Han kanske är död, tänkte Winter. Han visste att Halders hade tänkt detsamma.

De behövde ett namn och ett ansikte. Cecilia hade försökt beskriva utseendet. Det hade varit en pojke ungefär i Angelikas ålder. "Ett liksom blekt utseende." Mörkt men ändå blekt. Cecilia hade inte kallat det "sydländskt" men det var vad Winter tänkte när han tog fram examensfotografierna som han funnit hemma hos familjen Hansson.

Där fanns fyra personer som Lars-Olof Hansson inte hade känt igen. Tre var män och en var kvinna. En var egentligen inte man utan en pojke i Angelikas ålder.

Ett liksom blekt utseende.

Winter hade känt en krusning på huden när han sett bilden första gången, och han gjorde det också nu.

Något hände.

Han visade Bergenhem fotografiet.

"Jag ringer henne med en gång", sa Bergenhem och gjorde det.

"Det är han", sa Cecilia. Hon hade ett tunt linne och kakishorts och hon hade fört med sig en söt doft av sololja in i Winters rum från klipporna som hon lämnat när Bergenhem nått henne på mobilen. Hennes hår var stelt av saltvatten och vind. "Det är han", upprepade hon.

"Ta dig tid", sa Winter.

"Behöver jag inte."

"Ta det lugnt."

"Varför då? Jag är hundra. Helt säker." Hon studerade fotografiet, gården, ballongerna, som om hon letade efter sitt eget ansikte. "Jag var själv där men jag finns inte med just här."

"Och du såg honom inte då?"

"Nej." Hon tittade på fotot igen. "Killen liknar den äldre." Hon tittade på Winter. "Dom ser ut som far och son." Hon tittade på bilden igen. "Jag borde ju känt igen honom."

Winter sa ingenting.

"Känner du igen *honom* då?" frågade Bergenhem. "Den eventuelle fadern, den äldre. Eller andra på bilden."

"Njaää... jag vet inte." Hon höll kvar blicken. "Jag vet faktiskt inte", sa hon och tittade upp på Winter igen. "Några ansikten är väl bekanta... och en del känner jag ju sen tidigare. Men jag såg inte dom där två där."

"Henne då?" sa Winter och pekade på kvinnan som stod i utkan-

135

ten, som om hon var på väg att stiga ut ur bilden.

"Nej."

"Den här blonde mannen då? Med skägget."

"Inte han heller."

De fyra var främlingar för Cecilia, precis som de varit för Angelikas far.

Dom har kommit dit efteråt, hade Lars-Olof Hansson sagt. *Förstår du inte? Dom har kommit dit senare! Ingen såg dom. Men dom kom med bud. Bud från helvetet!*

Herregud.

"Men pojken känner jag igen", sa Cecilia.

"Det var han båda gångerna? På kaféet och när du satt på vagnen?"

"Ja. Absolut han."

"Och du pratade med honom?"

"Vi sa bara hej."

"Var det allt?"

"Ja." Hon tittade på fotot igen. "Det här är ruskigt", sa hon. "Han var ju på examen där." Hon nickade mot fotot. "Varför såg jag honom inte?"

"Vad sa Angelika om honom?"

"Jag har ju sagt förut till han där att hon inte ville prata om det", sa hon och nickade mot Bergenhem.

"Nåt sa hon väl?"

"Hon ville absolut inte prata om det." Hon tittade på Winter igen. "Men jag förstår fortfarande inte varför jag inte såg honom där, på examen."

"Du såg alltså dom tillsammans innan examen?" frågade Winter.

"Jaaa... det tror jag väl."

"Du sa ju nyss att du borde ha känt igen honom på skolgården. Men då måste du ju ha sett honom innan?"

"Ja... det är sant."

"Berätta igen när det kan ha varit. På kaféet, och från spårvagnen."

Hon tänkte efter igen. Ja. Det måste ha varit före. På våren. Sen vår, maj. Maj båda gångerna. Det sa hon väl till han där, hon gjorde en rörelse mot Bergenhem.

Winter tänkte. Han försökte se den här flickan i scenen på skolgården. Vad kunde hon ha gjort där? Mer än varit åskådare och firat sin vän?

"Har du några egna bilder från den här dan?" frågade han och nickade mot fotot.

"Eh... ja faktiskt."

"Kan du hämta dom?"

"Eh... nu?"

"Ja."

"Jag vet in..."

"Du får skjuts." Winter hade rest sig. "Vi skulle uppskatta det."

En timme senare var Cecilia tillbaka med ett färgglatt kuvert. Han såg att hon hade bytt till klänning och gjort något med håret.

Winter plockade fram bilderna från skolgården och la dem var för sig på skrivbordet som precis räckte till.

Det var alltså samma tillfälle. Kanske samma minuter. Men en annan vinkel. Medan Lars-Olof Hansson tagit sina bilder från en punkt rakt framför dottern och alla firande hade Cecilia fotograferat från sidan. Från vänster, sett från Lars-Olof Hansson.

Det fanns fler människor i vägen.

Han såg inte pojken, eller mannen som kanske var pojkens far. Han såg inte mannen i skägg och glasögon.

Han såg kvinnan. Kvinnan som var på väg ut ur bilden till vänster. Winter tog fram Hanssons foto och såg kvinnan som stod till vänster, han tittade på Cecilias foto och där var kvinnan avbildad rakt framifrån.

Som om hon klivit ur det ena fotografiet och in i det andra.

Han visade Cecilia.

"Det här är ju för jävla otäckt", sa hon.

"Hon finns med på din bild."

"Jag kommer inte ihåg henne. Att jag tog en bild på henne." Hon tittade på Hanssons bilder och sedan på sina egna. Winter och Bergenhem väntade. Hon tittade upp. "Men... borde man inte åtminstone se en skymt av... dom andra också på mina bilder?"

"Om det är vid samma tidpunkt", sa Winter.

"Men hon är ju med? Det måste ju vara samma tidpunkt? Samma minut, va?"

Winter svarade inte.

"Det här är spökligt", sa Cecilia. "Det är ju som... vålnader."

Nu har dom återvänt!

"Men pojken är ju verklig", sa Winter. "Du har ju sett honom två gånger på stan med Angelika."

"Men inte här. Varför såg jag honom inte här?"

Winter svarade inte, inte Bergenhem heller. Det gick inte att svara på det just nu. Winter kände krusningen på huden igen.

"Det är en sak till jag vill visa dig", sa han.

Hon tittade länge på tegelmuren.

"Känner inte igen stället."

"Ta dig tid."

"Den där muren kan man väl inte glömma om man sett den en gång."

"Men du känner igen henne?"

"Skämtar du? Det är ju Angelika."

"Känner du igen något av det hon har på sig?"

Cecilia studerade bilden av vännen.

"Det är ju vinterkläder", sa hon. "Jag menar, hon har innekläder som man har på vintern."

Winter nickade.

"Den där koftan tror jag hon köpte i vintras."

"När då?"

"I vintras."

"När i vintras?"

"Jag tror det var efter nyår. Jo. Efter nyår."

"I år, alltså?"

"Eh... ja, det måste det ju bli."

Bergenhem skrev.

"Hur ofta brukade ni umgås?" frågade Winter. "Du och Angelika."

"Rätt mycket."

"Vad betyder det? I tid?"

"Jag vet in... varför frågar du det?"

"Hur förtroliga var ni?"

Hon väntade med svaret. Han såg hur hon tänkte efter medan hon tittade på bilden på Angelika som satt vid bordet framför tegelväggen.

"Angelika var lite... speciell på det sättet. Hon sa inte så mycket om vad hon gjorde... annars."

Winter väntade.

"Som med den där killen. Det var bara så att hon inte ville prata om det."

"Det här stället då?" Winter gjorde en gest mot fotot som hon fortfarande höll i handen.

"Det är väl samma med det. Hon har åtminstone inte sagt nåt till mig om ett ställe med en tegelmur." Hon tittade på Winter. "Och varför skulle hon? Om hon gick till ett ställe nån gång när jag inte var med... varför skulle hon berätta det för mig?"

"Jag vet inte."

"Då så. Det behöver väl inte vara en hemlighet för att hon inte sa det till mig."

"Vem har sagt nåt om en hemlighet?"

"Det verkar ju så. Som om det här handlar om hemligheter."

"Men är det inte vanligt att man snackar om vilka ställen man går till?"

"Jo... det är det kanske."

"Varför sa hon inte nåt om det här då?"

"Det kanske hon har gjort förresten", sa Cecilia. "Jag menar, hon hade inte behövt säga att det fanns en tegelmur där eller så." Hon tittade på bilden igen. "Vem vet, jag kanske själv har varit där. Kanske i ett annat rum."

"Skulle du kunna lista alla ställen i stan som du och Angelika gick till och alla andra också som du känner till?"

"Det är bara att titta i Nöjesguiden."

"Var ni ute så mycket?"

"Nej, nej. Men där finns väl alla ställen vi gick till."

"Då kan du väl pricka för dom?"

"När?"

"Så fort som möjligt."

"Okej."

Bergenhem hade gått. Winter sträckte sig efter Corpspaketet på hyllan bredvid tvättstället och såg att det var tomt. Nu hade han behövt en rök.

En god anledning att gå därifrån och handla nya och sedan gå hem till familjen innan Elsa somnade.

Kvällen var skön. Han gick utmed vattnet. Trafiken var gles utanför järnvägsstationen. Det var mycket folk utanför Eggers. Ett sällskap kom ut från hotellet med resväskor och gick mot stationen. Winter tyckte sig se besvikelse i deras ansikten när de sneglade mot uteserveringen. Resa en kväll som den här när man kunde sitta där.

Han hälsade på några kollegor som klev in i piketen utanför Femman. Bilen drog iväg med en blinkning med framljusen och var borta.

Borta. Han hade några av fotografierna i kavajens innerficka och såg dem framför sig, såg ansiktena på de fyra som ingen känt igen och som varit där men ändå inte. Borta. Utom kvinnan. Hon hade varit där i två versioner.

Pojken hade varit där, åtminstone på Hanssons bilder. De hade lyst honom direkt efter samtalet med flickan. Hans ansikte skulle snart vara överallt. Bergenhem hade gått iväg för att sköta om det.

Winter gick över Brunnsparken och in i sin tobaksbutik i Arkaden.

"Tyvärr", sa kvinnan. "Jag har varnat dig men jag visste inte själv att det var dags nu."

"Dags nu?"

"Dom tar inte in Corps längre. Vi kan inte få hem dom längre."

"Vad säger du?" Winter kände sig plötsligt torr i gommen. En kittling över hakan. Han svalde. Det kändes besvärligt. "Tar inte in?"

"Jag skulle just lägga undan det sista paketet i går men då kom en kund och jag hade det i handen så det gick ju inte att smussla undan det till dig."

"Nehej."

"Eller hur?"

"Nej, nej", sa Winter. "Tack i alla fall."

"Du får väl ta upp det med Swedish Match."

Winter försökte le.

"Jag ringde runt till konkurrenterna men ingen har några kvar", sa hon. "Har inte haft på länge, sa dom. Det är bara vi som haft och det är bara du som frågat efter dom. Och han som var här innan."

Ett annat offer, tänkte Winter. Han kände sig överraskad, eller något mer. Ingen panik nu.

Han hade funderat på att sluta. Det här var tillfället. Ett budskap från ovan. En tjänst. Försynen gjorde honom en tjänst. Tobaksdistributören. Alla samverkade för att stärka hans hälsa. Familjen behövde honom, hans barn behövde honom. Nu var stunden inne att välja ett liv utan gift.

Han var plötsligt röksugen, så inihelvetes helvete.

"Det finns faktiskt andra märken, kommissarien", sa kvinnan och gjorde en rörelse mot den fyllda hyllan bakom sig.

"Jag har rökt Corps i femton år", sa Winter. "Inget annat märke." Han hoppades att det inte lät som om han hade gråt i rösten.

"Men det finns annat", sa hon.

"Inte för mig", sa Winter och sa farväl och gick ut. Nu gällde det bara att ta sig hem i ett enda stycke och diskutera fortsättningen med Angela. Hon var läkare. Hade hon nikotinplåster eller vad det hette? Tuggtabletter. Morfin.

Solen var i moln. Den lyste för alla andra från en klar himmel men för honom var det svart.

Det fanns annat. Corps var inte allt. Han kunde faktiskt sluta.

Han var svag men det hade gått bra att sluta för andra som var svaga.

När han gick över Salutorget kände han en tyngd över bröstet. I parken förstod han vad det var. Han kände sorg. Han hade just förlorat en vän.

16

ANNE KOM TILL KLUBBEN tre minuter efter midnatt. I baren kände hon igen några ansikten med blickarna någon annanstans, kanske in i muren i det andra rummet. Man kunde se muren från ena sidan av bardisken.

Musiken svepte genom rummen, som en harkling, tänkte hon, nånting jävligt på väg upp ur halsen. Inget att luta sig bakåt till och njuta av, men så tänker inte dom som sitter här.

Deras ansikten var vita och gröna och violetta i ljuset från lamporna i taket.

Han kom ut från kontoret innanför baren. Kontoret. Ha ha. En garderob innanför en garderob.

"Vi undrade vart du hade tagit vägen", sa han.

"Nu är jag här."

"Du har väl inte tröttnat?"

"Jo."

"Säkert?"

"Äh."

Hon väntade med att säga det. Väntade. Sa det.

"Varför säger du inget om Angelika?"

"Vad menar du?"

"Du har inte sagt ett ord om Angelika sen... det hände."

"Vad ska jag säga?"

"Det hade väl varit naturligt att säga nåt?"

"Det är andra som pratar."

"Men är inte det här ditt ställe?"

"Vad menar du egentligen, Anne?"

"Förstår du inte det?"

"Jag är inte den som pratar."

"Nehej."

"Vill du prata så lyssnar jag."

"Äh."

"Du förstår väl att jag inte har nåt med det att göra."

"Hade du haft det så hade jag inte stått här. Om jag hade trott det."

"Men det betyder inte att jag inte bryr mig."

"Sörjer?"

"Ja. Sörjer. Naturligtvis. Hon var en av oss."

"En av oss?"

"Det är dags för dig nu."

Hon såg att dörren bredvid scenen stod på glänt. Scenen, jo men visst. Han nickade ditåt. Hon vände sig om och ett av ansiktena vid baren verkade vara vänt mot henne.

"Nej. Inte han igen."

"Vad spelar det för roll?"

"Du tänker bara på dina stamkunder, eller vad jag ska kalla dom."

"Tja. Han har varit här länge."

"Det är inte du som står därinne. Du vet inte hur det känns."

"Du vet att du inte behöver vara rädd."

"Sånt är lätt för dig att säga. Men det är inte det."

"Vad är det då?"

"Kan inte förklara."

"Det är bara att blunda."

Hon skrattade kanske till och gick mot dörren. Ansiktet verkade flyta från baren, stort och vitt och vidrigt. Hon hann in i rummet innan ansiktet kom nära. Hon gjorde sig klar och gick ut i buren och blundade och rörde sig till musiken i högtalaren. Låten var en annan nu. Vill ha dig i mörkret i kväll.

Gruppen satt med sina kaffekoppar. Det regnade igen. Ringmar hade stängt fönstret men det blev för varmt efter fem minuter. Han öppnade och det blev snart en liten pöl på golvet nedanför fönstret. Winter kände lite av en vind. Det var skönt. Han tuggade ett nikotintuggummi som smakade illa. Han tog ut det och slängde det i papperskorgen. Huvudvärken hade börjat en halvtimme efter frukost, precis som Angela hade förutspått.

"Hur länge ska jag stå ut med den?" hade han sagt över kaffet vid frukosten.

"Tills djävulen är utdriven ur kroppen."

"Han har funnits där länge."

"Du klarar det, Erik."

"Det finns andra märken."

"Det här är din chans. Försynen har gett dig en chans till slut", hade hon sagt.

"Snarare Swedish Match", hade han svarat.

Nu stoppade han in ett nytt tuggummi och tuggade och spottade ut det igen. Bilderna gick runt. Ännu en utredning, ännu en uppsättning bilder som gick runt i gruppen. Bilder på lik, kroppsdelar. Barn. Barnteckningar. Hus. Bilar. Träd. Klippor. Hav. Skogsdungar. Fler lik. Döda ansikten: uppsvällda, sönderskjutna, sönderslagna. År efter år. Inget slut på det.

Tegelmurar. Examensdagar. Levande ansikten som inom veckor skulle vara döda. De satt med ett slags facit men ändå inte. Ett blankt facit. Det här hände men varför och hur och när och vem och...

"Svartklubb", sa Halders. Han var tillbaka, tre dagar efter begravningen. Han såg magrare ut, tunnare. Inget skitsnack, inga dåliga skämt. En annan person. Ingen munhuggning med Aneta Djanali som satt några stolar bort. Winter undrade om hon kanske saknade det. Det kanske skulle visa sig att de alla skulle sakna den gamle Halders? Han skulle inte komma tillbaka.

"Det luktar svartklubb", sa Halders som såg på fotografiet som nu fanns på duken. Möllerström hade dragit för persiennerna och knäppt igång projektorn. Först Beatrice. Sedan Angelika. Samma vägg.

"Vi får kolla allt", sa Ringmar.

"Det finns ju såna som inspekterar restauranger", sa Bergenhem. "Håller koll på krogarna och barerna. Hälsovårdsmyndigheten. Och brandförsvaret, antar jag."

"Ja", sa Winter. "Du kollar det. Och med kollegerna på ordning."

"Naturligtvis."

"Kom tillbaka med det här stället."

"Jag hittar det."

"Svartklubbarna växer upp på nytt i parti och minut", sa Halders. "Man hugger av huvet och det växer ut två nya."

"Inte den här", sa Winter. "Om det nu är en svartklubb." Han vände sig om mot bilden där de kunde se Beatrice, med väggen bakom. "Den här bilden togs för minst fem år sen. Det verkar ju vara samma ställe."

"Samma vägg", sa Halders. "Men det är ju inte fastställt. Det kan vara en annan, väl?" Han såg sig om. "Dom kan ju ha flyttat väggen, tagit med sig stenarna och murat en ny i en ny lokal. Eller hur?"

Bergenhem ryckte på axlarna.

"Den som driver krog i dag är beredd till vad som helst", sa Halders.

"Jag ska hitta den", sa Bergenhem och vände sig mot Halders. "Väggen."

De satt i Winters rum. Winter gick fram och tillbaka mellan fönstret och skrivbordet. Ringmar satt stilla.

"Du verkar lite nervös", sa han.

"Ser du några cigariller härinne?"

"Faktiskt inte."

"Där har du svaret."

"Försök med plåster."

Winter drog upp skjortan och visade magen.

"Tuggummi då?"

Winter öppnade munnen.

"Motion?"

"Hinner inte."

"Arbete?"

"Ja." Han satte sig. "Vem höll i den där kameran?"

"Tror du det är samma person? Samma fotograf?" sa Ringmar.

"Sån tur har vi inte."

"Det var väl hennes egen kamera? Beatrices kamera? Bilderna togs väl med den?"

"Vi får höra med experter på foto. Kanske kan man avgöra vad det var för kamera."

"Svårt."

"Och sen?"

"Vem som höll i den", sa Ringmar.

"Då måste vi hitta stället."

"Det finns folk som lever på att gå runt och plåta folk", sa Ringmar. "Det är ett levebröd."

"Paparazzi."

"Kanske inte just i det här fallet. Men det kan ha varit nån som plåtade dom mot betalning."

"Eller så plåtade dom varandra", sa Winter.

"Enligt alla kände dom ju inte varandra."

"Dom kan ha gjort det."

Han hade visat fotografiet av Beatrice för Cecilia, Angelikas väninna. Hon hade inte känt igen henne. Aldrig sett henne.

"Inte för att jag är expert men dom här bilderna verkar vara tagna av en amatör", sa Ringmar.

De såg på varandra. De visste att det inte funnits någon kamera hemma hos Angelika. Hon hade ägt en kamera men de hade inte hittat den. De visste inte vilket labb som kopierat bilderna.

Beatrices kamera fanns kvar i hennes föräldrahem. Sannolikt hade bilderna de hittat hemma hos henne tagits med den kameran. De hade negativen och de hade kameran.

Men vem tog bilden på Beatrice? Vem höll i kameran? Vem tog bilden på Angelika? Vem höll i den kameran? Vad var det för kamera?

Halders och Aneta Djanali besökte familjen Bielke igen. Fadern såg plågad ut men släppte in dem. Jeanette kom nedför trappan och de gick ut i trädgården. Halders var i skjortärmarna, Aneta Djanali bar en tunn blus. Jeanette såg ut som om hon frös.

Hon tittade på muren på fotografierna som Aneta Djanali lämnat över. Först på muren bakom Angelika, och sedan på samma mur bakom Beatrice.

"Jag känner igen den svarta tjejen men hon fanns ju i tidningarna", sa hon. "Finns, förresten. Det skrivs ju en del fortfarande."

Halders nickade.

"Varför kommer ni till mig med det här?"

"För att du kanske kan hjälpa oss att hitta den där klubben dom sitter på, eller vad det är." Halders tog tillbaka en av bilderna. "Vi rör oss inte direkt ute i svängen."

"Jaså? Jag trodde ni visste allt om stans klubbar och krogar."

"Inte den här. Vi letar men har inte hittat den än."

"Keep looking", sa hon.

"Det är ju en lite speciell vägg."

"Har aldrig sett den."

"Har du varit på svartklubb nån gång, Jeanette?"

"Va?" Hon tittade på Aneta Djanali som ställt frågan. "Vad sa du?"

"Svartklubb. Det finns ju flera i stan. Har du besökt nån nån gång?"

"Nej."

"Men du har hört talas om såna ställen?"

"Ja."

"Av vem?"

"Hur då?"

"Hur har du hört talas om det?"

"Jag kan ju läsa, till exempel. Det skrivs om sånt."

"Känner du nån som varit på en sån klubb?"

"Nej."

”Känner du nån som pratat om det?”

”Nej.”

”Bara läst om det?”

”Ja.”

”Kan du några namn?” frågade Halders.

”Hur skulle jag kunna det?”

”Den där kvällen när du blev överfallen. Du hade inte varit på nåt sånt ställe då?”

”Vad är det här?” sa hon. ”Hur länge ska ni hålla på?”

”Jag ska vara alldeles ärlig mot dig, Jeanette.” Halders tittade på henne så allvarligt han kunde. ”Tydlig. Det är så att man om man råkat ut för nåt så svårt som du... att man är rädd för att framstå i dålig dager. Efter det som hänt. En del vill inte säga att dom druckit. Eller följt med nån dom inte skulle följa med. Eller varit nånstans där dom inte skulle vara.”

”Som på en svartklubb.”

”Ja.”

”Men det gäller inte mig. Jag var inte där.”

Jeanette tittade på en sparv som hoppade över gräset. Solen träffade sparven som plötsligt såg ut som en liten låga. Den flög upp och försvann.

”Var är den jävla killen?” sa Ringmar.

”Eller hans farsa”, sa Winter. ”Om det är hans farsa på fotot från examensdan.”

”Nån borde ha hört av sig efter rikslarmet”, sa Ringmar. Han tittade på Winter. ”Vi har redan haft ett fall där ingen hörde av sig om ett... ansikte. Jag vill inte vara med om det igen.”

Anne gjorde sitt jobb till musiken och gick sedan tillbaka till omklädningsrummet. När hon kom ut såg hon ansiktet borta i baren. Det tittade mot henne med ögon som hon inte kunde och inte ville se. Det fanns något vansinnigt i de där ögonen.

Det fanns ljus över himlen när hon kom ut, som tunna fingrar av moln som pekade åt samma håll som hon var på väg åt. Hon gick nedför trappan som luktade lika jävla illa som alltid. Det var inte mycket människor på gatan nedanför. Skenet från gatlyktorna blandades med natten.

När hon passerade över gatan vände hon sig om och såg mannen med ansiktet komma nedför trappan. Hon gick snabbare och vände sig om igen. Han fanns inte där längre.

Mobilen i väskan ringde.

"Var är du?"

"På väg", svarade hon. "Det var sista gången."

17

ANNE BESTÄLLDE EN ÖL. Det hängde blommor utefter uteserveringen. Det var fortfarande varmt, nästan kvavt. Ett svart moln syntes i öster. Fåglarna flög lågt.

"Falskt alarm", sa Andy som följde hennes blick. "Det blir inte nåt regn."

"Inte för att jag vill ha nåt", sa hon.

"Jag kan tänka mig en droppe. Det är torrt i markerna, som bönderna brukar säga."

"Jaså."

"Jovisst, det säger dom alltid."

"Det är väl tio år sen du var utanför stadsgränsen, Andy."

"Jag kan tala med bönder på bönders vis."

"Här kommer min öl."

Han höjde sitt glas.

"Det här har jag längtat efter", sa hon.

"Var det så illa?"

"En vecka till och sen lägger jag av."

"Du sa när du ringde att det var det sista framträdandet."

"Jag lägger ju av nästa vecka."

"Varför har du inte gjort det redan?"

"Det vet du ju."

"Pengar är inte allt", sa han och drack igen. Han tittade uppåt och svalorna flög högre nu. Det svarta på himlen över östra horisonten sjönk igen.

"Jag behövde dom just då."

"Pengar har en förmåga att skapa behov", sa han.

"Så mycket är det inte."

"Tillräckligt."

"Det är inte som du tror", sa hon. "Jag behöver inte pengarna längre. Inte på det sättet. Inte av den orsaken."

"Sen är det visst inte så lättförtjänt som du trodde."

"Nej."

"Trodde du egentligen att det skulle vara det?"

Hon ryckte på axlarna.

"Säg nu."

"Det går att blunda", sa hon.

"Inte alltid. Du måste titta ibland så att du inte tappar balansen."

"Han var där igen", sa hon efter en liten paus.

"Koppla av."

"Han har en särskild... blick."

"Har dom inte det allihop?"

"Han är för jävla läskig."

"Är dom inte det allihop?"

Hon drack igen av ölet och väntade medan ett sällskap krängde sig förbi till det större bordet bakom dem. Alla var solbrända och klädda i vitt. Deras tänder glimmade och ögonen glittrade och håren blänkte.

"Jag blir rädd."

"Det är väl en sund känsla."

"Det är som om han... vet nåt. Som om han vill säga nåt."

"Vad då?"

"Han ler ibland, som om han vet nåt. Som om han vet att jag vet."

"Vet? Vet vadå?"

Han tittade på henne och väntade. Det nyanlända sällskapet började sjunga. En av dem såg stolt ut, kanske lite förlägen.

"Andy. Jag har inte sagt nåt om det."

"Sagt vadå? Nu är jag definitivt inte med här."

"Tjejen som blev mördad. Våldtagen och mördad. Angelika. Angelika Hansson."

"Jag känner till det. Det har inte gått att undvika när man öppnat tidningarna."

"Jag kände henne."

"Jaha?"

"Från klubben."

"Från klubben? Jobbade hon på klubben?"

"Ja."

"Dansade?"

"Nej. Stod i baren."

"När... när det hände? Jag menar om hon hade jobbet när det hände? Samma natt?"

"Jag tror det. Jag såg henne nån dag innan."

"Och?"

"Vad menar du?"

"Har du dragit nån slutsats av det?"

"Jag vill inte göra det."

"Att det skulle hänga ihop med stället. Det som hände henne."

"Jag vill inte tänka på det."

"Varför skulle det ha med stället att göra?"

"Det är vad jag själv tänker."

"Det har inget med stället att göra", sa Andy.

"Nej."

"Varför skulle det ha det?"

"Ja, varför?"

"Tillfälligheter."

"Ja", sa hon och såg ansiktet framför sig. Leendet.

"Tycker du synd om mig?" frågade Halders.

"Vad är det för fråga?" svarade Aneta Djanali.

"Du besvarar en fråga med en fråga."

"Det är svårt att prata om sånt som att det är synd om människor."

"Det är inte synd om mig", sa Halders. "Inte på det sättet. Det är en katastrof men den är dubbelt så stor för barnen. Tjugo gånger större. Tusen gånger."

"Det drabbar er alla", sa Aneta.

"Det är värst för dom."

De satt på altanen till huset där Halders barn alltid hade bott och alltid skulle bo kvar om han fick bestämma, och han tänkte bestämma.

Hannes och Magda sov. Han hade nyss varit där. Hannes hade mumlat något i sömnen. Och medan han satt där hade Magda också sagt något. Det var som om barnen pratade med varandra.

Aneta reste sig.

"Dags att åka hem."

Han nickade.

"Du klarar dig?"

Han nickade igen.

"Säkert?"

"Jag klarar mig." Halders tittade mot himlen som mörknade i öster. Ett flygplan på väg bort blinkade ner till dem. "I morgon är en ny dag och allt det där."

"Vad gör du då?"

"Pratar med flickans pojkvän. Jeanettes."

"Mattias."

"Ja."

"Han som var lite påstridig."

"Jag undrar varför."

"Är det så konstigt? Hon ville ju inte fortsätta förhållandet."

"Det är inte det. Jag snackade med honom. Det var nåt annat."

"Mhm."

"Det var nåt han ville henne som han inte ville säga till mig. Oss. Nåt han sagt till henne."

Aneta väntade, blev stående. En bil passerade på vägen bakom häcken. Det knastrade från gruset i vägrenen.

"Det finns nåt där... han var förbannad men det var inte bara för att hon gjort slut." Halders tittade på Aneta. "Du förstår? Man känner det på sig."

"Ja."

Halders reste sig också.

"Jag följer dig till bilen."

Han böjde sig ner när hon satt bakom ratten.

"Tack för att du kom."

"Gå och lägg dig nu, Fredrik."

Han höll hennes hand, släppte den när bilen rullade iväg.

Winter satt i Beiers rum. Han kunde höra ljuden från tekniska roteln runt omkring sig: provskjutningar, dammsugningar, ljud av vatten någonstans ifrån, ljud av klädesplagg som lyftes ur plastpåsar, prassel från papper, flashljud från fotoblixtar.

Beier hade precis ringt.

"SKL är så klara dom kan bli."

"Samma gärningsman?"

"Nej. Eller... det går inte att avgöra till hundra procent."

"Jag visste det."

"Åtminstone vet du det nu."

Det hade tagit två veckor att göra DNA-analysen. Eller SKL hade snarare bestämt sig för att det skulle ta två veckor. Inte högprioritering men inte långt ifrån.

"När det gäller flickan Bielke fanns det inte tillräckligt att gå på, säger dom."

"Jeanette", sa Winter. "Vad hade dom egentligen?"

"Ingenting, faktiskt." Beier drack av kaffet som han bjudit på direkt när Winter kom. "Hon hade gnidit och tvättat sig utomordentligt effektivt." Han ställde ner koppen och drog handen över munnen. "Och Angelika var inte våldtagen. Det fanns inga såna spår. Inte tillräckligt att analysera."

"Inte samma jävel alltså", sa Winter. "Beatrice Wägner för fem år sen och Angelika Hansson nu. Fem år emellan. Samma plats. Samma... vapen." Han lutade sig fram. "Du kan inte säga nåt mer om skärpen? Nåt mer konkret?"

"Nej. Dom ströps men jag kan inte säga exakt med vad."

"Det här är ändå ett slags genombrott i spaningarna", sa Winter. "Om man ser det så. Vi eliminerar möjligheter och stänger av en del frågor."

"Ja."

"Nästa steg är kamerorna."

"Jag kollade direkt när du sa det. Det stämmer ju."

Det var inte möjligt att avgöra vilken kamera som tagit bilden av Angelika, inte med utgångspunkt från papperskopian, och kopian var det enda de hade. Men det fanns en liten prick på fotot och Winter hade sett den och Beiers män hade undersökt den närmare och det var sannolikt en skada på linsen.

"Jag jämförde med andra bilder som kanske tagits med Angelikas kamera, men där fanns inte den där skadan."

"Jag förstår."

"Hennes kamera är alltså borta, men det var inte med den som bilden togs på henne i den där baren, eller vad det är för ställe."

"Då vet vi det."

"Vi har ju kollat med den andra tjejens också, Jeanette, och det finns ingen skada på hennes kameralins heller."

Winter nickade.

"Och vi har inte hittat några andra objektiv hemma hos flickorna."

"Så det finns alltså en kamera därute som tog bilden på Angelika och den har en skada", sa Winter.

"Hitta den och du hittar kanske mördaren", sa Beier.

De satt tysta. Winter kände solen i nacken från fönstret bakom sig. Klockan närmade sig två. Han var inte längre hungrig.

"Din knapp är förresten standard på skjortor du köper hos till exempel Hennes & Mauritz", sa Beier.

Knappen Winter hittat låg bland andra föremål på skrivbordet framför dem.

"Jag köper inga skjortor där", sa Winter.

"Jag menade inte kommissarien personligen."

"Aha."

"Jag syftade på dom som köper andra märken än Baldessarini."

Beier bar själv en Oscar Jakobson-kostym, vit skjorta och slips.

"Det hade varit enklare med Baldessarini", sa Winter.

"Här ser du lite av allt vi hittade på platsen", sa Beier och nickade mot föremålen som låg utspridda på skrivbordet. "Hur mycket av det här tillhörde gärningsmannen?"

"You tell me."

"Ingenting så vitt vi vet hittills."

"Mhm."

"Presentera hyfsade fingeravtryck så ska jag hjälpa dig."

"Du får fortsätta leta. Själv."

"Vi letar, vi letar."

"En sak till", sa Winter. "Vad säger du om det ockulta."

"Jag kan inte förklara det", sa Beier. "Dom finns ju på bilden från examensdagen. Den som Angelika Hanssons far tog. Där är dom ju. Han kanske inte kände igen dom men dom fastnade på filmen. Alltså var dom där."

"Jo, det är ju vad man hittills alltid trott på", sa Winter. "Levande människor som står framför en kamera hamnar normalt på bilden."

"Vilket dom gjorde", sa Beier.

"Men inte på flickan Cecilias bild av samma motiv", sa Winter. "Annan vinkel men ungefär samma motiv. Samma scen."

"En förklaring är den självklara", sa Beier, "när hon tog sin bild hade dom andra tre gått därifrån."

"Jag har tänkt på det också", sa Winter.

"Jag hoppades det", sa Beier och log.

"Men när man tittar på de två fotona är det svårt att inte tro att bilderna togs nästan samtidigt."

"Mycket hinner hända på en sekund."

"Det är väl så."

"Hur går det med krogjakten då?"

"Inget napp än."

"Säkert en svartklubb."

"Säkert."

"Har ni inte koll på alla?"

"Vi vet inte hur alla ser ut inuti."

"Bara att ge sig ut på fältet."

"Vi är där nu."

"Kan vara intressanta miljöer."

"För vem?"

Beier reste sig och gick bort till fönstret och vippade på persiennerna. Det blev vitt i rummet.

"Det borde oroa dig att det är så svårt att ta reda på exakt vad dom där tjejerna gjorde timmen eller så innan de överfölls."

"Det oroar mig", sa Winter. "Jag tror att dom var på den där krogen eller klubben eller vad det är. Dom var där och gick därifrån och nån annan var där och följde med. Eller följde efter." Han tittade på Beier som var en silhuett i svart mot vitt. "Vi hittar stället och det kommer att göra mig mindre oroad."

"Eller tvärtom", sa Beier.

18

ETT MANLIGT VITTNE hade berättat att han hört skrik från parken. Klockan hade varit cirka två på natten, eller närmare halv tre. En halvtimme till en timme efter det att Beatrice försvunnit in bland träden.

Winter läste i mordbibeln, samma sak igen och igen. Ett manligt vittne hade berättat samma gamla story, Winter läste men ingenting hände i den där berättelsen, ingenting kom ut ur den, han såg ingen undertext, han läste allt igen och försökte se hemligheten som fanns därunder men såg den inte.

Men något hade hänt.

Beatrices sista timmar. Han hade börjat höra några av de gamla vittnena, de gamla vännerna. Det var så längesedan. De försökte minnas, precis som han gjorde nu. De hade blivit äldre, var snart tjugofem. Han hade talat med fyra som varit med i sällskapet den sista kvällen. Två hade barn. Färdiga med studierna. Ett annat liv. En kunde fortfarande gälla för nitton. En kunde gälla för trettio. Var skulle Beatrice ha hamnat på den skalan? Hur hade hon sett ut? Jag saknar henne, hade en av kvinnorna sagt. Jag saknar henne så.

Winter jämförde med de gamla utsagorna.

Det fanns en sak som inte stämde, inte helt.

Kanske ett suddigare minne, uttunnat av tiden. Kanske inte.

Den sista kvällen? Det fanns väl inte mer att säga? Han hade tittat på Winter. Klas. Färdig med studierna. Vet han att han är en överlevare? Tänker han på det? Winter hade gripit efter cigarillpaketet i bröstfickan, en fantomrörelse. Han hade känt fantomsmärtor efter paketet: en utväxt över bröstet som skurits bort. Halsen hade inte känts bra. Han hade känt sig sämre sedan han slutat röka. En förkylning smög runt i kroppen, väntade. Frigjordes när nikotinet inte längre skyddade honom. Vem hade skyddat Beatrice? Den sista kvällen. Det fanns en sak som inte stämde. Klas mindes det hela annorlunda nu. Eller de hade frågat annorlunda då. Beatrice hade inte varit tillsammans med gänget hela den där kvällen. Ja, de hade träffats. Men... liksom efteråt. De flesta hade varit på stan och käkat och hon hade kommit efteråt och sen hade de skilts igen och det hade varit ett par timmar innan resten av gänget splittrades och gick hem.

Vänta nu. Winter hade tänkt igenom vad som stått i mordbibeln. Hade de inte frågat vad som hänt under *hela* kvällen?

Var ni inte tillsammans hela kvällen?

Inte som jag minns det.

Vad gjorde hon då?

Sin grej, väl.

Vad var det för grej?

Vet inte.

Kom igen nu.

Nej.

Vad är det med dig? Fattar du inte att det här är viktigt?

Ta det lugnt, kommissarien.

Vad var det för grej?

Det var nåt ställe hon gick till, tror jag.

Ställe?

Nån sa nåt om att hon gick till nåt ställe, va? Nån klubb. Det sa jag väl när... det hände. När hon blev mördad.

Nej.

Jag visste väl inte. Hon hade aldrig sagt nåt till mig.

Och?

Jag visste inte, sa jag ju. Jag ville inte prata om det för jag visste inte.

Winter hade stirrat på honom.

Vem visste?

Ingen.

Nån hade ju sagt nåt.

Jag vet inte vem. Det är sant. DET ÄR SANT.

Du borde ha på käften.

Winter hade sagt det eftersom han kände sig alldeles... oskyddad, och nervös. Nikotinet var borta och det hade fungerat som ett inre skydd, eller spärr. Det fanns andra märken. En bra karl var inte sämre än att han kunde ändra sig.

Klas hade stirrat på honom.

Va?

Förlåt. Men det här är sånt du borde ha sagt tidigare.

Det är ju ingenting. Och det är väl erat jobb att... kartlägga vad hon gjorde.

Det är just det. Det finns luckor. Winter återvände till texten framför sig. Det manliga vittnet. Men först reste han sig och gick runt i rummet och försökte skaka ner längtan efter giftet. Han slog på den elektriska vattenkokaren och gjorde i ordning en kopp kaffe och satte sig igen.

Vittnet hade hört skrik. Han läste texten för tionde gången. Han hade blivit rädd och rusat efter hjälp. Han hade mött ett par i 35-årsåldern som haft vita kläder. Kvinnan hade sagt att hon nyss gått genom parken och kanske mött någon. Enligt vittnet.

De hade aldrig själva pratat med det där paret eftersom de aldrig hade hört av sig.

Han tänkte på det igen. Varför hade de inte velat höra av sig?

En man och en pojke hade packat en bil utanför parken den natten, kanske precis då. De hade heller aldrig återfunnits. Varför hade de inte hört av sig?

Winter körde till Lunden med vänsterrutan nere. Han passerade Halders hus men det var inte dit han var på väg. Halders var inte där. Halders tog en dag i taget, timme för timme. Det fanns en häck utanför huset, en och en halv meter hög. Winter hörde en hund skälla.

Han svängde av mot höger tre kvarter norr om Halders hus och stannade utanför ett annat hus med en annan häck. Det stod en ny BMW på gatan, framför brevlådan. Bilen glödde i solen. Winter kände svetten i nacken och i ryggslutet. Han gick in genom den öppna grinden och tog till vänster, följde en sluttande gång av stenplattor runt huset till baksidan där gangstern låg på en vilstol med en öl i handen. Solen glödde i poolen. Gangstern såg honom komma.

"Du har för mycket kläder", sa han och höjde ölflaskan till hälsning.

"Jag jobbar."

"Själv har man semester."

"Från vad?"

"Sätt dig, Erik."

Winter satte sig på vilstolen bredvid honom.

"Vill du ha en öl?"

"Ja."

Benny Vennerhag reste sig och gick in huset genom altandörren och kom tillbaka med en flaska öl som var kall i Winters hand när han tog emot den.

Vennerhag satte sig. Han klädde inte i badbyxor. Han var en gammal bekant, eller vad det kunde kallas. En gång hade han varit gift med Winters syster Lotta. En mycket kort gång.

Vad i herrans namn hade hon sett hos honom?

"Jag hörde om dina mord."

"Dom är inte mina", sa Winter och tog en klunk öl.

"Inte mina heller. Men det sa jag till dig när du ringde."

"Hur är det med det andra?"

"Svartklubbar? Inte min bag."

"Är det inte underligt att vad jag än frågar dig om så är det aldrig din bag, Benny?"

"Vad är det för underligt med det?"

"Hur får du verksamheten att gå ihop om du inte har nån verksamhet?"

"Det är en affärshemlighet."

"Vi har en smula koll på dina hemligheter, Benny."

"Och ändå sitter jag här i badbyxor och har det skönt", sa Vennerhag och gjorde en gest mot poolen och mosaiken och den friska gräsmattan runt om.

Winter tog av sig skjortan och byxorna.

"Here we go again", sa Vennerhag när Winter dök i poolen. Det var inte första gången han badade där.

Vennerhag reste sig när Winter kom upp till ytan, gick fram till bassängkanten och gav honom ölflaskan. Vattnet rann nedför Winters ansikte från håret som låg klistrat över huvudet.

"Svartklubbar är känsliga grejer", sa Vennerhag.

"Hur då?"

"Jag är inte den som glappar om sånt. Jag tycker det är en legitim verksamhet som fångar upp vanliga hyggliga människors behov."

"Skitsnack."

"Du skulle själv behöva göra ett sånt besök nån gång ibland, Erik."

"Just nu behöver jag en Corps", sa Winter och kisade mot solen.

"Ska jag hämta i skjortan?"

"Finns inga. Jag har slutat."

"Det var obetänksamt."

"Dom importeras inte längre."

"Det finns andra märken."

"Det sägs så."

"Tänk på vad du håller på med." Vennerhag gjorde en gest som till skydd. "Så du inte blir våldsam igen och tar strypgrepp eller så."

Det skulle inte ha varit första gången.

Winter hävde sig upp på poolkanten.

"Ett ställe som fanns för fem år sen."

"Mhm"

"Minst fem år sen."

"Varför svarta ställen? Har ni kollat stans övriga näringsställen? Dom vita?"

"Vi håller på."

"Har du med dig fotona du pratade om?"

163

"Ja."

"Får jag se dom?"

"Om en stund."

"Jaha."

"Vad säger du?"

"Om svartklubbar för fem år sen?"

"Som finns kvar."

"Tror inte det finns nån."

"Tror eller vet?"

"Tror. Tror jag", sa Vennerhag och skrattade kort.

"Kan du kolla det?"

"Jag kan försöka." Han tittade på Winter sidledes. "Jag vet ju vad det här handlar om. Jag hjälper gärna till."

"Det är bra, Benny."

"Mord är liksom inte min bag."

"Jag vet."

"Inte våldtäkt heller."

"Det är bra."

"Kan vi sätta åt den jäveln så är jag den förste att applådera."

"Det är vi som sätter dit honom. Du är inte inblandad i det."

"Jag sa ju vi."

"Jag hämtar bilderna", sa Winter och gjorde det.

"Snygg vägg", sa Vennerhag.

Winter nickade.

"Flickorna ser trevliga ut. Det är för jävligt." Han såg på Winter. "För jävligt."

Winter nickade igen.

"Har aldrig sett den här miljön förut", sa Vennerhag och tittade upp på Winter. "Väggen. Ser ut som en mur."

"Hör med dina affärsbekanta."

"Då behöver jag dom här bilderna."

"Du har dom i handen."

"Är det mina kopior?"

"Ja."

"Får man göra så?"

"Skit du i det."

"Okej", sa Vennerhag och la bilderna på gräset.

"Hur mycket tid behöver du?" frågade Winter.

"Ingen aning. Men finns det där stället i stan så borde väl nån känna igen det."

"Bra."

"Den där muren är rätt iögonfallande."

Winter nickade.

Vennerhag reste sig och gick bort till vilstolen igen. Winter gjorde detsamma och drack det sista i flaskan medan han gick över gräset.

"En till?"

Winter skakade på huvudet.

"En cigarill?" sa Vennerhag och tände en Mercator och log genom röken.

Winter skakade på huvudet. Sedan lutade han sig framåt och grep paketet i Vennerhags hand och tog tändaren som glimmade på marken vid Vennerhags stora bleka vänsterfot.

"Du darrar", sa Vennerhag när Winter tände cigarillen.

Han rökte och njöt.

"Du är lika förtappad som alla oss andra", sa Vennerhag.

"Det heter vi. Inte oss."

"Så nu är det vi? Nyss lät det annorlunda."

Winter var tyst och rökte och kände gifternas ljuvlighet. Bara denna enda, som en påminnelse om hur jävligt det egentligen är att vara beroende.

Vennerhag betraktade honom.

"Har svartklubbarnas verksamhet förändrats under åren?" frågade Winter efter en stund.

"Vet inte. Inte min bag, som sagt."

Winter rökte igen och följde röken upp mot den blå himlen. Där fanns inga moln, inte ett enda. Solen var mer vit än gul. Senare skulle den vara orange och himlen likadan. Det betydde att solen skulle gå upp nästa morgon och himlen skulle bli blå igen och det skulle inte finnas några moln.

"Hur menar du förresten?" fortsatte Vennerhag och tittade på Winter igen.

"Bara nåt jag tänkte. Om dom har tagit över från porrklubbarna, till exempel."

"Tja, det där är ännu mindre mi..."

"Ännu mindre din bag, ja jag vet."

"Men det kan väl hända."

"Mhm."

Vennerhag tog ett bloss.

"När du säger det så slår det mig att det kanske har funnits ett par ställen som... hm... haft sån där meny redan sen nåra år."

"Meny? Menar du porr?"

"Jag menar underhållning för vuxna."

"Jaha."

"Adult entertainment."

"Javisst."

"Kanske ett par ställen. Men jag måste kolla."

"Jag ringer i eftermiddag."

"I kväll. Ring i kväll."

Vennerhag sträckte sig efter fotografierna igen och tittade på dem, ett i taget.

"Det här skulle alltså vara på en lite vågad svartklubb, enligt din hypotes?"

"Enligt min hypotes, ja."

"Vad gjorde i så fall dom här små flickorna där?"

"Jobbade."

"Jobbade? Du har värre fantasi än jag, Erik."

"Fantasi är väl inte din bag, Benny."

"Du är en pessimistisk jävel." Han tittade på fotografierna och på Winter igen. "Själv tror jag människorna om gott."

"Det kanske dom där tjejerna också gjorde", sa Winter och nickade mot bilderna i Vennerhags högerhand.

"Och därför jobbade dom på en svartklubb med extrasvart verksamhet i form av... andra tjänster."

"Jag vet inte."

"Du är fel ute där."

"Hjälp mig i så fall att komma rätt", sa Winter och reste sig och drog på sig skjortan.

19

HALDERS TRÄFFADE POJKEN på ett ställe som pojken själv valt. Det fanns stänk av sol från alla håll över klipporna. Seglen därute var vita. Havet djupnade mot svart bortom hamnen. Halders kände sig dov inuti. Han hade kramat sina barn utanför skolan, vinkat i bilen. Magda hade hoppat hage, en gång, och sedan gått in i byggnaden.

Mattias kisade mot solen. Halders kisade också.

"Dag efter dag", sa han.

Mattias följde en segelbåt på väg ut och tittade på Halders.

"Rekordsommar", sa pojken. "Kanonsommar."

Halders förde upp kepsens skärm en centimeter och kliade sig i pannan som kändes het också under skyddet.

"Vad gör du av allt det här då?" frågade han.

"I sommar? Jobbar, men det har jag väl sagt."

"Jag menar annars."

"Ingenting."

"Det är ju en kanonsommar."

"Inte för mig."

"Deppigt?"

"Vadå?"

"Är du deppig?"

"Nä, vadå?"

"Du verkar deppig."

"Du verkar inte så jävla lycklig själv."

"Nej."

"Är du det?"

"Nej."

"Nähä."

"Har du pratat med henne igen?" frågade Halders.

"Inte sen sista gången", sa Mattias och såg ut som om han log åt vad han sagt.

"Du förstår nog vad jag menar."

"Inte efter våldtäkten", sa Mattias. "Inte med han i huset."

"Han? Vem pratar du om?"

"Fattar du inte det?"

"Säg det. Vem?"

"Farsan", sa han och såg mot horisonten där några skepp försvann över kanten.

"Du gillar honom inte?"

Pojken mumlade något och tittade ut över havet. Hans näsa flagade. Håret är som halm, tänkte Halders. En gång en sommar var mitt hår också som halm. Han drog handen över hjässan igen, under kepsen var håret som fanns kvar snaggat. Han såg Jeanettes pappa framför sig, Kurt Bielke. En bekväm stol på verandan. Jeanette var aldrig där. Jeanette var alltid på sitt rum, någon gång i trädgården. Aldrig på verandan.

"Jag hörde inte vad du sa."

"Det är riktigt att jag inte gillar honom."

"Varför inte?"

"Fråga Jeanette."

"Jag frågar dig."

Pojken ryckte på axlarna.

"Jag frågar dig", upprepade Halders.

"Spelar det nån roll?"

"Ja."

"Så du har också tyckt han är jävla skum?"

"Berätta varför *du* tycker han är skum."

"Inte bara tycker."

"Berätta."

"Fråga Jeanette. Än en gång."

"Varför säger du hela tiden att jag ska fråga Jeanette?"

"Förstår du inte det?"

"Vad är det du vill säga här, Mattias?"

Pojken svarade inte. Havet såg svartare ut, Halders blundade.

"Du var förbannad sista gången du pratade med Jeanette", sa han.

"Jaha?"

"Hon hade gjort slut."

"Jaha?"

"Du var förbannad på henne för att hon hade gjort slut."

"Jaha?"

"Skärp dig."

"Jaha?"

Halders hand flög ut och grep pojken i kragen.

"Spela inte skitstöddig mot mig, grabben."

"Herregu..."

"Jag slänger dig i sjön din lille skit om du inte hjälper till här."

"Hjälp... hjälper till med vad?"

Halders ryckte i kragen. Pojken såg uttrycket i hans ögon.

"Du är ju för fan inte klo..."

Halders tog ett hårdare tag men släppte plötsligt greppet och reste sig och gick därifrån.

Benny Vennerhag ringde på kvällen. Elsa sov. Winter stod på balkongen. Angela såg på med ett leende som kanske var syrligt. Winter kände doften av tropisk frukt och läder från cigarren han höll i handen, en Corona som han köpt tillsammans med några andra på vägen hem för en timme sedan.

Han gick in från balkongen.

"Jag har ett par namn", sa Vennerhag.

"Låt höra."

Vennerhag nämnde namnet på två klubbar.

"Där har vi varit", svarade Winter. "Där finns ingen vägg som den på fotona."

"Det är vad jag har för närvarande."

"Tack så hemskt mycket då."

"Finns ingen anledning till den tonen."

"Jag trodde du hade bättre koll, Benny."

"Tillåt mig säga detsamma."

"Jag ser fram emot nästa samtal", sa Winter.

Vennerhag la på utan ett ord. Angela ropade från köket. Han gick dit och öppnade kylskåpet och tog fram en öl.

"Jag sätter mig en stund med datorn."

"Jag tänkte vi kunde sitta på balkongen lite."

"Okej."

Parken var tom på människor. Himlen var stor. Trafiken därnere var som bloss i det blå. De hörde olika ljud som flöt i vinden över husfasaderna. Winter tände sin cigarr igen.

"Så du hade inte större motståndskraft."

"Svar nej."

"Du verkar nöjd med det."

"Jag har upptäckt att jag inte kan koncentrera mig utan nikotinet."

"Så nu känns det redan bättre."

"Ja. Idéerna kommer."

"Det är inbillning."

Winter rökte igen. Dofterna gled iväg.

"Kanske. Men jag har inte råd att chansa. Det här fallet. Flickorna." Han rökte igen. "Nån därute." Han gjorde en gest med handen som höll cigarren. "Därnere."

"Det finns alltid nån därute", sa Angela. "Kommer alltid att finnas."

"Och jag kommer alltid att finnas här", sa han och log. "Story of my life. Nån därute och jag härinne." Han tittade på cigarren. "Och sen på väg dithän, till honom." Han tittade på henne. "Det där lät lite väl melodramatiskt, va?"

"Innan jag träffade dig trodde jag inte att poliser tänkte så", sa Angela och drack lite ur sitt ölglas. "Att man försökte... definiera sin roll."

"Tänkte du överhuvudtaget på polisers tankeverksamhet innan du träffade mig?"

"Nej." Hon drack igen. "Jag trodde väl inte att den existerade."

"Och sen förstod du."

"Och sen fick jag mina tankar bekräftade."

"Hur kändes det?"

"Skrämmande."

"Så nu vet du."

Hon nickade.

"Därför krävs den här", sa han och höll upp cigarren. "En hjälp för att samla den lilla koncentration man ännu är mäktig."

"I dag höll jag på att slänga en ung kille i vattnet", sa Halders.

De satt utanför huset. Hannes och Magda hade gått in.

"Men du gjorde det inte", sa Aneta Djanali.

"Nej."

"Vackert så."

Halders raspade ur sig ett skratt.

"Jag gjorde bort mig, i vilket fall."

"Mhm."

"Han skulle säga nåt viktigt. Om Jeanettes far. Men det blev inget."

"Vad tror du han skulle säga?"

"Vill du ha ett glas saft?"

"Svara på frågan, Fredrik."

"Jag svarar nästa gång jag har pratat med honom."

"Vad säger han om att hon gjorde slut då?"

"Det handlar inte om det längre."

De gick in i huset. Halders hällde upp saft. De hörde barnens röster någonstans ifrån. Hannes hade en kompis på besök. Ett dataspel. Ett skratt. Ljudet av skottlossning från en dator, enstaka skott först och sedan tätare salvor. Halders såg på Aneta som lyssnade på kriget.

"Bättre med skjutande nu än när dom är vuxna", sa Halders.

Hon log.

Skottlossningen upphörde och de hörde ljudet av biljakt i stället.

Aneta Djanali körde därifrån och Halders hällde upp en öl. Magda kom in med ett knä som hon skrapat på plattorna i trädgården. Någon sköt igen i dataspelet som Hannes och kompisen spelade, sköt, sköt. Halders tvättade dotterns knä men satte inte på något plåster. Han satt kvar vid köksbordet och drack och tänkte inte på något särskilt efter en stund.

20

BIRGERSSON KALLADE PÅ WINTER. Chefen hade ingen cigarrett i handen när Winter kom in i rummet.

"Ja", sa Birgersson, "jag har slutat." Han såg nästan ut som om han bad om ursäkt. "Lungorna har fått nog. Verkligen nog."

"Jag har börjat", sa Winter. "Igen."

"Visste inte att du hade slutat ens", sa Birgersson och sög på nikotininhalatorn, ett munstycke i vitt. Han tog ut det ur munnen och tittade på det. "Löjlig grej." Han tittade på Winter. "Vad är det som händer?" Han gjorde en gest mot stolen framför skrivbordet. "Sätt dig." Winter satte sig, korsade benen. "Killens bakgrund?"

"Inte ett spår."

"Är han ett spöke?"

Winter svarade inte.

"Nyss nedstigen?"

"Jag vet inte, Sture."

"Måste ju finnas en förklaring."

"Ja."

"Illegal invandrare?"

"Varför höll han sig inte gömd då?"

"Det har han väl gjort. Jävligt bra till och med."

"Han träffade flickan. Angelika. Öppet till och med."

"Kärleken övervinner allt", sa Birgersson.

"Nej", sa Winter. "Det finns en gräns och den går där."

"Jaha."

"Du har sett hur det här fallet vidgas?"

Birgersson nickade och sög på sin löjliga grej.

"Det vidgas utåt och krymper inåt. Ju mer som händer desto mindre vet vi", sa Winter.

"Hade varit bättre med motsatsen."

Winter log. Birgersson pysslade med sitt munstycke. Solen sken som vanligt in genom persiennerna. De satt där som vanligt och pratade, gick igenom de senaste tragedierna. Allt var lika spännande som vanligt.

Hur skulle det gå? Fanns det en lösning på gåtorna? Skulle trådarna löpa samman i slutet? Var börjar dom? Håller jag dom i handen? Winter såg på munstycket i Birgerssons mun, ett idiotiskt vippande upp och ner. Idiotiskt. Han skulle ha kunnat vara nån annanstans. På klipporna. Elsa och han, fem meter ut. Hon kippar efter andan. De går upp och dricker. Sand i smöret. Nån sparkar en boll. Livet är milt och ömt. Inte som här, grovt och svettigt och livsfarligt. Döda ungdomar, nyss barn. Ingen bryr sig utom dom som griper efter trådarna och det är vi men vi gör det bara för att vi har betalt för det.

Lägg av.

Det är inte bara därför.

"Hur mår Halders?" frågade Birgersson.

"För jävligt, tror jag."

"Allt är som vanligt med andra ord."

Winter svarade inte.

"Kan han jobba? Egentligen?"

"Ja."

"Prata med folk?"

"Bättre än nånsin, verkar det som."

"Jaha."

"Han kan inte släppa familjen Bielke."

"Borde vi göra det då?"

"Kanske för tillfället. Vi har ett nytt mord."

"Och snart är industrisemestern över."

"Vad betyder det?"

"Allt börjar om."

"Jag uppskattar det filosofiska perspektivet", sa Winter.

Birgersson tog ut munstycket och la det på skrivbordet.

"Den där krogen eller vad det är. Vi borde väl i rimlighetens namn ha hittat den nu?"

"Om den finns."

"Finns? Vad är det för jävla defaitistiskt snack?"

Det är inte lätt att umgås med människor som håller på att avgifta, tänkte Winter.

"Koppla bort Bergenhem och sätt in nån annan", sa Birgersson.

"Nej. Inte än."

"Är det du eller jag som bestämmer, Erik?"

"Det är jag."

Bergenhem satt i baren. Den tionde på två dagar. Andra satt i andra barer. Alla var tillfrågade, informerade: brandförsvar, hälsoinspektionen, krögare, facken, allmänheten. Kända drinkare, kända ätare. Folk i farten. Horor. Torskar. Ungdomar. Dom som överlevt i alla fall, tänkte Bergenhem och visade fotografiet för restaurangägaren som satt på stolen bredvid. Han tittade på muren. Ingen hade känt igen den ännu.

"Ska det vara här i stan?" sa mannen och studerade bordet och väggen, besticken och glasen, flickan som satt där. Beatrice. Sedan Angelika. Bergenhem sa ingenting om att det var fem år mellan bilderna.

"Vi vet inte."

"Så det kan vara var som helst i hela världen?"

"Ja."

"Jag känner igen det här", sa mannen som hette Bengt Nordin.

Bergenhem väntade. Det fanns inga andra gäster i baren. Bartendern bryggde kaffe och plockade in ölflaskor i kylen bakom disken.

"Jag vet inte... den där väggen är ju rätt speciell. Har ingen känt igen den förut?"

"Gör du det?" frågade Bergenhem.

"Ja. Jag känner igen den. Det fanns en liten källarklubb tidigare i gamla Nordstan som såg ut ungefär så här. Det var en sån här mur på ena väggen med bord framför." Han tittade på bilden igen. "Du ser den där skuggan där i kanten på väggen? Som från druvklasar eller nåt. Det *var* druvklasar. Det hängde druvklasar av porslin där." Han tittade på Bergenhem och skrattade till. "Förfärligt." Han skrattade igen. "Precis som namnet dom hade på stället, på slutet i alla fall. Barock. Har du hört nåt sånt förut? Barock?"

"Var du där?" frågade Bergenhem.

"En av dom få. Åtminstone mot slutet."

"Var det inte populärt?"

"Jodå, men inte för allmänheten, om du förstår vad jag menar." Han tittade på fotografiet igen. "Det var lite lustigt med det där stället, för killarna som hade det brukade ändra inredningen rätt ofta. Hänga över väggarna med tyger. Eller annat. Det här rummet ser faktiskt större ut på bilden än det var i verkligheten, fast man bara ser en liten del. Det var mest en skrubb som låg innanför själva krogen, eller vad man ska kalla den. Mer... tja, för personalen, tror jag. Fast med servering."

"Var ligger det?"

"Tja... dom här bilderna måste vara gamla. Stället revs för flera år sen. Hela huset ihop med resten av gamla Nordstan. Det där huset höll väl ut bland dom längsta."

"Du är säker på att huset är rivet?"

"Vad tror du? Det vore väl rätt idiotiskt att ljuga om nåt sånt? Stället revs för minst tre år sen. Absolut minimum."

"Jag påstår inte att du ljuger." Bergenhem höll i fotografiet av Angelika. "Men det här kortet togs nån gång i vintras."

Nordin tittade på fotografiet igen.

"Jaha. Då är det väl nån annanstans. Men det var som fa... då har man gjort en rätt bra imitation nån annanstans." Han pekade på skuggan igen och tittade på Bergenhem. "Druvklasarna."

Winter och Bergenhem stod vid den gamla adressen omgivna av nya hus: kontorsbyggnader i rött tegel, nya kullerstenar för nya tiders skor. Där klubben en gång legat fanns en resebyrå. Det gick knappt att se himlen därinne i skuggorna. Det var varmt bland husen, inte svalt. Borde det inte vara lite svalare när allt ligger i skugga? tänkte Winter.

"Ska vi gräva?" sa Bergenhem. "Frilägga källarplanen?"

Winter försökte le.

"Äventyret fortsätter", sa Bergenhem.

En kvinna kom ut från resebyrån som skyltade med stränder och palmer. Dom borde visa snö, tänkte Winter och kände hur svetten rann ner i ryggslutet.

Bergenhem hade varit snabb i efterforskningarna. Det gamla huset revs för fyra år sedan. Kanske hade det legat en klubb i källaren då, men det hade inte gått att fastställa än. Var det en klubb var den hur som helst svart. Inget hederligt etablissemang fanns registrerat i fastigheten vid tiden för fällandet av huset. Det var Ringmar som hade uttryckt det så: fällandet av huset.

"Så var sitter vår Angelika nånstans egentligen?" sa Winter och såg en man komma ut från porten bredvid resebyrån. Han var blek, såg inte glad ut. Semester i maj när de stora regnen slog rekord för århundradet. Nu sitter han gömd i protokoll. Som jag.

"Vi måste ju spåra ägarna", sa Bergenhem.

"Eller vad man ska kalla dom", svarade Winter.

"Dom är väl igång nån annanstans."

"Eller ligger därunder."

"Ha ha."

"Sätt igång och kolla efter dom", sa Winter. "Du får tre gubbar."

"Okej."

"Jag ska snacka med en kille själv."

Winter träffade Vennerhag på kaféet i hörnet. Han var klädd i kortbyxor, som Winter.

"Är det där verkligen i linje med tjänsten?"

"Var du på Barock nån gång, Benny?" frågade Winter och nickade mot resebyrån femtio meter bort. "Stället hette så. Åtminstone var det ett av namnen."

"Nej."

"Ljug inte för mig, Benny."

"Hade jag varit där hade jag väl känt igen miljön på fotot och då hade jag sagt det förra gången vi snackade. Du måste lita på mig."

Winter svarade inte.

"Jag är din vän."

Winter drack ur en Zingo.

"Nu när vi kanske vet var det är vill vi veta vem." Winter drack igen, såg på Vennerhag över flaskhalsen. "Och då behöver jag mina vänner."

"Tack."

"Du känner inte ens igen namnet?"

"Nej. Men det är inte så konstigt, Erik. Det fanns klubbar... och klubbar. Fanns. En del... tja, känner man till, och en del är liksom inte intressanta rent ekonomiskt. Åtminstone inte för mig."

"Er", sa Winter. "För er."

"Okej, okej. Men Barock eller vad det nu hette känner jag inte till. Jag visste ju att det fanns nåt här men det hette nåt annat. Jag kommer inte på vad."

"Vad tror du dom som drev stället sysslar med nu?"

"Ska jag gissa?"

"Kom med en gissning."

"Ingen aning, faktiskt. Men nu när jag vet var det låg och kanske hette så kan man ju gå vidare därifrån." Han uttalade namnet: "Barock. Det är ju för fan barockt!"

"Tack för att du hjälper till."

"Herregud. Hoppas du är rätt ute här, Erik. Att det här stället verkligen betyder nåt för din... förundersökning. För sökandet efter svaren."

"I vilket fall får ju du nåt meningsfullt att göra med din tid, Benny."

Halders satt i Winters rum. Winter stod vid fönstret och rökte. Det fläktade något nu i kvällsbrisen. Halders strök sig över snaggen.

Han såg pigg ut. Han satt där, det betydde att någon annan var hemma hos hans barn.

"Aneta är med ungarna i kväll", sa Halders.

"Bra."

"Det är på hennes fritid."

Winter svarade inte.

Halders reste sig. "Gubben har haft nån form av restaurangrörelse."

"Du sa det."

"Jag har försökt kolla honom lite närmare och det finns såna grejer med."

"Men det var väl legitimt, eller hur?"

"Vad är legitimt i restaurangbranschen?" sa Halders.

"Låt inte dina dåliga erfarenheter av taskig betjäning gå ut över det här", sa Winter.

"Han har tydligen vana att driva nåt sånt", sa Halders. "På nåt sätt vid sidan om. Han har inte sagt nåt om det."

"Vi har inte frågat."

"Det gör vi nu."

"Vänta."

"Varför då?"

"Lugna dig lite med det."

"Varför då?"

"Jag vill inte dra i för många trådar, helt enkelt." Winter tog ett bloss på cigarillen. Denna och sen ingen mer. Inte den här timmen. "Vi har ett färskt mord och ett gammalt olöst och jag har tänkt som du att Jeanette Bielke kanske passar in här på nåt sätt, men jag kan inte se det riktigt klart nu och vi har annat som är tydligare. Eller mer angeläget. Kolla Kurt Bielkes affärer men vänta med att prata med honom."

Halders svarade inte.

"Okej?"

"Dom tog med sig väggen", sa Halders.

"Om det var en vägg."

"Kuliss?"

"Nåt sånt."

"Eller så fortsätter spökerierna", sa Halders. "Tror du på spöken, Erik?"

"Folk kommer och går också i verkliga livet. Saker finns och sen är dom borta. Ställen är borta plötsligt. Men dom finns ändå."

"Var finns dom då?"

"Nånstans dit vi är på väg."

Anne var på väg genom den tidiga natten, eller sena kvällen, om man räknade klockan nollett som kväll. För en del var kvällen ung. Det fanns mycket folk i centrum när hon passerade. Någon ropade men det var inte till henne. Andy var inte där, hon hade gått från det andra stället utan att säga till honom. Hon dröjde utanför halvtrappan upp till uteserveringen.

"Det är fullt", sa vakten. Hans ansikte var rött efter för många timmar i solen, och ännu rödare i neonskimret. Han såg ut som en idiot med sitt blonderade hår rakt upp från skallen. Som en figur från en skämtteckning som ser nåt läskigt.

Det kanske är mig han ser.

"Jag ska ändå inte in", sa hon och vände.

Det luktade mat och sprit längs Avenyn. Sololja, kokos, annan äcklig skit.

Hon väntade medan vagnen passerade och hoppade upp på cykeln och trampade i väg genom Allén. Det kom en svag nattbris och det kändes som att ta ett ljummet bad.

Jag tar ett bad när jag kommer hem. Tänder ett ljus i badrummet och låter det brinna.

Bara ett par bilar ute. En var bakom henne, till höger på vägen. Körde förbi, stannade vid trafikljusen. Hon cyklade mot rött och svängde vänster, hemåt.

21

HON LEDDE CYKELN. Stan var belägrat område denna sommar, gatuarbeten överallt, kablar upp och ner ur jorden, asfaltskokare. Inga ute nu. Det var tyst här. Svagt ljud av bilar från andra sidan husen som var höga och mörka. Folk sov bakom svarta fönster, det fanns dom som jobbade mitt i sommarhettan och gick upp när det var tidig morgon, tänkte hon.

Parken var upplyst av lyktor till höger och vänster. Det var mörkt i mitten. Cykelvägen gick i mitten men hon visste. Hon var inte dum. Det gick en annan väg intill som var lite längre men lite ljusare. Det fanns trafik på andra sidan dammen. Sena bilar, taxiskyltar som lyste.

Det luktade bensin. Någon hade kört där nyss. Eller om lukten kom från vägen till vänster. Det stod en bil under ett träd i skuggorna från belysningen som var gles och smutsgul, eller mer vit, den nådde inte långt och gjorde ingen nytta och hon cyklade snabbare nu och slant plötsligt med foten på pedalen och cykeln snodde till vänster och styret krängde och hjärtat högg till som ända uppe i halsen och sedan krängde hon tillbaka och återfick nästan balansen och vinglade in under nästa lykta som var lika skumögd som alla andra. Då kände hon en stöt från sidan och hon hade sett skuggan sekunden innan, till höger, och hon kände rädslan nu och en stöt till och vräktes av cykeln och rädslan var som ett iskallt stenblock i henne och hjärtat högg, högg, högg.

Tre timmar tidigare: Winter hade sökt Hans Bülow och han hade ringt och lämnat ett meddelande och Winter ringde upp när han gick över Heden. En boll kom flygande i hans väg och han sparkade tillbaka den och spelet var igång igen på en av planerna. Han borde vara med, en skön svett i den ljuva kvällen.

Det var sent. Den digitala klockan på tegelväggen bakom honom hade nyss blinkat fram 22 nånting.

"GT, Bülow."

"Winter här."

"Du skulle hört av dig för länge sen."

"Inte haft tid."

"Vill du ha hjälp får du ge nåt själv också", sa reportern.

Winter väntade vid Södra vägen. En raggarbil passerade. Eddie Cochrans röst på aggressiv volym, ain't no cure for the summertime blues, brudar i jumper, en raggarbil är en bil med brudar i och är det inga brudar i så är det ingen raggarbil.

"Ett ögonblick."

Han gick över gatan och passerade Kometens uteservering. Det blev ett bord ledigt ut mot trottoaren, sällskapet på fyra var på väg att resa sig. Notan låg på bordet.

"Kan du slita dig så sitter jag från och med nu på Kometen."

"Jag är där om tio minuter."

Winter beställde en stor mellanöl från fat.

Bülow kom och gjorde detsamma.

"Har du alltid varit kriminalreporter?" frågade Winter när Bülow drack och tände en cigarrett.

"Sen jag lärde mig skriva."

"Jag tänker ge dig ett stort förtroende."

"Det var på tiden."

"Det är inte första gången", sa Winter.

Bülow drack, rökte, väntade. Han hade parkerat sin cykel på andra sidan räcket.

"En pojke kan ha blivit mördad."

Bülow satte ner glaset.

"Vem? Och när?"

Winter svarade inte.

"Herregud, Erik."

"Ingen vet."

"Du borde inte säga sånt där."

"Ett stort förtroende, som sagt."

"Nej."

"Du vill inte ha det?"

"Du har just gett mig det, för helvete. Herre... ska jag hålla käft om ett mord. ETT TILL?!"

"Dämpa rösten, tack."

Bülow såg sig om. Ingen verkade lyssna. Bordet bredvid hade just fått nya gäster som var i färd med att beställa och tala i munnen på varandra, bla bla bla bla.

"Berätta, tack", sa Bülow.

"Vi kan hitta honom. Det här är mina privata misstankar, om du förstår vad jag menar. Vi har ett läge som måste brytas." Winter tittade rakt på Bülow. "Jag vill ha fram nån. Kanske ur ett gömställe."

"Vem? Den här killen?"

"Vet inte än."

"Varför berätta för mig överhuvudtaget?"

"Jag vill att du ska skriva en sak."

"Gick inte det här ut på motsatsen?"

Högg, högg, högg. Slet, slet, slet. Det skrek i hennes huvud. Hon kände ett andetag mot sitt ansikte, en lukt som hon aldrig känt, svett, lukt, det högg, högg, hjärtat rörde sig som ett vilt djur i bröstet, högg, andedräkten, en röst som sa något alldeles intill men samtidigt långt ifrån, det slet, slet.

Hon låg på marken, såg cykeln som låg bredvid, hjulet som fortfarande snurrade runt och runt, ett ljud som kunde vara hjulet eller... något slet, drog i henne, hon lyftes upp och släpades med och där fanns ingen annan och varför kom ingen annan och snälla Gud och vem och var är d... och hon försökte sticka ner handen i handväskan som verkade vara öppen och varför visste hon inte och hon försökte få tag på mobilen och om det inte gick att ringa så kunde hon slå den i huvudet på... och hon LYFTES upp och det skrapade i ansiktet från buskarna och hon försökte skrika och kände handen som trycktes mot ansiktet innan hon kunde öppna munnen igen.

Hon kände ett slag mot huvudet. Ett andetag igen, nära igen. Någon som sa något. Andetag, som en röst. En röst. En röst nu, ja, röst. En ramsa, ord, ord, samma ord, ord, ljud, kan inte höra vad det är, gode guuud.

Ett slag till. Rött, vitt, rött i huvudet.

"Illegal invandrare", sa Bülow.

"Nej."

"Inte?"

"Det är nåt annat."

"Ni hittar ju honom inte."

"Måste komma fram nåt snart."

"Och jag ska skriva som om han vore död?"

"Som om det kunde vara så."

"Ska du diktera artikeln?"

Winter svarade inte. Alla borden var upptagna nu. Alla var mer eller mindre berusade runt om.

"Har du betalat?" sa han.

"Så jag bjuder på det här?"

Winter reste sig.

"Vi går hemåt", sa han.

Bülow ledde cykeln. Tre män slogs utanför Pølsemannen, lösa slag som gjorde hål i luften som luktade stekt korv. Det fanns blod i pannan på en av dem. Den andre började spy, spyorna som en kvast ur käften. Den tredje skrattade som en vansinnig.

Winter och Bülow gjorde en cirkel runt dem.

"Saturday night is all right", sa Bülow.

"Är det lördag?"

"Nej."

"Förberedelser för Göteborgskalaset", sa Winter.

"Det där? Det är ingenting."

Vasaplatsen låg öde. En spårvagn kom uppifrån Landala. Det hördes musik från ett av kaféerna i ena hörnet.

"Då är vi överens?" sa Winter.

Bülow skrattade.

"Du räknar visst med mig till hundra procent."

"God natt."

Winter gick in i porten.

"Hälsa familjen", sa reportern men porten hade redan slagit igen bakom Winter.

Det ringde, fyra signaler. Telefonsvararen gick igång. Meddelandet skrek i de tysta rummen. Ingen lyssnade.

Hennes röst:

Jag är inte hemma nu men om du...

Sedan: meddelandet.

Andningen, flåset, som ett vilt djur, hennes röst, kanske en bön, nu... ett läte som från en kyrkbänk i en frikyrka eller vad, tungomål, ramsa, ramsor, en grov röst som från en annan värld, nej härifrån, därifrån, alllihyyllllelllyhhha, alllihyallehyallihe, allihy iLL-LAHYYELLLAI!!

AAALHHYYLLLIEEE!!!

Alla sov när han kom in, alla två, han drog av sig sandalerna och gick försiktigt ut i köket och stängde efter sig. Dörren hade satt sig lite till och knarrade.

Han gjorde i ordning kaffe.

"Ingen sömn i natt alltså", sa Angela som kommit ut och satt vid bordet och gäspade med håret över ögonen.

"Inte som du", sa han. "Du sover ju nu, här. Sittande."

"Kan du inte lägga dig? Du behöver väl vara pigg i morgon?"

"Jag är pigg."

"Jag sa i morgon."

"Måste tänka."

"Gör man bäst när man är pigg."

"Jag är PIGG, sa jag ju!"

"Du behöver inte skrika."

"Jag skrek inte."

"Jas..."

"Jag skrek INTE."

"Elsa sover. Kanske."

"Det var tyst härute tills du kom."

"Ha ha."

"Om jag får vara i fred en enda liten timme till så blir det tyst igen och sen går jag och lägger mig, okej?"

Angela svarade inte.

"Okej?"

Hon reste sig, dolde ansiktet. Han hörde en snörvling.

"Näm..."

Hon gick ut genom dörren och stängde den. Den knarrade.

Winter ställde ifrån sig koppen och funderade på att dunka skallen i kylskåpsdörren, bara en gång. Köksfönstret var öppet och det satt några på gården fyra våningar ner. Rösterna var tydliga dit upp. Skulle han vräka sig ut ur fönstret och skrika att hans familj behövde sova? TYSTNAD.

Han rökte på balkongen. Det luktade rök men annorlunda och från ett annat håll, brandrök.

Spårvagnarna hade slutat gå.

Angela kom ut.

"Förlåt mig", sa han.

"Du har oss också", sa hon.

"Jag vet att jag kan vara en idiot. Jag försum..."

"Jag menar inte så. Det kan vara ett stöd också." Hon var som genomskinlig i ljuset från gatlyktorna nedanför och himlen ovanför. "Du behöver inte se oss som ett hinder."

"Det har jag aldrig gjort."

"Jag säger inget om ditt arbete, eller hur?"

"Nej nej."

"Men låt det inte äta upp dig."

"Jag försöker, Angela."

"Kanske ska du prata med nån."

"Om vad? Och med vem?"

"Det har hänt mycket den sista tiden."

Borde det inte vara hon, tänkte han. Som behövde prata. Det hade hänt henne något som han inte kunde föreställa sig. Han kunde se hur många döda människor som helst men han kunde inte komma i närheten av *det*. Hon behövde prata. Med nån annan. Jag kräver tystnad, min idiot.

"Tänker du på din pappa?"

"Jag vet inte. Nej."

"Har vi det inte bra, Erik?"

"Det är inte det. Jag är trött bara."

Hon nickade och sa god natt och gick in igen. Han skulle säga något bättre i morgon. Han la ifrån sig cigarillen och såg på glöden. Det luktade fortfarande brandrök någonstans ifrån. Telefonen ringde därinne. Han hörde Angela svara.

22

WINTER SÅG DET SVAGA SKENET över bergen på andra sidan parken när han körde nedför backen. Ljuset var som ett blekt töcken under en klarare och renare himmel. Ett förebud om en ny dag. Den skulle bli het den också. Det var redan tjugotvå grader nu men ännu natt rent formellt.

Flickan skulle inte få uppleva en ny dag. Winter hade sett strypta människor förut. Hennes underliv var blottat. Hans kolleger rörde sig på platsen, dödens varelser. Rättsläkaren lutade sig över flickan som en dödsängel. Det var inte Pia E:son Fröberg. Winter kom ihåg nu att hon hade semester. Det här var en man och han såg stor och klumpig ut i sina shorts och sin basebollkeps. Eller om det var för att flickan såg så liten och tunn ut där hon låg framför honom.

Som en död sparv vid vägkanten.

Winter gick tillbaka. Hennes cykel låg mitt i vägen som snarare var en cykelbana. Styret var inåtvänt. Han tyckte att det såg ut som om ett av hjulen fortfarande snurrade. Det stod en uniformerad polis bredvid cykeln och en målad bil bakom polismannen. Ljusen roterade på bilens tak. Ljuskäglan svängde som en karusell. Flickans ansikte lystes upp, föll i mörker, lystes upp. Winter hade föredragit mörker.

Han gick fram till polisen som han inte kände igen. Killen var ung. Kanske bara ett par år äldre än flickan. Knappt en polisman. Polispojke.

"Ni var först, hörde jag."

"Det var vi som... hittade henne."

Winter nickade.

"Vad heter du?"

"Peter. Peter Larsson."

"Hur upptäckte ni det?"

"Cykeln", sa polisassistenten och gjorde en rörelse med huvudet mot cykeln. "Vi kom körande och såg den."

"Kör ni här varje kväll, Peter?"

"Nästan."

Winter såg vägsträckan fram till kröken. Efter kröken fortsatte vägen runt en damm. På andra sidan dammen fanns ett litet skogsparti och på andra sidan skogspartiet en damm till och på andra sidan av den dammen ett buskage, några träd, ett stort stenblock. En mordplats gånger två.

Inte tredje gången gillt där. Men nära, femhundra meter fågelvägen. Han tänkte på flickan. En död sparv.

"Ni såg inga andra?"

"Inga."

"Hur upptäckte ni flickan?"

"Vi såg cykeln som sagt och stannade. Jag gick ur och kollade lite i vägkanten. Det syntes ju att nån hade gått där. Man behövde inte leta för att se henne. Ja, du ser ju själv."

"Ja."

"Sen är man ju lite extra misstänksam efter vad som hänt."

"Det är bra, Peter."

Polisassistenten tittade på Winter och sedan in mot buskarna och träden.

"Är det samma?"

"Vadå?"

"Är det han igen?"

"Ingen aning", sa Winter och gick tillbaka till flickan.

"Ser det ut som en våldtäkt?" frågade Ringmar som kommit dit minuterna efter Winter.

Läkaren ryckte på axlarna.

"Han ställde en fråga", sa Winter.

"Sannolikt", sa mannen och reste sig. Kepsen stod rakt upp. Det är ett plagg som inte passar här, tänkte Winter. Det passar inte nånstans. Läkaren tittade på Winter. "Ja, jag vet vad det handlar om. Kan handla om. Jag ska jobba så fort jag kan."

"Det gäller SKL också", sa Ringmar. "Var är Beier förresten?"

"I New York."

"New York?!"

"Konferens. Visste du inte det?"

"New York", upprepade Ringmar. "Där måste det vara ännu hetare än här."

"Jag tar med henne nu", sa läkaren.

"Hon heter Anne Nöjd", sa Winter. "Hon har ett namn."

Hennes handväska hade legat kvar. Hon hade ett namn och en adress. Den låg västerut. Winter kände en speciell känsla när de körde ut på leden och genom tunneln. Alla offer bodde västerut.

Det var ljusare där eftersom det var närmare till horisonten, även om solen gick upp bakom dem. Det luktade hav genom fönstret som han öppnat helt. De körde på smala gator mellan gammal kustbebyggelse.

Huset såg ut att ligga i ett lilleputtland. Det fanns en siffra över verandan.

"Det måste vara där", sa Ringmar.

Det fanns en häck runt om. Båtar låg femtio meter därifrån. Lukten av hav var ännu starkare nu. Winter hörde ljudet av havet. Han visste att klipporna som många ungdomar badade från låg bakom udden. Gick han ut på udden skulle han kunna se klipporna. Jeanette hade badat där. Beatrice hade badat där, i en annan tid, förra årtusendet. Angelika hade badat där. Hade Anne Nöjd badat där? Betydde det nåt?

Huset var mörkt.

Hon hade varit tjugo år. Hon bodde tydligen på den här adressen. Det var allt de visste. Huset såg mindre ut när de kom närmare. Det borde vara tvärtom. Winter kunde böja sig ner och se in genom fönstret. Han såg mörka silhuetter av ting. Ringmar knackade på dörren. Han knackade igen, slog hårdare. Ingen öppnade.

Ringmar tog fram nyckelknippan som legat i flickans handväska. Där hängde fyra nycklar. Två såg likadana ut och kunde passa i låset. Den andra fick fäste när han stack in den och vred om. Ringmar öppnade dörren och ropade inåt. Han ropade igen och tittade på Winter. Winter nickade. Han hörde den tidiga morgonens första mås när de gick in.

Det var ljusare i huset än vad det såg ut att vara utifrån. De stod i en hall och gick till vänster in i ett kök som inte kunde vara mer än tre kvadratmeter. Det låg en tidning på bordet. Det stod en kopp bredvid. En halvfull vinflaska på diskbänken glänste i morgonljuset som blev starkare för varje minut nu. Winter böjde sig över bordet och kunde se havet som rörde sig med ljuset, ändrade rörelse och färg.

Det måste vara fint att sitta här och se morgonen speglas i havet.

Ringmar ropade från någon annanstans. Winter gick tillbaka till hallen och in i rummet till vänster som mest var en skrubb med ett litet bord och en stol. Rummet bredvid var ett sovrum med en säng och ett sängbord och en stol. Golvet var av trä, furu, blankt. Det doftade av blommor i rummet. Ringmar sa något igen. Winter gick ut till vardagsrummet. Det var hela huset. Vardagsrummet var maximalt tjugo kvadratmeter och fönstren vette mot vägen där han kunde se däcken på sin bil. Därinne fanns en träsoffa och en vacker matta i färger han ännu inte kunde se. Om en timme, men inte nu. Det hängde tavlor på väggarna i olika storlekar. Det var fortfarande så skumt därinne att tavlorna mest var som hål i väggarna. Framför Ringmar stod ett bord och på bordet en telefon bredvid en telefonsvarare. Den röda lampan blinkade. Ringmar tittade på Winter med ett frågande uttryck i ansiktet. Winter tänkte. Lampan blinkade.

Det hade inte funnits någon mobiltelefon i flickans handväska. Winter var säker på att Anne Nöjd haft en mobiltelefon. Alla unga hade mobiltelefoner, alla andra också.

De skulle söka runt platsen där hennes kropp hittats. De skulle kontrollera om hon haft ett abonnemang.

Lampan blinkade. En trut skrek utanför fönstret. Winter nickade och Ringmar tryckte försiktigt på knappen med sitt handskbeklädda finger. Ett vasst piiip. Ett sus. En röst:

"Andy här. Jag blev upptagen. Ja, du vet. Ring när du är hemma. Ciao baby."

Suset igen. Piiip.

Ingenting.

Någonting.

Ringmar lutade sig fram för att höra. Winter tog ett steg närmare.

De hörde hennes röst nu. Ett skrik, ett till. Ett... grymtande, eller va... ljud av slag eller något, dovt, ett svischande som från grenar, busk...

"Vad i helvete", sa Ringmar.

"Tyst." Winter stod över telefonsvararen. "Det är hon."

Ringmar såg ut som en sten i ansiktet. Hans blick flög från Winter till telefonsvararen, från telefonsvararen till Winter.

"Hur i he..."

Winter höll upp en hand. Han kände hur den skakade.

Vi lyssnar till ett mord.

AAALHHYYLLLIEEE!!!

Han hörde en ramsa. Ett rabblande. Just nu kunde han inte minnas vem som hade sagt något om rams... var det Jeanette? Jeanette som överlevde?

Han stirrade på telefonsvararen som på ett levande djur, svart, livsfarligt.

De lyssnade på skriken, ljuden, grymtandet, vrålet, rösten som kom tillbaka, alllihyalle... lågt de första två gångerna och sedan högre, AAALHHYYLLLI!

Det bröts tvärt. Winter tittade på klockan. Det hade inte gått många minuter men... meddelandet borde ha brutits tidigare. De väntade men det kom inget mer. Det knäppte till i apparaten och bandet spolades tillbaka. Ringmar tryckte igen.

"Andy här..."

De lyssnade på fortsättningen. Ringmar skrev.

Det blev tyst.

"Det är han", sa Winter.

"Och hon", sa Ringmar.

En trut skrek igen, eller om det var en mås. Solen hade tagit sig över berget i öster nu och ner på andra sidan och fanns utanför huset. Det blänkte plötsligt till på den matta ytan på telefonsvararen.

Halders bytte skiva. Det skulle ljusna om tjugotvå minuter. Aneta Djanali kände lukten av whisky i hans andedräkt när han kom tillbaka och satte sig i soffan bredvid henne.

Musiken började. Några försiktiga pianoackord. Bob Dylans röst. I know no one can sing the blues like Blind Willie McTell.

"Smell that sweet magnolia blooming", sjöng Halders. "Hear that undertakers bell." Han mumlade något.

"Vad sa du, Fredrik?"

"No one can sing the blues like Bob Dylan."

Hon svarade inte.

"Well God is in his heaven", sjöng Halders med Dylan.

"Du kanske ska lägga dig, Fredrik."

Han böjde sig fram och tog glaset och drack.

"Tycker du jag beter mig?"

"Du ser trött ut."

"Trött? Ha!"

"Drick inte mer nu."

"Det är min sak. Jag kanske behöver det?"

"Säg det till mig i morgon."

"I morgon? Stannar du?"

Hon reste sig och gick ut i köket och kom tillbaka med ett glas vatten. Det fanns streck av den nya dagern i himlen som syntes genom altandörrarna.

"But nobody can sing the blues like Blind Willie McTell", sjöng Dylan/Halders. "There's a chaingang on the highway, I can hear them rebels yell."

"Du ska lämna barnen i skolan i morgon."

"Ska du påminna mig om det?"

"Vi har ett pass klockan åtta."

"Jag sa att du inte behövde påminna mig om... om..."

Musiken tystnade och Halders reste sig och satte på spåret igen och vände sig till Aneta Djanali som fortfarande stod upp.

Han sjöng: "There's no one that sings the blues like Blind Fredrik McTell."

Sedan föll han över soffkanten och landade med huvudet nära golvet.

"Fredrik?!"

Aneta Djanali gick snabbt fram och böjde sig ner. Halders ögon var öppna.

"Fredrik?"

Han mumlade något och rörde på huvudet. Han tog sig upp.

"Så fu... full är jag inte."

Han började gråta. Aneta Djanali höll om honom. Hon kände hans tunga axlar skaka. Hans hals var spänd som tvinnade stålvajrar. Han rörde sig och gjorde sig fri och reste sig. Han satte sig igen.

"Det går åt helvete det här, Aneta."

Hon satte sig också.

"Har du egentligen tillåtit dig att sörja, Fredrik?"

Han tittade på henne som en som inte förstår. Eller vill förstå, tänkte hon.

"Det är dig det handlar om här, Fredrik. Bara du. Och dina barn. Du kan inte förställa dig. Det är farligt. Du ska bara vara du och känna vad du känner. Verkligen känna. Förstår du. Känna... och visa det."

Han mumlade något, hade satt sig igen.

"Vad säger du?"

"Känna."

"Ja?"

"Vad är det? Känna?"

Teknikerna hade telefonsvararen. Winter hade en bandkopia. Han lyssnade på början. Vem var Andy?

De kunde få fram om han ringt från en mobil eller en vanlig telefon, men en mobil var... mobil. Den förflyttade sig med den som pratade.

Anne Nöjd hade uppenbarligen levt ensam. Teknikerna var där nu. Teknikerna var överallt.

De hade hittat namn som kunde vara föräldrar, eller annan släkt. Winter hade ringt ett par vidriga telefonsamtal. Hennes mor. Det var alldeles nyss.

Nu ringde hans egen mobil. Klockan var nästan fem.

"Jag blev orolig", sa Angela.

"Jag har inte hunnit ringa."

"Kom hem när du kan så gör jag caffellatte. Jag går ner till hembageriet om en timme och hämtar rosenbröd."

"Jag försöker vara hemma då. En stund i alla fall."

Telefonen på bordet ringde. Han sa hej till Angela och lyfte på luren. Det var en av teknikerna vid huset i Långedrag.

"Det kom en kille här som heter Andy nånting som sökte... flickan."

"Var är han?"

"Han står här bredvid mig."

"Får jag prata med honom."

Winter hörde en ny röst, den lät ung, rädd: "Vad är det som har hänt?"

Winter presenterade sig.

"Kan du komma hit direkt?"

"Vad är det me... med Anne?"

"Jag vill att du sätter dig i en bil som finns därute nu och kommer hit med en gång så ska jag berätta allting."

"Vad är det med Anne?!"

Winter tänkte.

"Hon har blivit mördad i natt. Därför är det oerhört viktigt att du kommer hit så fort som möjligt, Andy. Vi behöver din hjälp."

Han hörde ett skrik, eller ett rop. Det susade statiskt. Det lät som om teknikerns mobiltelefon flög runt i luften.

"Hallå? Hallå?"

Winter hörde teknikerns röst igen: "Vi kommer in med honom."

23

WINTER VÄNTADE I SITT RUM som lystes upp av gråljuset från gryningen. Det grå flöt ihop med hans sinnesstämning. Det var en egendomlig känsla eftersom den blandades med upphetsningen han kände inför fortsättningen. Det hände någonting. Han kände en förväntan som var kall och på sitt sätt... ovärdig, som om han reste genom ett sargat landskap utan hopp men ändå kände något som påminde om förhoppning.

Det doftade av nyvaken värme utifrån. Fåglarna sjöng igen. Gatan på andra sidan ån sopades av en lastbil. Han kunde höra de stora borstarna ända dit.

Dörren stod öppen och en man i 25-årsåldern kom in tillsammans med en av teknikerna som hälsade och gick igen.

Andy såg ut som om hans ansikte fallit samman. Hans ansikte *hade* fallit samman.

Winter visade mot stolen.

"Jag står. Vad är d... det som har hänt?"

Winter berättade det han kunde. Men först frågade han efter namn.

"Andy."

"Ditt efternamn också."

"Grebbe. Andy Grebbe."

Han satte sig. Han bar en t-tröja som var trasig i vänstra armhålan. Hans hår var mycket kort men såg ändå okammat ut. Det fanns en svart ring under vänstra ögat men inte under det högra. Winter kunde känna lukten av gammal sprit från andra sidan skrivbordet. Andy var hyfsat nykter nu, men mycket trött. Nervös.

"När pratade du med Anne senast?"

"De... det var i kvä... nej, jag menar i går. I går kväll."

"När då?"

"Vadå? Jag sa..."

"Vilken tid på kvällen."

"V... det var vid åtta, tror jag. Ungefär åtta."

"Var?"

"Var? Det var inte nå... nånstans, om man säger. Telefon. Jag ringde henne hemifrån."

"Och hon svarade?"

"Sva... det är väl klart att hon svarade. Jag sa ju att jag pratade med henne."

Winter nickade.

"Sen ringde jag i natt men hon var inte hemma."

Winter nickade igen.

"Jag talade in ett meddelande på telefonsvararen. Det måste ju finnas där." Han tittade på Winter. En blick som var vit och röd och svart och trött och kanske jagad. "Kan ni lyssna av hennes telefonsvarare så måste det finnas där."

"Vi har gjort det", sa Winter. Han försökte hålla kvar Andys blick. Var det nu det skulle hända någonting? Skulle han bryta samman?

"Okej. Då har ni ju hört det."

"Ja. När ringde du?"

"Ja... efter två. Halv tre, kanske."

"Varifrån?"

"Från ett ställe i Vasastan."

Han sa namnet på baren och Winter visste var den låg.

"Varför ringde du?" frågade han.

"Är det här ett förhör?"

"Jag ställer några frågor."

"Behöver jag en advokat?"

"Tycker du att du behöver det?"

"Nej."

"Varför ringde du?"

"Ja… vi skulle ha setts men jag kunde inte just då och sen kom hon inte till baren och då ringde jag och meddelade att hon kunde höra av sig när hon kom hem."

"Var skulle ni ses?"

"I baren."

"Jag menar första gången."

"På ett kafé."

Andy sa namnet innan Winter behövde fråga.

"Men du gick inte dit?"

"Jo, men för sent. Hon var inte kvar."

"Hade hon varit där?"

Andy svarade inte.

"Hade hon varit där?" frågade Winter igen.

"Jag vet inte. Jag kollade därinne men hon var inte där och det fanns ingen jag kände som jag kunde fråga."

"Vad gjorde du då?"

"Gick en sväng på stan bara och sen gick jag till baren."

"Och hon hörde inte av sig under kvällen?"

"Nej."

"Var var hon?"

Andy svarade inte. Han drack vattnet som Winter hämtat. Han verkade plötsligt vara någon annanstans i tankarna, i ett annat landskap.

"Var var Anne i går kväll?" frågade Winter igen.

"Jag vet inte", sa Andy och tittade på någonting bredvid Winter. Det grå hade flutit ihop med morgonens skarpare ljus därinne och Winter tänkte att ljus som blandas på det sättet skapar förvirring. Det visste inte riktigt vart det skulle ta vägen när det stötte samman i rummets mitt. Det föll över Andys ansikte. Winter funderade över varför han ljög.

Halders funderade över varför hon ljög. De satt i trädgården. Hennes far satt på verandan. Hans skugga faller på henne, tänkte Halders. Det är tretti meter bort men skuggan faller. Det ser ut som om hon fryser men det är tretti grader.

"Vill du inte att vi ska sätta dit den jäveln?" frågade Halders.

"Det är klart", svarade Jeanette.

"Du verkar inte så intresserad."

"Jag har ju sagt allt jag vet. Som jag... upplevde. Hur jag upplevde det."

"Vad säger du om morden?" frågade Halders. Hon ändrade inte ansiktsuttryck. Det var som om hon inte hade hört.

"Jag vet inte mer än nån annan", svarade hon innan Halders hann upprepa frågan.

"Och du kände alltså inte heller den här flickan? Anne Nöjd?"

Jeanette Bielke skakade på huvudet.

"Aldrig sett henne?" frågade Halders och visade ett fotografi igen som de hittat i flickans hus.

"Jag vet inte."

"Huset då?"

Hon ryckte på axlarna igen.

"Det är inte så långt härifrån", sa Halders.

"Dom där småhusen ser ungefär likadana ut", sa hon.

Halders nickade.

"Det är ett gytter."

Kurt Bielke hade stigit ner från verandan och kom fram till bordet där de satt, under lönnen som var som ett grönt tak.

"Jag tror Jeanette behöver vara ifred nu", sa han.

Halders svarade inte. Kurt Bielke tittade på sin dotter.

"Du kan gå upp till ditt rum nu, Jeanette."

Hon tittade inte på sin far. Hon började resa sig. Som i ultrarapid, tänkte Halders.

"Jag är inte klar", sa han. "Vi har inte pratat färdigt."

"Det har ni ju aldrig."

Jeanette tittade på Halders. Han nickade mot henne och reste sig.

"Hej då, Jeanette", sa han och räckte fram handen. Hennes hand var kall. Hon gick därifrån.

"Hur mår hon?" frågade Halders. Han hade vänt sig mot Bielke.

"Vad tror du?"

"Hur blir det med skolan i höst? Universitetet?"

"Vi får se."

"Hur blir det med affärerna?"

Bielke som varit på väg att gå stannade i rörelsen och vände tillbaka mot Halders: "Nu förstår jag inte."

"Affärerna. Du är ju delägare i ett par nöjesetablissemang."

"Jaså?"

"Det är väl ingen hemlighet?"

"Är det inte?"

"Det är alltså en hemlighet?"

"Det finns frågor som det inte går att svara vare sig ja eller nej på", svarade Bielke. "Till exempel: 'har ni slutat slå er fru', eller den som konstapeln just ställde."

"Har du slagit din fru?" frågade Halders.

Bielke tog ett steg närmare.

"Eller din dotter?"

"Vad i hel..."

Halders tog ett steg bakåt och vände om. Han hade sagt för mycket. Jag är sån. Kanske var det bra. Kanske hade jag planerat det hela tiden fast jag inte visste om det.

"Adjö", sa han över axeln.

"Jag kommer att ringa till DIN CHEF", sa Bielke. Han följde efter. Halders satte sig i bilen som stod i skuggan under eken utanför staketet. Bielke stod på andra sidan staketet.

"Winter", sa Halders innan han stängde dörren, "han heter Erik Winter."

Halders körde söderut. Det fanns fläckar på vägen som kunde vara vatten, men det var en synvilla. Det var solen. Han kisade under solskyddet när solen attackerade bilen.

Husen i Frölunda vajade i hettan. Han parkerade på den stora parkeringen som grävts upp till hälften. Det grävdes i ena ändan samtidigt som asfaltskokerierna härjade i den andra. Halders kände den skarpa lukten som blev ännu skarpare i den heta vinden.

Arbetarna jobbade i shorts och handskar, grova skor. Deras hud var som asfalten. Så ska arbetare se ut, tänkte Halders. Arbetare ska vara svarta och finare människor ska vara vita i huden. Som Kurt Bielke.

Där var mycket människor på torget. Fler hade säkert återvänt efter semestern men knappast så många, tänkte han och köpte ett päron av en skrumpen farbror från Syristan eller var fan.

Här var det inte särskilt många som kunde åka iväg till sommarställen, eller till utlandet för den delen. Syristan eller var fan. Den vissne gubben hade sett mer av världen än de flesta fattiga svenssons som gick här med slokande kroppshållning och slöa blickar, feta rövar, billiga kläder. Fy fan, tänkte Halders. Vad är det för mening. Det här landet är kaputtski.

Mattias väntade utanför sporthallen, nedanför trappan. På andra sidan raglade de lokala fyllesvinen. En kvinna satt med huvudet i händerna. Två män försökte slå på varandra men orkade inte. En man som snarare var en pojke drack ur brännvinsflaskan som en äldre kompis försökte nå från en värld som var förlorad. När Halders passerade kände han stanken av piss och gammal fylla. Men dom har det varmt och skönt här i det vackra vädret, tänkte han.

"Har du väntat länge?" frågade han Mattias.

"Tja."

"Ska vi gå?"

"Är det nåt fel på det här stället?"

"Stanken", sa Halders och började gå uppför trappan. "Stanken från samhällets avskräde."

Mattias följde efter honom, gick bredvid.

"Varför inte slå ihjäl allihop?" sa han och såg på Halders. Mattias var lång, längre än Halders. Hans kropp verkade tung.

"Vi har inte trupp så det räcker."

"Man kan börja. Men vem ska göra urvalet?"

"Det ska jag", sa Halders och de satte sig vid kaféet utanför den stora röda byggnaden.

"Härinne är det inga som badar en sån här dag", sa Mattias.

"Annars är det skönt att bada bastu en varm dag", sa Halders.

"Jaha?"

"Det är sant. Jag jobbade för FN i Mellanöstern ett tag och vi badade bastu i till exempel Nicosia när det var fyrtifem ute, och det var skönt efteråt. Svalt."

"Om du säger det så."

"Vad säger du då, Mattias?"

"Om vad?"

"Om Jeanette."

"Jag sa när du ringde att jag är helt tom, för fan, det finns inte mer att säga."

"Jag pratade med henne i dag."

"Mhm."

"Nyss. Och med honom."

"Med gubben?"

"Ja."

Mattias tittade upp på himlen som stod stilla eftersom där inte fanns några moln. En flicka kom fram för att ta upp beställningen. Halders beställde kaffe och Mattias en glass. Hon gick sin väg.

"Du har rätt", sa Halders.

"Va?"

"Om honom. Kurt Bielke."

"Rätt? Vadå rätt? Jag har väl inte sagt nåt."

"Det är nåt med honom. Förstår du?"

Pojken satt tyst. Deras beställning kom. Glassen hade redan börjat smälta. Mattias tittade på den utan att röra den.

"Ta med honom också", sa han.

"Vad menar du?"

"När du ska välja ut vilka som ska slås ihjäl."

Polisens problem i mordspaningarna är just semestertiden.

Winter läste i mordbibeln. Tidningsurklipp nu.

– Dörrknackningen har inte gett mycket. De flesta är ju inte ens hemma, säger kommissarie Sture Birgersson.

I dag fortsätter polisen bearbeta vittnesuppgifter.

Det heter *att* bearbeta vittnesuppgifter, tänkte Winter. Infinitiv-märket var på väg in i glömskan på allvar redan för fem år sedan. Nu är det i stort sett borta.

I dag fortsätter polisen att bearbeta vittnesuppgifter. Fem år senare. De gamla, och de nya.

Och polisen fortsätter i dag *att* fundera över vittnena som försvann.

Det ringde. Mor för första gången på ganska länge. Det brusade i ledningen från den spanska solkusten.

"Dom säger på nyheterna här att det fortfarande är varmare i Skandinavien än i Spanien."

"Vi är att gratulera", svarade han.

"Vänta du bara om det fortsätter. Det blir olidligt. Här har du en som vet."

"Är det därför du stannar kvar i Sydspanien?"

"Jag kommer i augusti, det vet du. Då är det verkligen olidligt att bo härnere. Olidligt."

"Du är välkommen."

"Har ni funderat på hus än, Erik?"

"Nej."

"Men Angela sa att..."

"Vad sa hon?"

Han hörde själv skärpan i sin röst.

"Vad är det, Erik?"

"Vad menar du? Vad sa Angela?"

"Hon sa bara att ni skulle kanske titta på nåt framme i höst. Kanske."

"Jaså?"

"Vad är det, Erik?"

"Det är ingenting. Det är varmt, det är vad det är. Varmt och arbetsamt."

"Jag vet."

"Jaha."

Han hörde bruset genom ledningarna igen, det fragmentariska

tjattret från hundra tusen röster tvärs över Europa.

"Erik?"

"Jag är här."

"Det är väl bra mellan er? Mellan dig och Angela?"

24

DET VAR TYST. Winter samlade sig för att lyssna på ett mord. Han hade tagit med sig en ny Metheny i förrgår men den stod fortfarande ospelad i högen på hyllan snett ovanför Panasonicen till vänster om fönstret.

Han ställde bandspelaren på bordet. Fåglarna sjöng inte därute längre. Han slog på meddelandet från Anne Nöjds telefonsvarare.

Skriken och... och den andra rösten, som någonting från helvetet. Som någonting alldeles utommänskligt, tänkte han.

Om man kunde separera rösterna. Lägga dem bredvid varandra och sedan lyssna.

Det fanns ett meddelande här, omedvetet. Det fanns meddelanden i allt.

Jeanette hade talat om en ramsa, upprepad. Kanske tre gånger, samma sak. Hon hade aldrig sett ansiktet, men hört rösten. Eller vad det skulle kallas. Lätet. Om nu detta var samma gärningsman.

Fanns det ord där? Riktiga, faktiska ord? Gick det att separera allt för att kunna höra dessa ord om de fanns? Eller delar av meningar. Filtrera ljudet. Det borde gå. Det fanns tekniker femtio meter därifrån i samma hus och annars fanns det ljudtekniker på Sveriges Radio.

Det knackade på dörren och Ringmar kom in. Han var inte ensam. Hon såg rädd ut.

Bergenhem och Möllerström utredde ägarförhållanden. Det tog tid. Barock hade inte registrerats på normalt sätt. Det fanns kolleger som kände till stället naturligtvis, men det var inte klarlagt hur ägandet sett ut. Det hade funnits registrerade ägare. Det fanns fler namn och ansikten men de hade inte fått napp där än. Det skulle ske. Men arbetet var mödosamt, tog dagar och innebar många intervjuer.

"Det är mycket namn", sa Möllerström.

Men det fanns ett speciellt namn. Det var kopplat till en dansrestaurang strax söder om älven. Namnet var ett av de mest frekventa i stans krogvärld, sedan lång tid tillbaka. Ett av flera, och de hade arbetat sig ner på listan och kommit fram till namnet och skulle fråga personen i fråga innan de fortsatte med listan. Bergenhem hade inga större förhoppningar.

"Vad är en dansrestaurang egentligen i dessa dar?" sa Möllerström.

"Ett ställe där folk äter och dansar", sa Bergenhem.

"Tillhör inte det en förfluten tid?"

"Att äta och dansa?"

Möllerström log.

"Dansrestauranger. Jag tänker på Stadshotellet därhemma."

"Vi får väl se efter", sa Bergenhem.

De körde bland horder av turister. Många såg trötta och vilsna ut där de passerade framför bilen. Besökare från fjärran städer. Möllerström tänkte på Stadshotellet i hemstan.

Det blänkte elakt i cisternerna på andra sidan älven. Adressen de sökte låg i ett av de gula tegelhusen utmed en av hamngatorna.

Därinne luktade det damm och gammal rök och stället såg ut som en dansrestaurang: ett stort dansgolv i halvcirkel runt en scen, bord och stolar utanför i ännu en halvcirkel och längst ut en lång bar i hästskoform. Borden hade vita dukar och på varje bord stod en blomma i en vas.

Det fanns ingen bakom bardisken. Det stod instrument på scenen. En kvinna drog en grå trasa på en pinne över golvet. Hon doppade trasan i en hink vatten. Några solstrålar sköt in genom ett av fönstren och träffade hennes ansikte som om hon stått på scenen tio meter bort och börjat sjunga kvällens första kärlekslåt. Hon väjde undan med huvudet från solstrimman och fortsatte att stirra ner i golvet som var svart- och vitrutigt. Det var mörkt i det stora rummet, men så ljust det någonsin kunde bli. Plötsligt sken ett knippe sol på en saxofon i sitt ställ på scenen och den glänste som av guld.

"Dansrestaurang", sa Möllerström.

En dörr öppnades till vänster om baren och en man kom ut och gick fram till dem. Han räckte fram handen och presenterade sig. Han var lång, längre än Bergenhem och Möllerström, kal hjässa och rakade sidor. Han bar vit t-tröja under en mörk kavaj till svarta kostymbyxor.

Det fanns något bekant över honom. Bergenhem höll kvar hans hand medan han presenterade sig och Möllerström.

"Angenämt", sa Johan Samic.

Bergenhem försökte förklara varför de var där.

"Ni har kommit rätt", sa Samic.

Bergenhem väntade. Möllerström såg förvånad ut.

"Vi hade det där stället sista tiden", sa Samic. "Det är knappast nån hemlighet."

"Vi har inte pratat om hemligheter här."

"Barock var en korrekt klubb", sa Samic.

Vad i helvete menar han med det? tänkte Bergenhem.

"Vi gjorde den till ett respektabelt ställe."

"Var den inte det innan?"

Samic log.

"Får vi se oss omkring?" frågade Bergenhem.

"Nej."

"Nej?"

"Jag gillar inte att vem som helst kommer in här före öppningsdags och går runt", sa Samic.

"Vi utreder svåra brott", sa Möllerström.

"Jag vet, men vad har min restaurang med det att göra?"

"Vi har precis förklarat det."

"Just det. Så vad gör ni här?"

"Det är ett par frågor till", sa Bergenhem.

"Ja?"

"Vi kanske ska ta det hemma hos oss."

"Hemma hos er?"

"I polishuset."

"Ha ha."

"Då går vi då. Är ni klar?"

"Vad i he..."

"Ni kan inte vägra följa med, Samic. Det känner ni säkert till."

"Ok... herregud, jag har bara så mycket att göra just nu. Men gå runt här och snoka för all del." Han såg sig om. "Toaletterna är där-borta." Han gjorde ett tecken med tummen. "Jag ger er tillstånd att besöka damtoaletten också."

"Arrogant fan", sa Möllerström när de kryssade sig förbi nya grup-per av turister. Eller om det är samma folk som går i cirklar hela dan, tänkte han.

"Han verkade bekant", sa Bergenhem.

"Typen, menar du?"

"Mer än så. Själva killen."

"Du visade honom inte bilden på tjejerna. Och väggen."

"Nej."

"Varför inte?"

"Det var inte läge." Bergenhem vände sig mot Möllerström som körde. "Han skulle inte ha känt igen nån oavsett."

"Du tror det?"

"Det var nåt bekant..." Bergenhem andades in vinden som stack i ansiktet. Det var inte skönt men inte heller obehagligt. "Jag måste titta på Winters foton igen."

Jeanette Bielke lyssnade på bandinspelningen. Winter hade för-sökt förbereda henne så gott det gick. Det gick inte.

"Jag vill inte", sa hon efter tre sekunder.

"Det har inte börjat än."

"Jag vet ju vad det är."

"Du ve..."

"KAN NI INTE LÄMNA MIG IFRED!?" skrek hon och reste sig från stolen och blev stående.

Ringmar var inte där längre. Winter reste sig. Jeanette föll plötsligt bakåt och slog i golvet. Winter rusade runt bordet. Hon låg med slutna ögon. Han böjde sig snabbt ner. Hon öppnade ögonen.

"Jag tog emot med handen", sa hon och satte sig upp och lirkade med handleden. "Det är inga problem." Hon tittade på Winter. "Okej, sätt på bandet."

"Du behöver inte."

"Det är därför jag är här, eller hur?"

Winter tittade in i hennes ögon. Där fanns ingen han kände. Hon var där men ändå inte.

De reste sig och hon satte sig i stolen igen och tittade på kassettdäcket och sedan på Winter. Han slog på bandet.

Hon lyssnade: allihyyllllelllyhh...

Winter stängde av.

"Jag känner inte igen nåt", sa hon med en röst som verkade inrepeterad, som inläst på band. Hon tittade på Winter.

"Det är ju fruktansvärt. Är det verkligen riktigt?"

Winter nickade.

"Men det är inte jag."

"Vad sa du?"

Hon tittade på Winter.

"Det är inte jag där på bandet." Hon tittade ut genom det öppna fönstret. "Det börjar regna."

Winter höll blicken kvar på henne. Hon fortsatte att titta ut genom fönstret där regnet föll. Det var vatten på golvet nedanför fönstret. Det skvimpade av vatten i askfatet på blomsterbrädan.

"Vad menar du med att det inte är du?"

Hon tittade på Winter.

"Det är nån annan."

Hur ska jag göra nu? Winter stod kvar. Jeanette tittade på regnet men befann sig någon annanstans. Han slog på bandet igen. Hon lyssnade inte.

Richard Yngvesson lyssnade på Winter. Teknikern satt vid sin dator som var kopplad till ett mixerbord och till andra apparater som Winter inte visste namnet på, eller funktionen.

"Det är inte nödvändigt med Sveriges Radio", sa Yngvesson. "Tråkigt att du skulle nämna dom."

"Jag ber om ursäkt."

"Trodde inte ni var så okunniga på span."

"Kom igen nu, Richard. Går det att få fram nåt från det där bandet?"

"Vad vill du ha?"

"Vad som helst som går att tyda. En mening eller ett ord. En röst som går att höra. Inte bara det där lätet, eller vad man ska säga."

"Problemet är att det inte finns nån stereobild att jobba med", sa Yngvesson. "Allt som går fram i svararen är mono, allt finns i mitten." Han tittade på Winter som hade satt sig bredvid honom. "Du förstår? Allt kommer i en enda signal."

"Jag har väl lite hum om vad mono är", sa Winter.

Yngvesson tryckte på knappar och kopplade om några sladdar och stoppade in kassetten i en apparat som inte såg ut som ett kassettdäck. Ljuden började.

Teknikern lyssnade uppmärksamt.

"Vad vi får göra är att försöka filtrera den här ljudbilden", sa han. "Tvätta den, helt enkelt."

"Kan man göra det?"

"Javisst."

"Bra."

"Vänta dig inte för mycket. Det handlar framför allt om att skära bort basen så att den inte blir så djup, och öka diskanten på mellanregistret."

"När kan du sätta igång?"

Yngvesson tittade på en lista på anslagstavlan bredvid datorerna.

"Om en vecka."

"I helvete heller."

"Det är inte bara dig det handlar om här, Winter. Du tycks tro att alla ska släppa allt när du kommer rusande." Han såg nästan arg ut.

"Det händer annat därute också."

"Vilka mord är det?" frågade Winter.

"Det fi..."

"Hit med bandet", sa Winter.

"Va?"

"Jag går till nån på Sveriges Radio."

"Vänta nu, för fa..."

"Jag blir inte klok på folk ibland", sa Winter. "Jag arbetar med ett komplicerat fall, minst sagt, unga flickor blir våldtagna och mördade mitt i den här vackra sommarstan och du sitter här och svamlar om annat som tydligen är viktigare att utreda."

"Håller du tal?" sa Yngvesson. "Säg till när du är klar så jag kan börja jobba."

"Med vad?"

"Med ditt mord", sa Yngvesson och vände sig mot en av dataskärmarna och blängde på Winter som i en spegel.

"Pluralis", sa Winter, "det är flera mord."

Yngveson pluggade in bandet igen och lyssnade en gång till.

"Tre minuter", sa han.

"Ja."

"Tre minuters dödskamp."

"Ovanligt lång inspelningstid på telefonsvararen."

Yngvesson ryckte på axlarna.

"När kan du ha ett resultat, tror du?"

"Jag vill inte prata om resultat." Yngvesson gjorde någonting med tangentbordet. "Ge mig tre dar."

"Tre dar?"

"Pressa mig inte mer nu, Winter. Du skulle egentligen fått vänta kanske en vecka eller två, och nu är du nere i tre dar. Okej?"

"Okej."

"Tre minuter, tre dar", sa Yngvesson. "Men var beredd på att det kan ta längre tid."

"Så vad händer?"

"Jag tar in det i datorn och låter några program bearbeta ljudbilden. Det finns applikationer för att tvätta ljuden och analysera dom. Om det till exempel finns ett konstant bakgrundsljud, ett brum eller nåt, kanske en fläkt, så kan man jobba med att ta bort dom frekvenserna."

"Mhm."

"Det tar alltså tid. Jag får liksom jobba med ljudet bit för bit. Förstår du?"

"Jag förstår."

"Det jag hört av det här hittills är en del kofta, alltså vad vi kallar koftiga ljud som inte ger nåt precist. Jag får försöka öka på diskanten för att komma fram till det du är intresserad av, antar jag."

"Jag är intresserad av allt", sa Winter.

"Rösten", sa Yngvesson. "Är det inte ord du vill ha fram? Eller åtminstone en röst, några delar av ord eller vad vi kan hitta?"

"Jo."

"Det finns röster här men det går inte att höra nåt begripligt mer än flickans rop på hjälp ett par gånger. Eller det blir ju mest en viskning. Sen har du det andra... lätet eller grymtningarna eller vad vi ska kalla det."

"Det är det", sa Winter, "det är väl framför allt det jag är intresserad av."

"Nå. Jag får rikta in mig på mellanregistret, jobba med kompressionen. Höja svaga partier. Försöka sänka dom starka."

Winter sa ingenting. Yngvesson lyssnade återigen på bandet.

"Vi får se om vi åtminstone kan få fram brottstycken av meningar, eller vad det är. Det låter som om mobilen ligger i nånting. Den låg i hennes handväska, va?"

"Jag vet inte. Den är borta."

"Det gör det ju knepigare. Om den låg i handväskan, alltså. Det låter ju också som om dom rör sig på olika avstånd från mikrofonen."

Winter såg scenen framför sig. Väskan, marken, mannen, flickan, kampen, slagen, händerna, kopplet. Döden. Kopplet? Varför hade han tänkt "kopplet"? Han hade inte tänkt "skärpet". Han såg ett koppel runt flickans hals. Vad skilde ett koppel från ett skärp?

"Men det finns nåt positivt här också", sa Yngvesson. "Hon hade ett hands-free-set."

"Tror du?"

"Det måste hon ha haft. Det låter som om mikrofonen ligger utanför, åtminstone i slutet här. Det är ett klarare ljud, om man kan kalla det så. Mikrofonen har tagit upp ett tydligare ljud."

"Vi hittade inget sånt set där. Inga öronsnäckor."

Han tänkte på var de kunde finnas. Skulle någon använda den där mobiltelefonen igen?

Han spelade Brecker på högsta volym och såg molnen försvinna, kanske för gott. Musiken jagade molnen på flykten.

Han ringde till Angela.

"Solen kommer tillbaka. Titta ut."

"Var det därför du ringde?"

"Är det inte anledning nog?"

"Här kommer Elsa."

Han pratade med sin dotter. Angela kom tillbaka i luren.

"Vi är förresten bjudna på fest på lördag."

"Hos vem?"

"Agneta och Pelle."

"Aha. Beachparty."

"Du kan väl?"

"Lördag? Det hoppas jag verkligen."

25

Bergenhem berättade om besöket.

"Samic?"

"Känner du igen namnet?" frågade Bergenhem.

"Nej."

"Han har varit med ett tag."

"Jag ska kolla det."

"Det finns inget på honom. Jag gjorde några inre slagningar."

Winter tände en cigarill. Han orkade inte gå fram till fönstret. Bergenhem hade bytt till shorts i sitt rum.

"Jag gick igenom dom där examensfotona igen nyss", sa Bergenhem och tog fram sina kopior och lutade sig över bordet och pekade. "Titta här."

Winter tittade på den mörke mannen som stod bredvid pojken.

"Det kan vara Samic", sa Bergenhem.

"Det kan vara vem som helst."

"Ja..."

"Du måste vara säker."

"Det är jag inte."

"Var finns likheterna?"

"Nåt med ansiktet. Men Samic är tunnhårig och den här killen har hår."

"Peruk?"

"Eller toupé." Han tittade på Winter. "Sånt måste ju gå att avgöra."

"Hur då?"

"Finns det inte experter som kan avgöra om hår är äkta eller falskt?"

"Genom att titta på ett fotografi?"

"Det finns experter för allt", sa Bergenhem.

Utom för att finna mördare innan panik utbryter bland allmänheten, tänkte Winter. Han tänkte också på reportern Hans Bülow. Winter hade läst artikeln samma morgon. Sett bilden på pojken som var försvunnen. Ännu hade ingen ringt.

"Jag åker dit", sa Winter.

"Till dansrestaurangen?"

Winter nickade. Han studerade fotografiet igen.

Han hade det i innerfickan när han en halvtimme senare stod framför Johan Samic och tog i hand. En kypare lyfte ner stolar från bord. Det klirrade från bardisken där bartendern gjorde is och skar citroner.

"Så chefen kommer själv", sa Samic.

"Känner du igen den här flickan?" sa Winter och visade fotografiet där Angelika satt framför väggen.

Samic tittade på det utan att Winter såg något särskilt i hans ansikte.

"Vem är det?"

"Jag frågade om du känner igen henne?"

"Nej."

"Hon har inte varit här?"

"Nej." Samic log. "Hon är för ung."

"Vad säger du om miljön?"

"Ful."

"Speciell", sa Winter.

"En bodega på Costa del Sol om du frågar mig", sa Samic.

"Eller en lönnkrog i Göteborg."

"Kan det mycket väl vara."

"Känner du igen nåt av det?"

"Ingenting."

"Du vet inte var det är?"

"Jag förstår inte hur jag kan vara tydligare."

"Barock."

"Barock? Det gamla skeva hänget?"

"Ja."

"Jag var på Barock hundra gånger. Det där är inte därifrån."

"Inte?"

"I helvete inte."

"Var du inte delägare ett tag?"

"Visst." Han tittade på Winter. "Vad är detta?"

"Vilket då?"

"Egendomliga påståenden du kommer med."

"Frågor."

"Ja, ja. Men Barock... ha! Vad kommer härnäst?"

"En fråga till. Har du nån aning om var den här bilden är tagen?"

"Jag hör en annan ton nu, chefen."

"Var kan bilden vara tagen?" frågade Winter igen.

Samic tittade kort på bilden igen.

"Ingen aning alls."

"Jag behöver alltså hjälp", sa Winter. "Det här är inget förhör."

"Det är vad du gör det till", sa Samic. "Det blir ett förhör."

Vi ses, tänkte Winter på vägen ut.

Samic kunde ha haft toupé en examensdag tidigt denna sommar. Men det kunde många andra också. Det var omöjligt att avgöra om han var mannen på fotografiet.

Därute stekte folk ägg på trottoarerna.

Winter var hungrig och gick in på en vietnamesisk restaurang och beställde dagens, ett av fem alternativ som verkade identiska. Han tog ris och strimlat kött och fick ett bord på uteserveringen under parasollerna. Spårvagnarna verkade tröga i hettan. Det fanns inga moln på himlen. Flygplan korsade skyn. Det luktade bensin och asfalt och kanske ett stråk hav från älven som låg nära. Folk bar så lite kläder som möjligt. Själv hade han shorts och en kakiskjorta som Angela köpt till honom förra veckan.

Han hade inte tänkt på Angela på två timmar. På Elsa hade han tänkt, men inte på Angela.

Maten kom och han åt men hungern var inte densamma och allt smakade glutamat och han sköt ifrån sig tallriken halväten och drack mineralvattnet och tände en cigarill och såg sedan upp och fick syn på Samics profil när han passerade på gatan i en Mercedes i samma nyans som Winters egen som stod parkerad utanför varuhuset tvärs över gatan.

Benny Vennerhag måste ha en del att berätta om Samic.

Är Samic på väg någonstans eftersom jag pratat med honom?

En kvinna gick förbi med två hundar i varsitt koppel. Hon var klädd i för många och för dyra kläder. En av hundarna satte sig och bajsade på trottoaren och kvinnan såg sig om och väntade otåligt och gick sedan vidare med den lilla högen bakom sig. Winter funderade på att resa sig och kalla tillbaka henne och ställa till ett jävla liv under ett par sekunder. Varför inte?

Han satt kvar och såg hundarna streta vidare med sin matte.

De trodde det var ett koppel. Han trodde det. Mördaren hade dragit ett koppel runt sina offers halsar. Eller ett skärp. Eller ett koppel.

Hade han hund? Nej. Ingen hund. Bara ett koppel som han alltid bar med sig. Kanske löst hängande när han gick genom parkerna... som en hundägare som släppt hunden lös för ett litet tag och nonchalant gick bakom och just skulle kalla tillbaka den. Löst hängande koppel. Kanske över armen.

Tillbaka. Återvände. Tillbaka. Gick omkring med kopplet. Eller tog fram det när han var *nära*, när han var så nära det gick. Måste vara nära. Återvända.

Mobilen ringde i kakiskjortans bröstficka.

”Var är du?” frågade Angela när han svarade.

”Äter en halvtaskig lunch i Nordstan.”

”Du kunde ha kommit hem.”

”Hinner inte, Angela. Jag har suttit här alltför länge redan.”

”Kan vi åka och bada i kväll?”

”Självklart.”

”För en sekund var jag inte säker.”

”Klockan sex. Var redo.”

”Sex nere på gatan?”

”Packa allt. Och glöm inte mina badbyxor. Och sardellmackorna.”

Han tryckte av och det ringde igen.

"Det har hört av sig en som tycker att han känner igen killen", sa Bergenhem.

"Bara en?"

"En som verkar trovärdig."

"Var nånstans?"

"Frölunda. Höghusen bakom Frölunda torg."

"Har du adressen?"

Bergenhem sa var det var och Winter betalade och körde västerut.

Den digitala temperaturmätaren vid torget visade på 34. De höga husen utefter parkeringen hade ingen färg, verkade sväva i en luft som var skikt av glas.

Bergenhem stod utanför Pressbyrån. De gick in bland husen. Folk satt i klungor i skuggorna. Winter kände doften av mat. Många här kom från andra länder, från söderöver. I kväll skulle de sitta ute vid havet, länge, mycket längre än svenskarna, som skulle vara borta före sju. Men inte han och Angela och Elsa. Doften av grillat kött. Enorma familjer i alla åldrar, fotboll, skrik, skratt, liv.

De fortsatte förbi Kulturhuset. Husen blev färre och lägre. Bergenhem läste på en lapp och visade in i en port och ringde på en dörr två halvtrappor upp.

En man i nätundertröja och bermudashorts öppnade. Han tuggade på någonting.

Bergenhem presenterade sig och Winter.

"Jag tror han bor i huset mitt emot", sa mannen. Han fortsatte att tugga. "Det bor många blattar här." Han tuggade färdigt och svalde. "Alltför många." Han tittade på Winter som stod snett bakom Bergenhem. "Vad har han gjort?"

"Var är det?" frågade Winter.

"Vasa?"

"Visa oss huset, tack."

"Ja, ja. Jag ska bara ta sandalerna."

De gick över gården. "Nummer arton", sa mannen. Två små barn gungade under solen. En kvinna i svart satt på en bänk bredvid.

"Som sagt, blattar överallt", sa mannen och nickade mot barnen.

"Håll käften", sa Winter.

"Vad i he..." sa mannen och tvärstannade och barnen satte ner fötterna och bromsade gungorna och tittade på männen som stannat framför dem.

"Så där säger man in..." började mannen säga.

Winter fortsatte mot nummer arton. Bergenhem följde efter. Mannen vände sig om och tittade på honom och sedan på Winter som hunnit före.

"Jag ska ringa till er överordnade", ropade mannen i nätundertröjan över gården.

De gick in i porten och ringde på alla dörrar. Ungefär hälften öppnades men ingen kände igen ansiktet som tillhörde pojken. Bergenhem visade fotot. Ingen hade läst GT.

Fyra dörrar förblev stängda när de ringde på.

"Jaha", sa Bergenhem.

"Bostadsbolaget", sa Winter.

"Vi har ju redan kollat med dom."

"Kolla igen."

De gick tillbaka. Winter såg svetten på Bergenhems rygg genom skjortan.

De passerade gården med de högsta husen.

"Det är ju här killen Mattias bor", sa Bergenhem. "Jeanette Bielkes expojkvän."

"Ja."

"Det där huset."

"Jag vet."

"Har du varit hemma hos honom?"

"Inte än."

Det ringde i Winters mobil.

"Det är inte en fullbordad våldtäkt", sa den manliga läkaren som vikarierade för Pia Fröberg. "Anne Nöjd."

"Det är uppfattat", sa Winter.

"Har ni hört från SKL?"

"Inte än tyvärr."

Det blev en kort paus. Winter hörde prassel av papper.

"Skärp eller annat smalt... föremål", sa läkaren.

"Som ett hundkoppel? Kan hon ha blivit strypt med ett hundkoppel?"

"Ja. Till exempel."

"Kan du vara mer precis?"

"Inte just nu."

Tjugo minuter över sex var de vid havet. Övriga svenskar var på väg hem därifrån till grillen. De nya svenskarna bar med sig grillen till havet.

"I morgon tar vi med en minigrill", sa Angela. "Man kan köpa engångs på mackarna." Hon höll på att klä av Elsa. "Jag står inte ut med den där underbara doften från deras käk längre." Hon tittade bort mot två kvinnor i svart som började göra i ordning kvällens måltid på stranden.

"Jag håller med", sa Winter och lyfte Elsa som skrek och kiknade när han höll henne upp och ner och började gå mot vattnet som rullade sig allt längre ut nu när dagen började ta slut.

Elsa satt på hans axlar när de gick i och han satte sig på huk och lät henne sakta känna vattnet som var ljummet. Det fanns för många maneter men vattnet var skönt. Han lyfte upp Elsa och höll henne under magen och snurrade, snurrade. Ljuset blixtrade. Horisonten försvann. Han stannade och kände svindeln i huvudet. När den försvunnit fanns något kvar i hjärnan. Det fanns kvar och han försökte nå det medan Elsa rörde sig i hans armar.

Där fanns något han hört och sett som var lika ljust och blixtrande som när han snurrade nyss. En sekund, två. Han hade sett det. Sett det.

Han hörde röster och tittade ner och två tonårsflickor stod där och frågade om de fick hålla Elsa.

"Fråga henne", sa han.

Hon sa ja.

*

De körde hem när allt var mörkare. Han bar upp Elsa som inte vaknade för någonting.

Angela hällde upp vitt vin. De satt i köket och lyssnade på kvällen.

"Du behöver semester", sa hon.

"Två veckor dit", sa han.

"Kan du verkligen ta ledigt om du inte har löst det här fallet? Fallen."

"Ja."

"Verkligen?"

"Kanske är det bara bra. För utredningen."

"Det tror jag inte."

"Hoppsan, vad det vinet tog slut hastigt." Han tittade på sitt tomma glas.

"Jag hämtar flaskan."

Han drack igen när hon fyllt på.

"Vad tänker du på, Erik?"

"Just nu?"

"Vad annars?"

"På vilken fin kväll det är."

"En av hundra." Hon tittade på honom. "Du tänkte på nåt annat också."

"Ja."

"Du såg inte glad ut."

Han drack igen och satte ner glaset.

"Jag tänkte på dom här brotten förstås. Flickorna." Han tittade på henne. "Det går ju inte bara att koppla bort. Eller hur?"

"Nej. Det tror jag inte."

"Dom som säger det har fel", sa han. "Det går att koppla av, göra annat. Men det kommer tillbaka."

Hon nickade.

"I kväll kom ju två tonårsflickor och ville hålla Elsa. Då kom det tillbaka. Flera bilder."

"Du såg ovanligt frånvarande ut när ni kom upp ur vattnet."

"Jag kom på nåt."

"Får man fråga vad?"

"Jag är inte framme än, eller vad man ska säga. Men jag kom på att jag vet nåt... nytt. Tror jag. Nåt viktigt."

26

WINTER RINGDE HALDERS. Han hade just stigit upp och satt ute på altanen. Osynliga fåglar sjöng från en himmel där två jaktplan ritade ett kors med raka penseldrag.

"Ska se vad jag kan göra", sa Halders.

"Hur är det?"

"Redan varmt."

"Och annars?"

"Jag sa att jag ska se vad jag kan göra, eller hur?"

"Okej, okej."

Halders tittade upp och såg ett nytt kors. Det gamla hade redan sjunkit in i himlen.

"Som du hör finns det lite kvar av den gamle elake Halders", sa han.

"Då finns det hopp."

"Jag kommer in om ett par timmar", sa Halders.

"Vi försöker hitta lägenheten under tiden", sa Winter.

"Det måste ni väl åtminstone klara av." Halders gjorde en paus. "Jag går en runda dit sen."

Han körde leden utefter älven. De vita utflyktsbåtarna sken som bloss på vattnet. Asfalten kändes mjuk under däcken. Det luktade som i ett annat land. Julie Miller sjöng i Halders bil-cd: Out in the rain I keep on walking, out in the rain like the brokenhearted do, I could be wrong but that's where you find me, out in the rain just looking for you. Halders höjde volymen och sjöng sig igenom resan västerut under solen som slog med knytnävarna mot taket.

*

När han svängde av i rondellen sprack plötsligt ljuddämparen. Huvuden vändes efter honom.

De höga husen i Frölunda vajade som druckna i den tunna luften. Han parkerade utanför ett av dem, snett framför McDonalds.

Hissen var trasig. Han tog trapporna upp till sjätte våningen. Graffiti täckte väggarna, bokstäver över sprucken betong. Överallt fläckar, som svart blod. Det luktade piss och matos som stelnat i luftkorridoren mellan våningsplanen. Barn skrek genom de stänga dörrarna, vuxna skrek på tusen olika språk. Han mötte en man i turban, en kvinna i slöja, en man i undertröja som tryckte sig utefter väggen när han passerade. Han såg sinnessjukdomen i mannens ögon.

En dörr slogs upp på femte våningen och en ung kvinna kom ut med en bred sittvagn med två små barn som tyst tittade upp på honom. Kvinnan tryckte på hissknappen. "Den är trasig", sa Halders. Hon tryckte igen. "Jag måste ju köpa mat", sa hon.

Halders gick uppför ytterligare en trappa och ringde på. Mattias öppnade på tredje signalen.

"Jag var inte tillräckligt fin för dom", sa han när de satt i soffan under ett stort fönster.

Halders nickade.

"Förstår du?"

"Jag känner till och med igen det."

"Det har varit så för dig också?"

Halders nickade igen. Han såg himlen och en reproduktion av en målning av ett fält solrosor bredvid fönstret. "Du var visst där i går förresten?" sa han. "Eller utanför huset?"

"Vem har sagt det?"

Halders svarade inte.

"Det är gubbjäveln, va?"

Halders ryckte på axlarna.

"Jeanette har inte sagt nåt, va?"

"Varför släpper du henne inte, Mattias?"

"Vadå släpper?"

"Du fattar vad jag menar."

"Det har jag gjort för länge sen. Släppt... alltihop."

"Jaha?"

"Sen kommer ni hela tiden."

"Det är för att det hänt en annan sak."

"Ja, jag läste om det. Men jag först..."

Han tystnade när han såg bilden av pojken som Halders höll framför hans ögon. Det var en uppförstoring av examensfotot.

"Känner du igen?" frågade Halders.

"Nej", sa Mattias efter en kort stund. "Vem är det?"

"Du har inte läst om *det*?"

"Nej. Läst? Vadå?"

"Det är ett vittne som vi gärna vill komma i kontakt med, men han har försvunnit."

"Jaha."

"Nu har vi fått en uppgift om att han bor här."

"Här?" sa Mattias och såg sig om, som om killen plötsligt skulle komma in i rummet.

"I området."

"Det är stort som fan. Hundratusen. Hundratusen idioter."

Halders nämnde adressen.

"Det är väl på andra sidan Kulturhuset?"

En kvinna hade öppnat på översta våningsplanet, det fjärde.

"Han bor under här, tror jag", hade hon sagt när hon tittat på bilden som Winter hållit fram. Det var samma bild som Halders just visade för Mattias på andra sidan Kulturhuset.

"Känner ni igen det här ansiktet?"

"Ja... jag tror det. Jag har i alla fall mött nån i trappan som ser ut som han."

De gick ner.

"Jag har sett att han gått in där." Hon pekade på dörren i mitten. Det fanns tre dörrar i trapphuset. "Den där."

Det stod Svensson på namnskylten.

Winter ringde på dörrklockan men hörde ingen signal. Ingen öppnade. Han knackade, två gånger. Kvinnan stod kvar bredvid honom.

"Tack så mycket då", sa han och vände sig mot henne.

Hon såg besviken ut.

"Vi kanske hör av oss igen om vi behöver mer hjälp", sa Winter.

"Eh... ja, i så fall..." sa hon och gick uppför trappan och såg sig om.

Winter knackade på dörren igen men fick inget svar.

"Har ni kollat gubben än?" frågade Mattias.

"Hur menar du?"

"Har ni pratat med Jeanette om det?"

"Har du?"

"Behövs inte."

Halders kommenterade det inte.

"Det är ju bara att sätta dit honom", sa Mattias.

"Förklara hur för mig."

"Följ efter honom."

"Följ efter?"

"Skugga honom och se vad han har för sig."

"Har du gjort det?"

Winter väntade utanför huset. Han tyckte att han såg blattehataren i längan mitt emot gå förbi och blänga på honom tvärs över lekplatsen. Inga barn lekte ute i middagshettan längre. Fönster stod öppna överallt men till ingen nytta. Winter kände sig mycket törstig och tittade på klockan.

Halders kom gående över lekplatsen. Han räckte över en mugg Coca-Cola med is.

"McDonalds", sa han och drack ur sin egen.

"Räddar livet på mig", sa Winter och svepte halva muggen.

"En överdrift", sa Halders och tittade upp mot husfasaden. "Hittat det?"

"En kvinna tror att hon sett killen gå in i en av lägenheterna på tredje våningen."

"Tror?"

Winter ryckte på axlarna.

"Räcker det för oss?" sa Halders. "Det är ju du som leder den här showen."

Winter drack igen.

"Ja", sa han.

"Det är mina tag", sa Halders. "Har du ringt efter fastighetsskötarn?"

"Han kommer här", sa Winter och nickade mot mannen som kom gående mot dem.

Det luktade instängd luft i lägenheten. Kunde vi avgöra åldern på luften kanske mycket kunde vara annorlunda, tänkte Winter: här har ingen varit sen den artonde juni. Då stängdes fönstren.

"Hemtrevligt", sa Halders när de försiktigt gått genom lägenheten i sina skoskydd.

Det fanns en obäddad säng i ett av de två rummen, det mindre. Det stod ett litet ensligt bord och ett slags fåtölj i det andra rummet. Det fanns ett större bord och två pinnstolar i köket. Det var allt. Inga prydnader, inga blommor, inga tavlor, ingenting som beskrev någon form av personlighet. Inga gardiner, bara neddragna persienner.

Det fanns ingenting i badrummet. Ingen tandkrämstub, ingen tandborste, ingen schampoflaska.

"Du kan ingenting ta med dig dit du går", sa Halders och såg sig om igen. Det ekade av hans röst i de nakna rummen. Winter såg svetten i hans panna.

"Då får vi leta reda på Svensson", sa Winter.

Halders gav till ett kort skratt. "Jag känner igen en sjättehandslägenhet när jag ser den."

"Det finns ändå ett förstahandskontrakt", sa Winter. "En början på kedjan."

"Vi önskar oss lycka till", sa Halders.

På vägen ut gick Winter en våning upp och ringde på hos det kvinnliga vittnet. Hon såg glatt överraskad ut när hon öppnade.

Han visade ännu ett fotografi. Hon nickade, flera gånger.

"Jag är helt säker", sa hon.

"Flickan har varit här", sa Winter när de gick över lekplatsen till bilen. "Angelika Hansson. Grannen har sett henne med killen."

"Observant granne."

"Ja."

"En del ser mer än vad man kan begära", sa Halders.

"Jag tror hon är trovärdig."

"Och flickan var i så fall här."

De stod vid Winters bil. Han la handen på lacken som var hetare än helvetet.

"Han var med på fotografiet från hennes studentexamen. De kände varandra."

"Men föräldrarna kände inte igen honom."

"Det kan finnas många förklaringar till det."

"I det här läget? När vi letar efter den som dödat deras dotter?"

"Det händer underliga saker med människor", sa Winter och la handen på lacken igen. "Hur mycket går att förklara? Verkligen förklara?"

"Nu åker vi", sa Halders. "Jag hänger med dig. Frölundakollegerna kör in min bil till stan."

De körde genom tunneln, förbi Långedrag. Den mötande trafiken till havet var tät.

"Jag har sålt lägenheten", sa Halders. "Det blir huset from now on."

Winters mobiltelefon ringde i sin hållare på instrumentbrädan. Han lyssnade, sa "tack" och hängde tillbaka telefonen.

"Det finns alltså en Svensson på förstahandskontraktet men han är inte förstahandsboende."

"Var bor han då? I första hand?"

"Fortsättning följer", sa Winter. "Just nu letar Sara efter andrahandsinnehavaren."

"Som kan leda oss till den tredje."

"Ibland dyker det upp ett namn man känner igen."

De kom till rondellen nedanför parken.

"Vi svänger in", sa Halders.

Winter parkerade hundra meter bort. De gick över fältet. Det kom en liten doft av fukt från dammen. Det stod flera personer därute, med vatten upp till låren. Andra sökte skydd i skuggorna under träden. Ingen svalka, men skydd mot solen. En liten kö med barn stod framför en glassvagn på hjul.

Avspärrningarna var borta nu.

Det känns så länge sen, tänkte Winter. En annan tid.

"Man kan nästan se bort till stället där flickan Nöjd dödades", sa Halders.

Winter tittade dit. Det doldes av träd. Men det var samma ställe. Det gick att gå över fälten för den som ville och kunde.

"Inget nytt från ljudanalysen?" frågade Halders.

Winter skakade på huvudet och såg mot skrevan. Den såg kall ut, det var så mörkt därinne. En annan värld.

"En dag ser vi honom komma här över fältet och stanna framför den jävla stenen", sa Halders.

Winter sa ingenting.

"Och ta fram kopplet och se sig om efter hunden som han inte äger", fortsatte Halders.

Winter blundade. Halders var tyst. Winter kunde höra svaga ljud från dammen, som om någon rörde fötterna i vattnet. Det var ett svagt ljud men det innehöll liv. Han öppnade ögonen igen och såg på skrevan och träden runtomkring. Det var en död plats, skulle alltid vara det. Det borde inte växa något gräs där. Inga löv på träden. Bara sten, mörker. Han hörde rösten från bandinspelningen i sitt huvud, grymtandet, det trängde undan alla mjuka ljud av liv som fanns runt honom här. Det skulle finnas kvar ända till slutet.

27

WINTER KÖRDE IN MOT CENTRUM. Det stack i näsan från avgaserna som samlades i tunneln. Halders hostade.

Halders hade tagit ut sin skiva ur sin bil och stoppade nu in den i Winters cd-spelare. Winter hörde musiken.

"Modern country", sa Halders. "Julie Miller."

"Sorgset", sa Winter. "Out in the rain, va?"

"Det svalkar", sa Halders.

De snurrade i ännu en rondell.

Vad visste den försvunne pojken? Visste han någonting om varför och hur?

Vem var han?

Hade han blivit strypt, på samma sätt som Angelika Hansson och Anne Nöjd? Och Beatrice Wägner. Glöm inte Beatrice.

Glöm inte heller Jeanette Bielke. Eller hennes far.

Eller hennes mor.

"Vad har du fått för intryck av Jeanettes mor?" frågade Winter.

Halders hostade igen.

"Inte mycket", sa han efter ännu en hostattack. "Hon är mest som en skugga." Han harklade sig och öppnade fönstret och spottade i fartvinden. "Hållit sig undan när jag varit där."

De stod stilla för rött vid Operan. Seglen hängde slaka på båtarna i gästhamnen. Solbrända människor satt i badkläder på uteserveringarna. Allt var blått, vitt, gult, brunt, rött som tegel.

"Det finns en del antydningar i det här fallet", sa Winter.

"Sannerligen", sa Halders.

"Dags att få fram mer om det."

"Om det inte är ett sidospår."

"Dom är ju till för att följas till återvändsgränden."

Halders svarade inte. Han följde två familjer som gick över gatan framför dem. Två män runt trettio drog varsin barnvagn.

"Så kan man ju säga om det mesta", sa han när de körde igen.

"Vilket? Om sidospår?"

"Tja... det mesta här i livet är väl egentligen sidospår som finns där för att man måste följa dom och dom leder nästan alltid till en återvändsgränd."

Winter svarade inte. Halders syn på livet hade inte förändrats efter Margaretas död.

Samtidigt var det en sammanfattning av deras arbete. Sidospår. Återvändsgränder. Sidospår. Gränd. Till slut skulle det inte finnas någon gränd kvar, men om de arbetade hårt och hade tur skulle det finnas ett sista spår och de skulle följa det och det skulle inte leda till en gränd. Det var dit de var på väg hela tiden. Det var deras jobb. Spåra sig ända till helvetet där det kanske fanns svar. Inte svar på allt. Det finns det aldrig, tänkte han. Sällan förklaringar. Det fanns inte så många förklaringar till människors hemligheter. Vem fick livet förklarat för sig? Livet hade ingen sammanfattning i slutet. Det tog slut, bara sådär, för många alldeles för tidigt, det tog slut som en sol som plötsligt störtade från himlen.

Yngvesson arbetade i sin studio när Winter kom dit. Studion var ett litet rum innanför ett annat litet rum. Det fanns en taggig linje i en av datorskärmarna, som ett pulsslag.

"Ingen rolig lyssning", sa Yngvesson och snurrade på sin stol.

"Vad hör du då?"

"Till exempel det speciella ljudet när en snara dras åt runt en hals."

"Vad sa hon före det?"

Yngvesson återvände med blicken till manöverbordet som var förvånansvärt litet.

"Det är mest en kamp. Stönanden. Inget rop på hjälp men det kan ju ha funnits det också."

"En kamp? Är det nån tvekan om hur det kommer att sluta, tycker du?"

"Vad tycker du själv utifrån det du hört hittills?"

"Nej."

"Nej", upprepade Yngvesson. "Men vid till exempel våldtäkter finns det ofta ett tillfälle där offret ser en möjlighet att fly. Att bli fri. Det är ju många offer som har vittnat om det, efteråt. Det är som om det blir en... lucka i kampen, eller överfallet, där gärningsmannen tvekar. Eller verkar tveka."

"Ber om förlåtelse?" sa Winter.

"Nej. Inte då. Det kommer senare", sa Yngvesson. "Om det kommer."

"Vad hör du här då?"

"Jag hör ingen tvekan", sa Yngvesson. "Ingen tvekan."

Det var tyst i studion. Winter hörde ingenting från världen utanför.

"Jag funderar på om hon kände honom", sa Winter nu.

"Hur menar du då?"

"Om det går att höra på nåt sätt att hon kände igen honom. Kände honom."

"Jag kan inte svara på det", sa Yngvesson. "Inte än i alla fall." Han tittade på Winter igen. "Där får ni nog lita till det egna fotarbetet. Och tankeskärpan i era frågor till hennes bekanta."

"Ja, ja."

"Men så mycket kan jag säga att han säger nåt till henne här", sa Yngvesson.

"Går det att få fram?"

"Om jag kan filtrera fram det från ljudbilden när den är som tydligast."

"När är det?"

"När dom är vid hennes väska. Där ljudet är som bäst."

"Han säger alltså nåt till henne?"

"Eller till sig själv. Vill du höra?"

Winter nickade och satte sig på stolen bredvid den största datorn.

Rösten kom i högtalarna. Det här är inte black metal, tänkte Winter. Det här är på riktigt.

AAALHHYYLLLIEEE!!

ILLLAHYYELLLAI!!

Winter såg på Yngvesson. Hans profil var skarp, lugn, professionell. Gud vet vad han tänkte.

"Han kanske säger hennes namn", sa Yngvesson utan att vända på huvudet. "Hon hette Anne. AAALHH... det kan vara hennes namn."

Winter lyssnade.

"Kan du få det tydligare?"

"Jag försöker, jag försöker. Inte nu. Jag får jobba mer med det där starka ljudet, försöka sänka det. Det finns en del runt om som måste tvättas också."

"Som vad?"

"Det finns lite olika brus. Vinden, antagligen. Trafikljud."

"Trafikljud?"

"Ja, trafikljud. En bil passerar. Kanske tretti meter därifrån, kanske femti."

"Det är flera hundra meter till leden."

"Inte på det här bandet. Jag tror det är en bil och den är nära, som jag sa."

"Det går att köra bil på cykelvägen intill."

"Se där."

"En bil kan alltså ha passerat medan det hände?"

"Det verkar så."

"Dom borde ju ha sett cykeln på marken", sa Winter.

"Folk skiter i sånt", sa Yngvesson.

"Nån i bilen borde ha sett nåt av vad som hände", sa Winter.

"Då får du leta efter ett vittne till."

"Kan du höra vad det är för bilmärke?"

"Naturligtvis", sa Yngvesson torrt. "Vänta ett ögonblick så kommer datorn att ge oss registreringsnumret också."

Yngvesson spelade sekvensen en gång till.

"Där." Han spolade tillbaka och lät bandet rulla en gång till.

234

"Där. Det är nån slags mening. Åtminstone några ord i rad. Inte bara ett sinnessjukt gurglande."

Winter hörde gurglandet. Det lät värre för varje gång. Som att se en snuff-movie. Människor som dödades på riktigt. En snuff-tape. Ett äkta mord.

"Jag ska fan ha fram det där", sa Yngvesson.

"Går det att höra om han är ung eller gammal?" sa Winter.

"En sak i taget."

"Kan det gå?"

Teknikern ryckte på axlarna, knappt märkbart, åter absorberad av arbetet.

Ringmar hämtade kaffe. Han mumlade något och gick mot dörren som stod halvöppen mot korridoren.

"Det är faktiskt din tur att gå", ropade Winter efter honom.

Ringmar kom tillbaka men utan mjölken. Han fick gå igen. Winter rökte vid fönstret. Mercator var inte detsamma som Corps. Det gick att importera själv från Belgien. Be nån av de tusentals i EU-högkvarteret som pendlade mellan Sverige och Bryssel.

En kanot passerade på ån. Winter såg rörelserna från paddeln i vattnet. Det var det enda som rörde sig därute i eftermiddagen. Inga bilar, inga spårvagnar, inga flygplan, inga fotgängare; inga ljud, ingen vind, ingen doft, inget mer än vattnet som satts i rörelse av mannen som paddlade mot öster med solen som ett spjut i ryggen när strålarna lyckades smita in mellan några hus vid Drottningtorget.

"Okej?" sa Ringmar bakom honom och satte kaffekoppen på bordet.

"Vad säger du om att sätta en skugga på krogkungen Samic?" sa Winter utan att vända sig om. Han drog ett sista bloss och la ifrån sig cigarillen i askkoppen på fönsterbrädan.

"Varför inte", sa Ringmar. "Om vi gör det snyggt."

"Jag tänkte på Sara", sa Winter.

Sara Helander. En av de nya spanarna, inspektör på väg mot ett kommissariat i den ljusa framtiden. Relativt okänd på stan. Såg bra ut men inte på ett uppseendeväckande sätt. Ingen borde se uppseendeväckande ut i det här jobbet, tänkte Winter. Det skulle väl vara jag då. Men det där är över nu.

Han såg ner på sin kakiskjorta och shortsen och de nakna fötterna i seglarskorna.

"Har du pratat med henne?" frågade Ringmar.

"Ja." Winter vände sig om. "Hon vet lika mycket som vi andra och hon vill göra det."

"När?"

"Från och med nu." Winter tittade på klockan. "Ganska exakt nu."

"Varför frågar du mig då?"

Winter gjorde en gest med handen.

Ringmar drack sitt kaffe.

"Är hon ensam?"

"Än så länge. Sen får vi väl se."

"Sätt nån mer på det, Erik."

"Jag har ingen mer just nu."

"Fixa det."

"Okej, okej."

"Vilken bil har hon?"

"Din", sa Winter och Ringmar frustade till och sprutade en halv munfull kaffe över Winters skrivbord på en plats där det inte låg papper.

Skuggorna var långa och utplattade när han körde till Bielkes hus. De gamla villorna låg i dunkel bakom häckar som klippte av ljuset som försökte ta sig in på tomterna.

Den stora verandan låg öde. Winter parkerade nedanför. Gruset knastrade under hans fötter när han gick från bilen till trappan.

Irma Bielke kom ut från en dörr till höger innan Winter var uppe på verandan. En sekund tyckte han att hon liknade kvinnan på fotografiet från Angelikas examen. Samma ålder. Han tittade igen men likheten var borta.

Hon var femtio år men såg yngre ut. Han hade trott att hon var nästan jämnårig med honom själv.

Han hade inte ringt, bara kört dit.

"Jeanette är inte hemma", sa hon. "Inte Kurt heller."

"Jag kom för att prata lite med er", sa Winter.

"Med mig? Om vad?"

"Kan vi sätta oss en liten stund?"

"Jag är på väg ut."

På väg ut hit till verandan, tänkte Winter. Hon bar kläder som kunde fungera både hemma och "ute", samma som alla andra: skjorta eller blus, shorts, nakna fötter i bekväma skor.

Det fanns ett levande ljus i rummet bakom henne. Winter såg det genom dörröppningen. Det stod på ett smalt bord nära fönstret.

"Kan ni bara komma hem så här till folk?" sa hon.

"Kan vi sätta oss en liten stund?" upprepade Winter.

"Här finns inte mer att säga", sa hon. "Inte till Jeanette eller Kurt. Och framför allt inte till mig."

"Jag ska inte komma med påståenden", sa Winter. "Jag vill bara ställa ett par frågor."

"Hur kan det finnas några frågor kvar?" sa hon.

"Det tar inte lång stund."

Hon gjorde en rörelse mot rottingmöblerna längre in på verandan.

"Bespara mig bara allt svammel om att det är för Jeanettes skull", sa hon med plötslig hårdhet i rösten. "Att gärningsmannen eller vad det heter ska åka fast snabbare ju snabbare vi hjälper till att svara på alla frågor från alla som kommer hit titt som tätt."

Winter svarade inte. Han satte sig. Hon stod, lutad mot väggen, i en svag skugga. Det fanns inget ljus i ögonen. Winter reste sig igen, blev stående. Det doftade av trä och torrt gräs där han stod. Ljuset i rummet brann starkare nu.

"Hur är det med henne?"

"Vad tror du?"

Okej, tänkte Winter. Vi lägger bort titlarna.

"Det blir inget med studierna", fortsatte Irma Bielke.

"Inte?"

"Papperen var ju redan inne och hon kom in på utbildningen men hon har beslutat sig för att tacka nej."

"Vad ska hon göra i stället?"

"Ingenting, tror jag."

"Arbeta med nåt?"

"Jag sa ingenting."

Hon satte sig och tittade på honom.

"Ska du inte också fråga mig hur det känns?"

"Hur känns det?"

Hon tittade bort mot rummet där ljuset brann.

"Det är inte hela världen. Det finns värre saker." Hon tittade upp mot Winter som satte sig. "Ska du inte fråga vad det är för värre saker?"

"Vad är det för saker?"

"Saker som aids", sa hon. "Vi fick svar på dom nya testerna i morse."

Winter väntade.

"Negativt", sa hon. "Tack gode gud. Aldrig har det varit så positivt att få ett negativt svar." Winter tyckte att hon skrattade till, kort. "Du valde en bra tid att komma hit. Vi är lyckliga igen."

Hon flyttade sig in i halvskuggan. Winter tänkte på vad han skulle säga härnäst.

"Var är Jeanette i kväll?"

"Badar med en kamrat", svarade hon. "Det är första gången... sen det hände."

"Och din man?"

"Kurt? Varför frågar du det?"

Winter svarade inte.

"Varför frågar du det?" upprepade hon.

Nu gäller det, tänkte Winter. Ljuset i rummet hade plötsligt slocknat. Det luktade av havet, starkare nu.

28

Hᴏɴ sᴀ̊ɢ ғᴏ̈ʀʙɪ ʜᴏɴᴏᴍ, på något i trädgården. Winter hörde vinden som en rörelse i trädkronorna. Hennes ansikte var tömt på uttryck. "Jag vet inte var han är." Hon verkade skratta till, eller om det var ett annat ljud: "Det vet jag sällan."

"Är han tillsammans med Jeanette?"

"Det tror jag inte."

Hon reste sig.

"Är vi färdiga här då?"

"Inte riktigt."

"Jag har ingen lust att prata med dig mer."

"När hörde ni av Mattias senast?"

Hon stannade i steget. Som när man fryser en bild på videon, tänkte Winter, men med bättre skärpa.

"Förlåt?"

"Mattias. Han har tydligen haft svårt att hålla sig härifrån."

"Talar du om Jeanettes före detta pojkvän?"

"Finns det fler Mattias?" frågade Winter.

"Inte som jag vet."

"Det är pojkvännen jag pratar om."

"Jag har glömt vad du frågade."

"När hörde ni av honom senast?"

"Ja... jag vet inte."

"Vad hände mellan dom?"

"Vad har det för betydelse?" Hon verkade förvånad, hade ett förvånat ansiktsuttryck. "Vad spelar det för roll? Nu?"

"Förstår du inte det?" sa han.

"Nej."

"Du har aldrig tänkt på det?"

Hon tänkte, tänkte.

"Mattias? Nej. Det är inte möjligt."

Winter svarade inte. Hon tittade på honom, rakt på.

"Det kan ni väl ändå inte tro? Att Mattias... att han skulle ha gjort Jeanette nåt?"

Nej, tänkte Winter. Inte han. Men Winter svarade inte. I stället kommenterade han ljudet av en bil på gatan:

"Är det er man som kommer hem?"

"Åtminstone är det hans bil", sa hon och såg förbi honom igen. En bildörr öppnades och stängdes. Steg över gruset, steg på trappan, en röst:

"Vad gör han här igen?"

Winter vände sig om. Kurt Bielke stod på översta trappsteget. Han hade vit skjorta, grå kostymbyxor och svarta loafers. Det fanns svett i hans ansikte. Han kom närmare. Winter kände spritlukten i hans andedräkt. Bielke måste förstå att han kände den. Det betydde ingenting för honom.

"Man hinner inte vända sig om förrän du eller nån annan av snu... kriminalarna är här igen", sa han. Han gjorde ett snedsteg framåt, vacklade för en tiondels sekund, tog ett steg till, tittade på sin fru:

"Vad har han sagt?"

Hon svarade inte.

Bielke tittade på Winter.

"Vad har hon sagt?"

"Var är Jeanette?" sa Winter.

Bielke vände sig till sin fru: "Kan du hämta en öl?" Hon tittade på Winter. "Jag menar *en* öl", sa Bielke och nickade mot Winter. "Kommissarien ska inte ha nån. Han ska just åka och man ska inte dricka och köra bil."

Ta det lugnt, tänkte Winter. Det här är en viktig stund. Den säger mig nåt. Den säger nåt om Bielke och hans fru. Kanske om Jeanette.

Irma Bielke hade inte rört sig.

"Ska jag behöva gå själv?" sa Bielke. Han log och vände leendet mot Winter. Bielke hade tänt en väggbelysning på verandan. Hans ansikte var vitt i ljuset. Han nickade mot Winter, höjde ögonbrynen och skrattade som åt ett skämt någon berättade i hans hjärna.

Sara Helander promenerade i den varma kvällen. Två par satt på trappan ner till kanalen, tätt ihop. Månen speglade sig i vattnet och delade det som ett band av guld. Husens silhuetter var skarpa mot himlen, som kolteckningar. Dofter flöt förbi henne när hon korsade en av hamngatorna. En taxi gled sakta söderut, skylten lämnade ett stråk av ljus efter sig. Det satt mycket folk på uteserveringarna. Hon hörde ljud av glas och porslin och röster som blandades till det speciella blandspråk som finns på alla gatuserveringar i alla länder jorden runt.

Bilar kom och for utanför ingången till dansrestaurangen. Även den hade en uteservering men ingen dansade där. Det fanns inget ledigt bord. Hon satte sig i baren och beställde en mineralvatten med lime.

"Kan jag få bjuda på drinken?" frågade mannen på stolen bredvid. Hennes vatten stod på bardisken.

Hon svarade vänligt nej och tog en klunk. Hon tog en till, insåg att hon var törstig efter körningen in och promenaden från parkeringshuset.

Mannen tittade på henne. Han var i hennes egen ålder, kring trettio. Inte oäven. Men det här var inte nöje.

"Drick inte för fort", sa han. "Effekten kommer efteråt."

"Det är mineralvatten", svarade hon.

"Det är isen man får se upp med."

"Det är därför jag inte har nån."

"Det får inte vara för varmt heller", sa han och log.

"Det spelar ingen roll vad jag säger, eller hur?"

"Nej."

"Om du urs..."

"Ja, ja, jag ska vara tyst." Han log en tredje gång och gjorde ett tecken mot bartendern och beställde en öl till. Han tittade på hennes glas och hon skakade på huvudet. "Säkert?"

"Skulle du inte vara tyst?" Hon drack. "Okej, en Ramlösa lime till. Kall men utan is."

"Skakad eller rörd?" frågade mannen. Bartendern väntade med ett roat leende.

Sara Helander såg mot ingången. Johan Samic stod där och talade med ett par som nyss kommit. Hon småpratade med främlingen vid bardisken men släppte inte jobbet för det. Kanske var det bra att sitta där och se ut som om man var i sällskap.

Johan Samic tittade ut över sina gäster. Det stod folk i kö på trottoaren. Klockan var fem minuter i elva.

Det hördes musik inifrån lokalen. Dansmusik. Det sista jag skulle göra är att dansa till dansmusik, tänkte hon.

Mannen fick sin öl. Musiken blev plötsligt högre.

"Dansar du?"frågade han.

"Nej, jag sitter här på stolen."

Han drack en klunk av ölet. Kanske såg han generad ut. Du behöver inte vara så jävla bitchig, Sara.

"Det där är inte direkt min musik", sa hon.

"Inte min heller." Han drack igen. "Jag föredrar rock."

Hon nickade.

"Men jag har ju glömt din drink", sa han och tog glaset som hon ännu inte druckit ur. Han höll upp det. "Skakad eller rörd?"

"Skakad", svarade hon och såg samtidigt Johan Samic ställa sig i dörren med händerna på ryggen. Mannen bredvid gjorde en liten rörelse med hennes glas och satte ner det igen.

"Jag kanske ska presentera mig", sa han och räckte fram handen. "Martin Petrén."

Hon tog den, automatiskt och lätt frånvarande eftersom Samic förflyttade sig bland borden, kanske på väg därifrån.

"Vad heter du då?"

"Eh... va?"

Samic hade vänt och var på väg in igen.

"Nu har jag ju presenterat mig."

"Eh... javisst. S... Susanne Hellberg."

"Skål, Susanne."

Han lyfte sitt glas och hon tänkte att jag får väl göra det också. Han var trevlig och inte ful. Hon kanske nån gång inte var i tjä...

"Men hej!"

Hon kände en stöt mot axeln, förlorade greppet om glaset som var halvvägs till munnen. En hand dök fram och grep det innan det krossades mot disken eller golvet.

Hon hade inte sett Bergenhem när hon kom. Han var skicklig.

"Hej, hej", sa han, fortfarande med glaset i handen. "Det var minsann en överraskning." Han log inte.

Mannen som presenterat sig som Martin Petrén hade satt ner sitt glas och började resa sig från barstolen.

"Ska du inte betala?" sa Bergenhem.

"V...va?"

"Håll i det här men drick för helvete inte", sa Bergenhem till Sara Helander och gav henne glaset och böjde sig mot mannen som var i samma ålder som han. Alla var trettio denna förtrollade afton.

"Jag såg vad du gjorde", mumlade Bergenhem. "Jag är polis. Jag har ett id, var säker på det. Jag lovar att visa det sen. Vi kan gå stilla och lugnt härifrån och diskutera saken på annan plats. Kanske är det ett misstag från min sida. Men det blir inget chanstagande. Av nån."

Mannen såg sig om.

"Jag fattar inte vad du snackar om", viskade han.

"Det ligger en upplöst tablett i hennes glas. Jag såg när du la dit den. Kanske finns det fler tabletter i dina fickor, kanske inte. Ska vi gå?"

Mannen satt kvar. Bergenhem böjde sig närmare, talade ännu lägre: "Ska vi gå?"

"Ajj! Va i he..."

"Nu reser jag mig och du gör samma sak."

Sara Helander såg männen resa sig. Hon hade inte hört allt Bergenhem mumlat, och inte svaren. Men hon förstod.

"Betala för båda", sa Bergenhem. "Kom till din bil sen, men ingen

brådska." Han såg på glaset som hon fortfarande höll i handen.
"Och ta med glaset. Och drick inte."

"Jag fattar", svarade hon lågt. "Är jag en idiot eller är jag en idiot?"

"Då går vi, min herre", sa Bergenhem och de gick, faktiskt gick,
som två vänner där den ena kamratligt lägger armen om den and-
re. Eller två snygga bögar, tänkte Sara Helander och betalade och
frågade om hon fick ta med sig glaset om hon betalade för det. Hon
ville gå ner till vattnet och dricka sitt vatten. Bartendern ryckte på
axlarna och ville inte ha betalt för glaset, hon hade ju "redan betalt
för det egentligen".

Bergenhem väntade på parkeringen. Det var inte långt.

"Var är han?" frågade hon.

"Ge mig glaset", sa Bergenhem och satte det i en särskild hållare
och täckte över det.

"Var är den jäveln?"

"Piketen tog in honom direkt."

"Herregud, är du säker, Lars?"

"Ja. Men inte på vad det är. Knappast vitaminer, i alla fall."

"GHB."

"Troligen. Eller speed... heroin... vi får ju se", sa han och nickade
mot glaset.

"Jag borde inte ens få lappa felparkerare", sa hon.

"*Det* är ett farligt jobb."

"Du fattar, va? Lars? Det här är ju katastrofal spaning. Jag är en
trippelidiot."

"Tvärtom", sa Bergenhem. "Vi har med gemensam list upptäckt
en av samhällets lägsta varelser i färd med att sprida sitt gift i värl-
den. Vi lockade in det svinet i en fälla som han inte kunde ta sig ur."

Hon tittade på Bergenhem.

"Är det vad som kommer att stå i rapporten?"

"Javisst."

"Du är en ängel, Lars."

"Bjud mig på en drink nångång."

"Närsomhelst."

"Var försiktig med att bli bjuden."

"Jag kommer ald..."

"Då är det väl bara att jobba vidare", sa Bergenhem och knackade på glaset. "Jag måste ta in den här skiten."

"Men tror du att jag kan gå tillbaka?"

"Det var ingen som såg nåt där."

"Är du verkligen säker?"

"Är vi inte professionella?"

"Åtminstone du."

"Vi, sa jag. Stick nu tillbaka."

Det var samma bartender.

"Hur var månskenet?" frågade han.

"Vackert."

"Ett glas mineralvatten till?"

"Ja, tack."

"Nånting att äta?"

"Inte just nu."

Det gick en halvtimme. Det kom fler och fler människor. Sara Helander trängdes vid bardisken, avfärdade inviter, drack inte mer. En ny bartender dök upp. Han hade inte tid att vara uppmärksam mot stamgäster.

Hon stod lite vid sidan om och fick syn på Samic igen. Han hade en snygg ljus sommarkavaj som han inte burit förut. Han gick mellan borden och ut på gatan. Tog han en bil var det okej. De hade inte tänkt följa honom i bil i kväll.

Samic gick ensam norrut, mot vattnet. Sara Helander kunde knappt se honom bland alla människor som rörde sig fram och tillbaka mellan älven och centrum.

Samic gick över leden och tog till höger mot båthamnen. Operahuset strålade över vattnet. Det var fullsatt på serveringen som löpte som en halvbåge runt byggnaden.

Sara Helander såg Samic på andra sidan bassängen. Han stod stilla och verkade tänka. Bakom honom låg ett crêperi som höll på att stänga för natten. Klockan var halv två. Plötsligt stod en kvinna framför Samic och talade med honom. Sara Helander kunde inte se några ansiktsdrag på det här avståndet. Efter fem minuter gick de tillsammans mot kajens bortre ände. Sara Helander gick snabbt runt bassängen med ögonen på de två. Det var möjligt eftersom det nu var färre människor framför serveringarna som höll på att stänga.

Hon såg hur Samic och kvinnan rundade hörnet. Det var fortfarande trettio meter dit. Hon stannade och funderade. Det fanns ingen mellan henne och hörnet. Hon gick några steg till. Det kom musik från en servering. Hon hörde inte motorn men såg båten när den kom ut bakom hörnet och satte kurs norrut över älven. En halvstor motorbåt som kunde vara vit eller beige eller ljusblå eller gul men nu var orange och svart i nattens ljus. Samic stod vid ratten. Han tittade inte bakåt. Kvinnan stod bredvid, håret flög.

När Lars-Olof och Ann Hansson kom hem tidigt på morgonen efter att ha övernattat hos bekanta ute på öarna märkte de att något var fel. När de stod i hallen luktade det fortfarande av natt därinne, en sval doft.

Fönstret i Angelikas rum var uppbrutet och stod öppet till hälften. Det låg papper och böcker och krossat porslin på golvet. Byrålådorna var utdragna. Angelikas kläder hängde i oordning i garderoben vars dörr stod på glänt. Hennes säng var i oordning. Den nakna madrassen låg på tvären.

Ann Hansson föll ihop. Hennes man ringde Winter.

Winter och Ringmar stod i rummet. Winter såg att de färska blommor som stått i vasen på byrån nu låg utspridda i en halvcirkel.

"Nån letade efter nåt", sa Ringmar.

"Kan du gissa vad det är?"

"Fotografiet", sa Ringmar.

Winter nickade.

"Brydde sig inte om att ställa i ordning efteråt", sa Ringmar.

"Han vet vad vi letar efter", sa Winter.

"Kan vara en vanlig tjuv", sa Ringmar.

"Det står en teve här", sa Winter och pekade. "På nattduksbordet därborta står telefonen." Han gjorde en rörelse med huvudet mot byrån. "Hennes smycken ligger nog kvar i översta lådan."

"Då är det bara att lämna över till Beiers grabbar", sa Ringmar.

"Dom kommer inte att hitta nåt dom heller", sa Winter.

29

WINTER FÖRSÖKTE LÄSA UT NÅGONTING i Andys ansikte. Det var en karta i olika riktningar.

"På vilken sida om älven?" frågade Winter.

"Jag är inte med nu."

"Det finns en bar där, eller hur? Som Anne besökte ibland?"

Andys ansikte berättade att han ansåg att Winter inte hade med det att göra, att det inte hörde dit.

"Det hör hit i högsta grad", sa Winter.

"Va?"

"Kan du inte fatta att det i högsta grad hänger ihop med hennes död?"

Din lille skithög.

Ringmar såg vad Winter tänkte. Hans ansikte var också en karta nu.

Winter la fotografierna på bordet. Andy fick god tid på sig.

"Känner inte igen nån av dom", sa han.

"Dom är döda båda två", sa Winter.

Andy svarade inte.

"På samma sätt som Anne."

Andys ansikte förändrades.

Var det han? Var det Andy?

Vad bestod hans tvekan i?

"Jag känner inte igen dom för det", sa Andy.

"Nåt annat du känner igen då?"

Andy flyttade blicken till Winters ögon.

"Hur menar du då?"

"Miljön. Omgivningen."

"Nej."

"Ta dig god tid."

"Känner inte igen det."

Winter satt tyst. Han hörde små ljud från sommaren. De satt i ett förhörsrum som saknade allting av det som fanns därute. Det fanns inga färger därinne. Ljuden var nedtystade, körda genom luftkonditioneringen, utplattade till ett brus som kunde vara vad som helst.

Winter kände efter cigarillpaketet i bröstfickan. Han såg svett i Andys panna trots den låga temperaturen i rummet.

Kanske skulle det ske nu.

"Känner inte igen det", upprepade Andy.

Sedan sa han det:

"Jag har aldrig varit där."

Winter höll paketet i handen, halvvägs från bröstfickan.

"Förlåt?"

"Jag har aldrig varit där."

"Var?"

"Där", sa Andy och viftade med handen mot fotona som låg på skrivbordet.

"Var är det nånstans, Andy?"

"Dit... dom gick."

"Dom?"

"Ja, dom. Är det inte fler, kanske?"

Winter väntade. En piket startade på bakgården, han kunde höra det. En röst som skrek högre än normalt. Eller om det var normalt tonfall i en tunn luft.

"Du vet var det är, Andy."

Killen svarade inte.

"Var är det, Andy?"

Han tittade på Winter. Ansiktet förändrades, förändrades.

"Vad spelar det för roll?"

"Du har alltså inte förstått?"

"Jag tänker bara på... på henne."

Winter nickade.

"Förstår du?"

"Du kan hjälpa henne nu", sa Winter.

"Det var ju så... oskyldigt", sa Andy.

"Vad var oskyldigt, Andy? Vad?"

"Dans... dansen."

"Dansen", upprepade Winter som om han väntat på ordet hela eftermiddagen. Som om allt detta skulle leda fram till det ordet: dansen.

En dans inför mördaren?

"Berätta om dansen", sa Winter.

"Bara ett extrajobb, typ."

"Berätta om extrajobbet."

"Jag vet inte exakt var det är."

"Berätta bara om dansen."

"Lite strip", sa Andy. "Det var... ingenting."

"Lite strip? Striptease?"

Andy nickade.

"Hon dansade striptease? Är det vad du säger?"

"Ja... det var vad hon sa till mig i alla fall."

Winter höll kvar hans blick. Varför hade Andy inte sagt nåt från början? Från första minuten han visste vad som hänt Anne. Att dansa naken var inte jordens undergång, inte ens inför gubbar som... som han, som Winter, gubbar på fyrtiett, på väg mot det fyrtiandra. Det var inte det mest rekommenderbara sommarjobbet men det innebar inte evig fördömelse.

Men det hade inneburit evig död. För Anne. För de andra? Hade de andra flickorna också extrajobbat som strippor?

Winter var inte chockad över att unga flickor runt tjugo jobbade extra på stripklubbarna i centrum. Det var inte en nyhet. Snarare var det ett allt tröttsammare faktum. Men han kände sig mer trött över den ökande prostitutionen bland unga flickor. Inte så mycket den på klubbarna, där de hade hygglig överblick. Utan på nätet. Internätet, som skulle sprida glädje och viktig och samhällsnyttig information till mänskligheten.

Redan i början av förundersökningen hade han sagt till om kontroll av de sjabbiga ställen de kände till nere på Långgatorna och utefter järnvägen österut. De trodde sig ha bra koll. Koll på tjejerna som jobbade där. Några hade gått i första ring.

Winter såg på fotografierna av Angelika och Beatrice. Var det där? Hade de rört sig till grötig discomuzak bakom den där fejkmurade väggen?

Han tänkte. Plötsligt såg han något annat. Något helt annat. Det där var inte en klubb, inte en restaurang, inte ett stripställe, inte en bar. Inte en svartklubb av något slag.

Det var ett hem.

Det var hemma hos någon.

Det skulle i så fall betyda att de måste börja leta på ett nytt sätt. Ett nytt och omöjligt sätt.

Det kunde vara hemma hos vem som helst. Vilken gubbe som helst.

"Du sa förut att du inte visste exakt var det var", sa Winter.

"Ja."

"Men ungefär?"

"Jag vet vilken del av stan."

Han berättade det. Det var i en annan del av stan än där Winter trodde. Inte där han försökt hitta en gemensam... utgångspunkt. Där spåren började. En annan del av stan. Över älven in bland husen. Över kullen, genom viadukterna, under motorvägarna. Ett jättelikt område jämfört med Nordstan. Om han skulle tro Andy. Han hade redan bestämt sig för att hålla Andy ytterligare sex timmar. Han trodde inte att han skulle behöva ringa åklagaren efter det, eller under tiden. Men vad han trodde nu hade ingen betydelse.

"Följde du aldrig med Anne?" frågade Winter.

"Nej."

"Varför inte."

"För att hon inte ville."

"Det räckte?"

Han nickade: "Och det var inte så många gånger."

"Så många gånger vad då?"

"Som hon gjorde det. Dansade."

"Var det allt hon gjorde? Dansade?"

"Vad... vad menar du med det?"

"Jag undrar varför det har tagit dig så lång tid att berätta det här, Andy."

"Så lång tid är det inte."

"Du kanske vet ännu mer än du sagt nu?"

"Vet vadå? Vad skulle jag veta mer?"

Winter svarade inte.

"Jag vet inte mer", sa Andy.

"Om dom andra flickorna", sa Winter.

"Jag har aldrig sett dom."

"Om var det här... stället ligger."

"Jag vet inte, har jag sagt."

"Varför sa hon inte var det låg?"

"Varför skulle hon säga det?"

"Var hon aldrig rädd?"

"Eh... va?"

"Var hon aldrig rädd, Andy?"

"Vi skiter i Samic för tillfället", sa Ringmar. "Jag tror inte heller att han kan leda oss till målet."

"Vi får väl göra det", sa Winter. "Pratar du med Sara?"

"Jag har redan gjort det. Preliminärt. Hon verkade inte glad."

"Låt henne fortsätta en kväll till då."

"Beordrar du det?"

"Nej."

"Vad säger Birgersson?"

"Nej, skulle jag tro."

"Då så."

"Vad hon gör med sin lediga tid angår inte oss", sa Winter.

"Så du vill utnyttja din personal till bristningsgränsen, Erik?"

"Naturligtvis."

Ringmar drog med handen över ansiktet. Han hade bara en lätt solbränna som visade att han arbetat, ofta inomhus, hukad över databaser och utskrifter.

"Men Samic är egentligen värd all världens skuggning och åtal och dom." Ringmar kliade sig i skäggstubben som var två dagar gammal och skulle bli längre under hans semester som började om två dagar. "Det är en otrevlig person."

"Ha ha."

"Vad är det?"

"Ska vi sätta dit personer för att dom är otrevliga?"

Ringmar kliade sig igen. Förberedde sig för ledigheten. Antagligen skulle de stora regnen komma i samma sekund som han satte foten utanför polishuset. Det skulle vara okej. Det är torrt i markerna.

"Kurt Bielke skulle vara ett bättre val i nuläget."

"Varför då?" Winter visste kanske varför men han ville höra Ringmars åsikt. "Vad har han gjort?"

"Ingenting."

"Varför kopplar du våldtäkten av hans dotter till det här?"

"En sund misstanke."

"Bevis?"

"Nix."

"Indicier?"

"Nix."

"Låter alltså som en bra utgångspunkt."

"Kan han ha våldtagit sin egen dotter, Erik?"

Winter rökte igen, den åttonde i dag. Doften från cigarillen blandades med kvällsluften på ett trevligt sätt. Ljuden var trevliga genom det öppna fönstret. Ljusen var trevliga, mjuka i den blå skymningen. Han såg två par passera över ån och de såg trevliga ut. Ån flöt stilla på ett trevligt sätt.

Men Bertil Ringmars fråga var inte trevlig. Hans egna tankar för fem minuter sedan hade inte varit trevliga. Ingenting av det de talade om var trevligt, ingenting de arbetade med var trevligt. Fanns det en absolut motsats till begreppet "trevlig" så hade de funnit den i sin vandring genom vardagen.

"Det är ett mycket spänt förhållande i den där familjen men det kan ändå vara helt normalt", sa Winter.

"Normalt för vem?"

"Normalt för dom själva."

"Eller så spricker det", sa Ringmar. "Exploderar."

"Och vad blir följderna av det?" frågade Winter.

Ringmar svarade inte.

"Ska vi ta in Bielke hit och prata lite med honom?" sa Winter.

"Bättre att se vad han sysslar med."

"Varför inte både och?"

"Eller inget av det", sa Ringmar.

Winter gjorde en gest mot högen av papper på bordet framför sig. Han gäspade, försökte hålla igen, kände en spänning i käkarna, en svag förvarning om kramp. Den som gapar.

"Jag ska försöka läsa igenom allt i kväll igen", sa han. "Vi får se sen. Vi pratar i morron."

"Sitter du här?" frågade Ringmar.

"Ja, hurså?"

"Tja..."

"I stället för hemma, menar du?"

Ringmar gjorde ett slags obestämd nickning.

"Det blir lugnare här", sa Winter.

"För vem, Erik?"

Winter satte sig och tog ett papper i vänsterhanden och tittade upp på Ringmar som stod kvar.

"Var inte du på väg hem, Bertil?"

Sara Helander var på väg hem. Släppa kollen, nä nä. Inte efter i förrgår kväll.

GHB-grisen satt anhållen, skulle bli häktad inom de 96 timmarna.

Själv hade hon gått hem och fortsatt att känna sig som en idiot och tänkt på Samic. Men kanske framför allt på kvinnan som stått bredvid i motorbåten som sett dyr ut. Håret som flugit, profilen som bara varit halv och gjort det omöjligt att känna igen ansiktet.

Det var nåt där. Nåt med Samic. Hon skulle kunna hitta det. Hon var inte dum. Inte dumdristig heller. Men hon... behövde nåt, behövde göra nåt. Ingen hjältebragd eller så, det var inte professionellt. Men nåt... smart. Början till ett genombrott.

Klockan var snart nio. Himlen var färgad i olika nyanser. Solen sjönk till andra sidan jorden. Down Under. Hennes syster hade varit i Sydney. Vadat genom knarkare som kröp i drivor runt King's Cross. Äh. Det hade varit fint också. Soligt, vackert, som här. Avstånd som bara verkade bli större ju längre ut man kom från storstäderna. Den röda jorden. Det döda hjärtat. Hon hade fått ett vykort från Alice Springs som det hade stått "A Town Like Alice" på och det hade hon inte förstått och visat kortet för Aneta som hade berättat om boken. Aha.

Hon gick till Lilla Bommens hamn. Där var hundratals människor nu, i båtarna, på kajen, på serveringarna, framför glassstånden. Operahuset gnistrade i den sista solstrålen som sköt fram genom de övergivna kranarna på andra sidan älven.

Hon rundade hörnet. Inte så mycket folk. Flera båtar på rad, motorbåtar alla, vad hon kunde se. Ett par segel längre bort. Det var lika varmt här som där. Ett par satt på en bänk och tittade ut över vattnet. Folk kom och gick. Motorer knattrade över vattnet. Vimplar fladdrade halvhjärtat i den varma vinden: blått och gult, norskt, danskt, en tysk. Nåt blått med vitt och rött i korsmönster uppe i hörnet. Var inte det Australien? Hade nån hårding seglat hela vägen från Down Under?

Hon gick sakta utefter kajen, som om hon tog en avstressande promenad efter jobbet. Vilket var just vad det var på sitt sätt. Nej. Vilket det absolut inte var. Hon försökte känna igen motorbåten hon sett styras iväg av Samic och tvekade mellan två, eller tre. Den eller den, eller den.

Hon kom ihåg att hon sett ett märke till vänster om namnet i aktern, som en utsmyckning av något slag. Det hade funnits ett lysrör ovanför som gjorde att hon kunnat se det. Som en blomma, i någon mörk färg.

En av båtarna hade en lilja intill namnet NASADIKA. Båten var täckt och hade en motor där bak och en ratt. Hon visste absolut ingenting om båtar. Den såg dyr ut men det gjorde de flesta.

Det satt en svensk flagga i aktern. Hon stod på kajen och såg ner på båten.

"Kan jag hjälpa till?"

Hon vände sig om och hoppades att personen som tilltalat henne inte hade sett hur hon ryckt till.

"Eh... urs.. ursäkta", sa hon och försökte flytta fötterna så att hon inte ramlade baklänges i vattnet.

Det verkade som om kvinnan log. Ansiktet var solbränt men inte för mycket, håret var blont. Kanske det kunde flyga i fartvinden. Det kunde vara kvinnan från i förrgår.

"Du står liksom i vägen för stegen", sa kvinnan.

"Åhh... förlåt." Hon tog ytterligare ett steg upp på kajen.

"Tack", sa kvinnan.

"Jag letar efter en bekants båt", sa Sara Helander. "Men den heter nåt annat, såg jag nyss." Hon gjorde en rörelse in mot gästhamnen. "Jag får titta där borta."

Kvinnan nickade och klev vigt ner på däcket. Hon kunde vara fyrtio, kanske fyrtiofem. Inte yngre, kanske äldre. Hon såg ut att vara i bra form. Sara Helander såg henne nu, hennes ansikte. Hennes ansikte i profil. Hon kände igen det från bilden från examensdagen som Winter hade visat. Hon hade en vacker näsa som någon borde känna igen. De hade letat och frågat.

Men jag känner igen henne, tänkte Sara Helander. Jag känner igen henne nu.

Hon hade en känsla i sig. Kanske var det spänning, eller upphetsning.

Beachpartyt hade flyttats fram till kvällen. Winter kände det som om han fått en present när han cyklade söderut med Elsa i barnstolen. Angela trampade tio meter framför dem. Han tänkte mest på vind och sol när de rundade bukten och parkerade bredvid trettio andra cyklar och klättrade ner till stranden.

Några hade börjat göra i ordning grillarna och Winter fick en öl av en av killarna, Anders Liljeberg, som han inte träffat på månader. Flera av dem som stojade runt om hade han inte sett sedan början av sommaren och han var glad att han var här nu. Han drack och satte sig i sanden. Angela gick ner till vattnet med Elsa. Han lutade sig bakåt och hörde rösterna mest som ett brus. Det luktade från grillarna. Det luktade från sanden. Han stödde sig på armbågen och halsade det sista av ölet. Angela och Elsa var kvar i vattnet. Liljeberg hade dragit på sig en bastkjol. Den var mörkt brun genom Winters solglasögon. Liljeberg började dansa en egen variant av samba och fler hängde på. Winter reste sig och slängde av skjortan. Han fick en öl till. Musiken var karibisk och kvällen var lika varm som musiken.

30

MUSIKEN RÖRDE SIG ÖVER DEM. Där hon låg kunde hon se konturerna av husen på andra sidan vägen, silhuetterna av taken. Något rundat kunde vara ett träd. Musiken var låg: en akustisk gitarr, viola, cello, ett piano.

"Det är vackert", sa hon.

"En karta över världen", sa han.

"Mhm."

"Skivan heter så. A Map of the World. Pat Metheny. Filmmusik, tror jag."

"Jag har inte sett den i din stapel förut", sa hon.

"Jag köpte den i dag. Det här är första gången jag lyssnar."

"Vad tycker du då?"

"Det är ju vackert. Inget jag skulle upptäckt men Winter hade hört den."

Aneta Djanali svarade inte. Hon flyttade sig lite åt höger, lite närmare Halders som låg stilla på rygg i sängen.

Barnen sov, sedan timmar. Han hade sovit, kanske tjugo minuter. Det hade låtit så. Hon hade inte sovit.

Hur hade de hamnat här?

Varför inte?

De hade fortfarande kläderna på sig. Det var inte... så. Åtminstone inte än, tänkte hon nu när skivan bytte spår och gitarren blev ensam.

Vad hade hon gjort om Fredrik knäppt upp översta knappen i hennes blus?

Han skulle aldrig göra det. Hon visste inte ens alldeles säkert om han ville. Jo. Det kanske hade varit nära. Skulle hon göra det?

Eller skulle de fortsätta att vara nästan som syskon? Med den skillnaden att vuxna syskon inte umgicks med varandra hela dagarna *och* hela kvällarna *och* halva nätterna, som nu.

Älskade han sin fru? Han hade gjort det i början. Han måste ha gjort det. Sedan hade de förlorat varandra.

Hon lyfte högerhanden och såg på den självlysande urtavlan som visade två. Därute började morgonen. Hon flyttade huvudet lite för att se bättre. Natten var svag nu, ljuset starkare. Det tog över igen. För några timmar sen hade det varit tvärtom och Fredrik hade citerat Dylan Thomas, som han gjort en annan kväll, kanske rätt, kanske fel, don't go gently into that good night, rage, rage, against the dying of the light, "det är det enda jag kan från den dikten", hade han sagt, "men jag kommer ihåg det från omslaget till en skiva Chris Hillman gjorde för ett par år sen."

Han snörvlade bredvid henne nu, mannen som fick sin litterära skolning från omslag till countryplattor.

Han hade älskat sin fru och han hade kanske gjort det även när han var ensam, men det var inget han talat om. Det var framför allt barnen. Han hade talat om barnen, då. Ibland mer, ibland mindre. Det var barnen det gällde nu också. Barnen fanns här, i rummen på andra sidan hallen. Han gick dit, ofta, när de skulle somna, och när de sov.

Några gånger hade hon trott att det var allt det handlade om för Fredrik Halders. Han visade det inte, pratade inte om det. Han var en av de män som längtar efter närvaro och är rädda för den riktiga beröringen. Som döljer sig bakom ord som är hårda och glatta och säkra och tomma.

Som kan göra av med sig, tänkte hon nu när solen kunde anas ute över taken. Som plötsligt vill ut, omedelbart, snabbt, vill härifrån med en gång.

Winter hade kört västerut i morgonljuset. Bengt och Lisen hade väntat med kaffe som han druckit i köket som doftat bullar som han tackat ja till, från en plåt som fortfarande var varm. "När Beatrice hade... gått bort bakade jag i timmar", hade Lisen Wägner sagt, "bakade, bakade, som en galning. Fruktkaka mitt i nätterna, gifflar, korgbröd. Jag slängde allt, när det fortfarande var varmt slängde jag det", hade hon sagt och tittat på plåten.

Winter hade tuggat på bullen som fortfarande var varm.

Hur i helvete skulle han uttrycka sig.

Strippade Beatrice på fritiden, vad ni vet? Var det inne bland gymnasieflickor redan för fem år sen?

Han hade sett deras ansikten och sett att de inte visste, inte hade vetat.

Hade han och kollegerna kontrollerat med deras övriga anhöriga tillräckligt noga? De hade inte varit hemma hos alla som hade anknytning till Beatrice eller hennes familj.

Då hade de inte haft fotografiet av Beatrice där hon satt i samma miljö som Angelika fem år senare.

Han hade tuggat färdigt och svalt och tagit fram bilden igen.

"Vi kan inte hitta det här stället", hade han sagt, "inte här i stan."

"Det ligger väl inte här då", hade Bengt Wägner sagt.

"Jag tror det gör det", hade Winter svarat. Han hade nämnt Angelikas namn igen och tagit fram också det fotografiet.

"Ja, det är ju mer sannolikt", hade Bengt Wägner sagt.

"Det kan vara hemma hos nån", hade Winter sagt.

"Hos vem då?" hade Lisen Wägner frågat.

"Det kan inte vara hos någon ni känner?" hade Winter frågat.

"Vem skulle det vara?" hade hon svarat.

"Herregud", hade hennes man sagt, " vad är det för kommentar?"

Hon hade vänt sig om och tittat ner i bakbordet, på plåten som svalnade med bullarna. Han hade tittat på Winter.

"Hade vi känt igen det direkt så hade vi ju sagt det förut. Spelar ingen roll om det är hemma hos nån eller var det är."

"Nej."

"Kan jag behålla det här kortet?"

"Javisst."

"Man vet ju aldrig."

Winter lämnade över kopian. Han hade ändå tänkt göra det.

Han hade besökt Lars-Olof och Ann Hansson sent i går kväll. Samtalet då hade varit en kopia av samtalet nu.

Sara Helander satt vid det stora bordet i grupprummet. Hon var solbränd, brunare än han.

"Och sen kom Älvsnabben som på beställning", sa hon. "Jag sprang dit och den drog iväg och jag hade dom i sikte hela tiden."

"Bra, Sara."

"Deras båt la till tio meter bort från hållplatsen, och när jag gick av såg jag dom gå från båten."

Winter väntade. Halders väntade, Ringmar och Bergenhem väntade, Aneta Djanali, Möllerström, alla.

Sara Helander hade berättat om kvinnan, bilderna från Angelikas examen hade gått runt igen. Visst är det hon, hade Sara Helander sagt. Det är hon.

"Och så följde jag efter då", fortsatte hon. "Det var inte så långt. Där var rätt mycket folk från och till båtbryggan och hållplatsen så det var inga problem."

"Det ska aldrig vara några problem", sa Halders.

"Sen blev det lite svårare men inga problem då heller", sa Sara Helander och tittade kort på Halders. "Och sen... tja, dom gick in i en villa tvärs över gatan ovanför krönet och jag gick förbi." Hon såg sig om. "En rätt stor villa, trä."

"Gick dom in där båda två?"

"Ja."

"Kan Samic vara den mörke snubben på examenskortet här?"

"Kanske", sa Ringmar. "Med en bra toupé. Det kan vara han. Men så noga har vi inte kunnat jämföra."

"Våra toupéexperter har sagt att det där inte är en toupé", sa Halders med nåt slags leende.

Undrar hur Fredrik skulle se ut i toupé, tänkte Aneta Djanali hastigt. För jävlig. En man med toupé är inget att ty sig till. Inte nån med Robin Hood-frisyr heller.

Samic hade inte toupé vare sig på båten eller på restaurangen. Varför skulle han ha det om han ens varit på den där examen, tänkte hon. Och om han nu varit på skolgården – varför hade han varit där?

"Vi får titta på den där kåken", sa Winter.

"Jag gör det", sa Halders. Han tittade på de andra.

"Han känner väl igen dig om han skulle få se dig?" sa Bergenhem.

"Det får han inte."

"Nähä."

"Det är där min nya toupé kommer in i bilden."

Någon gav till ett gapskratt som snabbt var över.

"Ska det inte vara fler?" sa Sara Helander.

Winter tänkte. Försiktighet. Ja. Antingen brakade de in och plockade in Samic för att spaningsinsatsen krävde det och pratade med honom i minst sex timmar eller så väntade de. De sökte en okänd adress och de hade ett okänt namn och kanske fanns det ett samband. Möjligen. Det var ju så de arbetade. Det var ingen slump att Sara sett Samic och följt efter honom. Om inte passagerarbåten kommit hade de lokaliserat den där villan ändå, men det hade tagit längre tid.

Samic ljög men det gjorde så många andra.

Han ville veta vad som fanns därinne i villan innan de agerade.

"Du och Fredrik", svarade han Sara Helander.

"När?"

"I kväll."

"Hur ska vi g..."

"Håll käften nu Sara", sa Halders och reste sig. "Vi måste väl kunna tänka lite själva också?"

Yngvesson ringde när Winter var på väg till sitt rum. Signalen var hög i den tomma tegelkorridoren.

"Jag har kanske nåt", sa teknikern.

Winter var där inom fem minuter.

"Lyssna nu", sa Yngvesson.

Ljudbandet drog igång. Winter lyssnade och där fanns mindre

att lyssna till än tidigare. Yngvesson hade filtrerat ljudbilden, tagit bort så mycket han kunde av det han kallade koftiga ljud. Winter tänkte på bruset på stranden i går kväll, fragment av andra röster.

Han såg på bandet. Där han tidigare hört en park var det nu som om han hörde ett rum, ett ödsligt rum.

Han hörde flickan. Anne. "Eh, eh, eh, ne..., nej, ne, ne NEEEEEJ, NEEEEEEEEJJ", ett skrik, någonting nedifrån hennes hals, strypljud när... något grep om halsen.

Ett mummel nu, som en bön, som en jävla förbannad bön, som ett mantra, högt, högre än vad det låtit tidigare när det funnits andra ljud där, ljud som hört till den där parken och trafiken runt den. Det här var andra ljud, de hörde inte hemma någonstans, ljud som borde utrotas, tänkte Winter, ingen skulle behöva lyssna till detta.

Men han stod här. Flickan fanns där. Hon kunde inte stänga av något.

"Nu kommer det", sa Yngvesson.

Winter hörde. Först det han hört förut, men tydligare, samma... läte men som slungat genom en stor lur genom en stor tunnel rakt emot honom, alllihyyllll... allihy... AAALHHY... ALDRILLL-LIEEE... ALDRIG.... ALDRIGMEEEE!! ALDRIGMEEE!!!

Yngvesson stängde av.

"Aldrigmeee", sa Winter.

"Aldrig mer", sa Yngvesson.

"Ja."

"Jag tror inte jag kan komma närmare."

"Aldrig mer", upprepade Winter.

Yngvesson arbetade vid datorn igen. Den hummade småtrevligt i sin totala okunnighet om sin egen förmåga. En dator vore nåt att vara ibland, tänkte Winter. Effektiv och alltid lika okunnigt glad.

"Det kan inte vara hon?" frågade Winter.

"Vasa?"

"Det kan inte vara hon som säger det?"

"Nej."

"Aldrig mer", sa Winter. "Vår mördare säger 'Aldrig mer'."

"Det var det sista mordet. Hittills, i alla fall."

"Det handlar inte om det."

"Ja, jag vågar inte spekulera."

"Han säger det inte till sig själv", sa Winter. "Han... visar henne att det aldrig kommer att ske mer."

"Vad är det som inte kommer att ske mer?" Yngvesson vände sig om på stolen. "Det kommer inte att ske mer? Aldrig mer?"

"Det hon gjort. Han straffar henne för vad hon gjort."

"För vad hon gjort... honom?"

Winter tänkte. Han skulle lyssna på bandet igen om en stund, han tänkte och förberedde sig.

"Ja. Antingen direkt. Eller... indirekt."

"Indirekt? För vad hon gjort andra?"

Winter kände sig plötsligt nedstämd, oändligt nedstämd. Han ville sjunka ner i havet och aldrig stiga upp. Solen kunde stiga upp men inte han.

"Jag vet inte, Yngvesson. Det går runt, runt. Jag måste sätta mig medan det snurrar." Han satte sig på den andra stolen. "Vad sa vi? Indirekt? Hon har gjort nåt som han straffar henne för."

"Mhm."

"Herregud, Yngvesson, jag kan säga vad som helst om det här. Det går inte att analysera nu."

"Men det här är inte... personligt, tror du? Inte på det sättet? Han kände henne inte?"

"Han kände henne eller han kände henne inte. Jag vet inte."

"Det gör en viss skillnad, eller hur?"

Sara Helander och Halders satt i hans bil som stod parkerad dold bland andra bilar. De var drygt 75 meter från villan där Samic och kvinnan gått in.

Villan var av trä. Hög som ett hus, tänkte Halders, fyra eller fem våningar och antagligen en jättelik källare som löper under hela skiten.

Den var en av fyra liknande som stod i rad. Den skymde solen men bara delvis. De fick strålarna i ansiktet. Sara Helander kisade med handen ovanför ögonen. Halders bar svarta glasögon.

"Vi kanske skulle ställt oss på andra sidan", sa hon.

"Nej."

"Nej, visst. Trafiken kommer ju förbi här."

Det fanns trafik, inte mycket men bilar körde förbi regelbundet ner mot färjeläget och de nya insatslägenheterna som byggts bara några meter från vattnet.

Det stod en bil parkerad på garageuppfarten till villan. Garaget stämde inte med huset, verkade ha byggts i ett annat sekel. Eller om det var två sekel emellan. Halders höll blicken på huset, på de många fönstren som var nästan osynliga i motljuset.

Det var mörkare än förut. Sara Helander hade plockat fram dricka och något att äta. Ingen sol i ögonen nu. Ingen hade kommit eller gått. Halders tuggade på en smörgås som kunde smaka ägg och majonnäs eller skinka och gurka, han kände inget. Han tittade på klockan. Snart midnatt.

Två bilar körde förbi dem sakta, men fortsatte förbi huset. De kom tillbaka från andra hållet, vilket betydde att de körde mot enkelriktat.

"Sjunk", sa Halders och Sara gled neråt tillsammans med honom. Den främsta bilens strålkastare var riktade rakt emot dem. De hörde röster men inte ord. Bildörrar öppnades och stängdes försiktigt. Motorerna hade inte slagits av. Bilarna körde igen, ljuset svepte ett par decimetrar över deras huvuden.

"Spännande, är det inte?" mumlade Halders.

"Nån gick in", sa Sara Helander.

De väntade och satte sig försiktigt upp. Allt var som förut utom att det lyste i ett fönster på bottenvåningen.

"Lös det i många av rummen när du var här i går natt?" frågade Halders.

"Nej."

"Fler än det där?"

"Ja."

"Mhm."

"Tror du det var Samic som kom?"

"Kommer inte han i båt och per apostlahästar?"

Hon svarade inte. De satt tysta en längre stund.

Det mörknade alltjämt. Det var lite mörkare nu än vid samma tid föregående kväll. Lika varmt, men mörkare. Mörkret för en ny säsong tog över. Don't go gently into that good night, rage, rage, against the dying of the light, tänkte Halders.

"Det kommer en bil till", sa Sara Helander.

Den kom bakifrån.

"Vi sitter kvar", sa Halders. Han sjönk ett litet stycke.

Bilen stannade utanför villan. Dörren öppnades. En kvinna steg ur.

"Är det hon?" sa Halders men mest för sig själv.

"Nej", mumlade Sara Helander.

Kvinnan verkade ung. Hon gick in i huset. Inga fler ljus tändes i huset. Bilen körde iväg.

De väntade. Halders drack kaffe som ångade försiktigt när han hällde upp det från termosen.

"Det kommer nån", sa Sara Helander. "På apostlahästar."

En figur kom ur skuggorna nedanför dem, från älven. Han gick uppför trapporna till gatan där de satt. Trapporna låg nästan mitt emot villan. Det var en man och han såg sig om innan han gick över den öde gatan som nu lystes upp av månen och stjärnorna och gatljuset. Han stod framför villan och tycktes titta upp mot gatlyktan, eller om det var himlen. Han bar en ljus kostym och håret hade samma färg som gatljuset. Det var inte en ung man. Han vände sig åt höger och verkade titta rakt mot dem där de satt dolda i bilens mörker.

"Han kan inte se oss", sa Halders. "Sitt stilla." Halders hade lagt ett papper över den ångande koppen.

Mannen vände sig mot huset igen och gick in.

"Kurt Bielke", sa Halders lågt.

31

DET VAR STILLA IGEN PÅ GATAN. Mannen hade försvunnit in i det egendomliga huset. Sara Helander hade inte träffat Kurt Bielke.

Natten rörde sig mot dag. Hon kunde se ljusen från kvällens sista Danmarksfärja på väg mot kajen på andra sidan älven.

Halders klev ur bilen.

"Vad ska du göra?" viskade hon.

"Ta en titt på det där stället."

"Det kanske inte är så säkert."

"Det kanske inte jag heller är", svarade Halders.

"Ska jag ringa till centralen?"

"Nej, för fan. Jag ska bara titta lite."

"Gör inte nåt dumt nu, Fredrik. Jag kollar med dig om tjugo minuter." Telefonen skulle vibrera i Halders ficka men inte höras.

"Jag ringer", sa han. "Och ringer du och jag inte kan svara så trycker jag bara av för att visa att allt är okej."

"Tjugo minuter."

Han svarade inte, försvann tyst. Hon såg honom aldrig gå över gatan, men kort efter såg hon kanske en skugga av en gestalt i trädgården på baksidan av huset.

Halders stod under ett av de tre träden, tio meter från huset. Det lyste i två fönster men han såg ingen människa. Det kom inga ljud inifrån.

Och nu?

Det fanns ingen bakdörr. Ingen dörr som ledde ner till källaren. Det hade varit för enkelt.

De två vänstra fönstren var mörka. Han gick snabbt över gräset. Båda fönstren var av äldre tvåglastyp och verkade vara stängda men det vänstra hade en glipa och Halders gissade att det fanns en hasp som han inte kunde se och han tog fram ett smalt instrument ur innerfickan och sköt in det och kände haspen och förde upp den. Det var besvärligt, eftersom fönstret satt nästan två meter upp.

Han öppnade fönstret och stoppade tillbaka instrumentet, en kort och smal ätpinne av trä som han plockat på sig på Ming senast han åt där, vilket var i eftermiddags.

Han såg sig om. Det stod en vattentunna vid gaveln några meter till vänster. Han gick dit och kände på tyngden, den var lätt eftersom det inte regnat mer än några korta åskskurar. Det gick att bära tunnan tillbaka till fönstret.

Han klev upp och tittade in: konturer av möbler i det svartdaskiga ljuset, en dörr som glödde matt gråvit i rummets bortre ända. Inget levande därinne.

Halders hävde sig in och stod på golvet. Han såg tillbaka genom fönstret men ingen kom springande med maskingevär. Ingen störtade in genom dörren.

Han hörde nattens vanliga ljud därutifrån.

Och nu?

Han gick till dörren och lyssnade. Inga steg därute. Något mummel någonstans, kanske musik. Han såg att det inte fanns något ljus på andra sidan dörren och därför öppnade han den.

Där var en hall, tom. Det fanns några dörrar till. En kinesisk ask, tänkte han. Gå in genom en dörr och där finns en till. Gå in genom den, gå in genom nästa. Man går in men aldrig ut.

Det lyste bakom dörren till höger, i änden av hallen. Men under dörren till vänster fanns ett svagare ljus. Som om det kom från ett större avstånd. Han gick snabbt och tyst dit och kände på handtaget. Han öppnade dörren sakta och såg en trappa ner, och ljus.

Sara Helander väntade att Halders skulle komma tillbaka vilken sekund som helst. Idioten.

Och det var ändå jag som skulle få hjälterollen här. Jag hittade huset. Jag borde smyga runt i det.

Hon visste att hon aldrig skulle göra det.

En bil passerade bakifrån. Hon hörde något men såg den inte förrän den kört förbi och parkerat framför villan. Den hade kört med släckta lyktor och hon kände en kyla i kroppen. Hade dom sett henne där hon satt?

Ingen steg omedelbart ur bilen. Hon sjönk ner, men hann se en silhuett i framsätet. Silhuettens arm var vinklad. Figuren kanske pratade i mobiltelefon. Kanske om bilen som stod parkerad en bit bort, med någon i.

Det här är farligt, tänkte hon. Det är farligare än vi trott. Jag ringer så fort jag kan. Det har gått mer än tjugo minuter.

Halders gick nedför trappan. Han *smög*. Det kändes som om han spelade med i en film. Han smög aldrig annars. När hade han smugit senast? Han tänkte plötsligt på sina barn när han var på det fjärde trappsteget. Han såg Margareta. Hela mitt liv passerar revy inför mina ögon. Betyder det att jag håller på att dö? Äh. Vi håller alla på att dö. Ingen överlever. Är jag rädd? Nej. Jag har min SigSauer tryggt intill mig och jag är stark. Jag är definitivt klantig som kliver in här. Det finns en kvinna som jag nog älskar. Hon är svart men livet kan bli ljust.

Han var nere. Det här var källaren. Det fanns ännu en dörr i den kinesiska asken och den var inte stängd. Dit var det tio meter. Han kunde gå dit utan att kasta någon skugga. Det fanns musik. Han såg själv en skugga. Musiken var nån vidrig disko från det sinnessvaga sjuttiotalet. Han gick närmare och musiken kom närmare. Han såg att dörren ledde in till ännu en hall, eller en korridor som var smal. Där rörde sig någon. Halders tog fram vapnet som var kallt och kamratligt i hans hand. Vad gör jag intrång i? tänkte han. Han hörde en röst, en kvinnoröst, och sedan en mansröst som ropade, eller vrålade, nej, nåt annat, snyftade nu, herregud, rösten steg och föll, den solkiga musiken studsade i korridoren av tegel som kändes allt smalare ju närmare han kom. Han såg kvinnan som rörde sig till musiken, hon hade stringtrosor men inget mer, hon tuggade tuggummi, tänkte på annat, och Halders var närmare, det fanns en glasruta mellan henne och mannen som låg framför henne på alla fyra och ropade mot månen utan kläder men med ett hundkoppel runt halsen. Kurt Bielke stirrade mot allt och inget utan att se, det var han, och Halders såg hur det började rycka i Bielkes kropp, som i en hänryckt frireligiös idiot på tältmöte, på tältmöte, upprepade Halders för sig själv, jag skjuter den satans besten mellan ögonen. Bielke rörde sig fram och tillbaka och Halders hade sett vad han behövde se för den här gången, tack för kaffet, och backade ett steg, och ett till, och förnam slaget innan det träffade honom, faktiskt förnam det, *såg* det med ögonen i nacken, som om det utdelats i ultrarapid, som om allt redan var över innan det krossade hans huvud.

En hund började skälla på andra sidan gatan men tystnade tvärt, som av ett slag. Winter steg ur bilen och gick över gatan i sina shorts och skjortan som kändes sträv över linningen. Han hade pratat i telefonen med Angela som låtit... entonig. I morgon skulle de försöka ta sig till stranden, på kvällen. Han skulle bara sova först men visste inte när. "Det är för varmt i våningen", hade hon sagt. Ett hus är svalare, hade hon egentligen sagt. Men snart var allt det här över och en liknande sommar skulle inte återkomma förrän i nästa millennium och då skulle de alla vara mycket mycket gamla i sina våningar eller villor.

Ytterdörren stod öppen, och alla fönster Winter kunde se. Benny Vennerhag var på baksidan, som alltid. Poolen blänkte av svart vatten. Vennerhag vände sig om.

"Ta dig ett midnattsdopp."

Varför inte.

Efteråt torkade han sig med badlakanet som Vennerhag kom med och drog på sig shortsen utan kalsongerna som han virat in i skjortan som han inte tänkte ta på sig mer i natt.

"Vill du låna en skjorta?"

Winter skakade på huvudet.

"Var det skönt?"

Winter nickade.

"Vill du ha en öl?"

"Gärna det."

Vennerhag reste sig mödosamt och vinglade till och gick in i huset och kom tillbaka med två öl och satte sig igen, tungt.

"Är du full?"

"En smula." Vennerhag öppnade flaskorna och räckte över en till Winter. "En liten intim middag härhemma med många goda drycker."

"Inget att äta?"

"Cotriade." Vennerhag saluterade med ölflaskan. "Vad sa du nu då, din jävla snobb? Du trodde jag käkade äggåbejkon morronmiddagkväll, va?"

"Jag har inte sagt nåt."

Vennerhag drack igen och gäspade och tittade på Winter över flaskhalsen.

"Kunde inte det här ha väntat tills i morgon?"

En telefon ringde inne i huset, eller om det var flera eftersom ljudet var så tydligt. Winter såg på Vennerhags mobiltelefon på plastbordet under parasollen men den var avstängd. Inga komprometterande samtal inför kommissarien.

"Jag måste be dig hjälpa mig att hitta mer om pojken", sa Winter. "Har du bra kontakter bland dom nya svenskarna?"

"Nya svenskarna. Ha. Det är ett bra uttryck."

"Föredrar du blattar?"

"Nej, nej, jag är väl lika politiskt korrekt som alla andra."

"Det handlar inte om det här. Politiskt korrekt är ett skällsord som används av fega typer som försöker dölja sin egen slapphet genom att kalla folk för politiskt korrekta."

"Visst, visst."

"Kan du jobba med det här eller kan du jobba med det?"

"Svaret är givet, eller hur?"

Telefonen ringde igen, signal efter signal efter signal. Vennerhag reste sig inte, tittade på den stumma mobiltelefonen, rörde den inte. Det ringde i huset, skallade som ett billarm. Vennerhag hade valt bort telefonsvarare på ett tidigt stadium, vilket enligt honom innebar en chans att få ett lite längre liv.

"Ska du inte svara, Benny?"

"Inte vid den här tiden på dygnet. Det är bara stollar som ringer nu."

"Stollarna verkar angelägna."

"Det är också av artighet gentemot dig som gäst. Att jag inte svarar."

Winter bugade.

"Är du torr, förresten?"

"Det var också omtänksamt. Fast vad du menar är: stick."

"På mitt eget sätt, ja."

Telefonen ringde igen. Vennerhag tittade på Winter, på mobilen. Där lagras stollarnas samtal, tänkte Winter och reste sig.

"Jag måste ju ge dig en chans", sa han.

"Jag svarar inte sen heller", sa Vennerhag.

"Jag beundrar dig."

Winter gick genom huset som var tyst nu. Han kände doften av kvalificerad matlagning som dröjer sig kvar i timmar i ett hus.

Hade Benny kidnappat en kock?

När han körde iväg hörde han telefonsignalerna igen genom Vennerhags öppna dörr och fönster.

Vennerhag satt kvar vid poolen. Han trodde att han fortfarande kunde höra Winters bil svepa nedför kullarna. Han drack det sista av ölet i flaskan och sträckte sig efter mobiltelefonen. Där fanns fyra meddelanden och han lyssnade igenom dem och det var samma avsändare och de lät på samma sätt. Han kände sig plötsligt illamående.

Telefonerna i huset ringde igen. Han reste sig och vinglade till och gick in i huset och tog första bästa lur.

"Varför svarar du inte!?"

"Jag hörde just ditt meddelande. Vad är det som har hänt egentligen?"

"Svärfar är borta."

Mannen använde de avtalade kodorden. Vennerhag hade alltid tyckt att det var löjligt men det var nödvändigt. Hans hus var inte avlyssnat och knappast hans telefoner, åtminstone inte av snuten, men gamla samtal gick att plocka ner lätt som en plätt. För att inte tala om mobilerna.

"Jag hade min gode vän här på besök nyss", sa Vennerhag.

"Hur blir det med svärfar då?"

"Jag kommer. Hemma hos morsan?"

"Ja."

"Så fort jag kan", sa Vennerhag och Johan Samic hörde ett pang! när Vennerhag slängde på luren.

Sara Helander väntade. Två bilar kom och for. En stannade vid ett hus längre bort. Hon ringde Halders mobil men fick inget svar. Ingen slog av signalerna.

Hon tittade på klockan. Det hade gått en stund. Fredrik var en idiot men han var inte en idiot på *det* sättet.

Hon väntade. En herrgårdsvagn passerade och försvann runt hörnet men hon tyckte att hon fortfarande kunde höra den genom fönsterspringan.

Det var varmt därinne. Det var knappast svalare därute. Hon tyckte hon såg en lång skugga på baksidan av villan. Träden var grå och svarta. Kanske något rörde sig där. En mås skrek plötsligt. Det skulle bli en ny dag. Snart skulle hon inte kunna se ljuset i fönstren i huset.

Hur många gånger har jag inte suttit så här hittills, tänkte hon. Stake-outs. Men nu är det annorlunda, och vi måste sticka. Det börjar bli dag.

Det vibrerade över hennes högra bröst. Äntligen.

"Hur går det?" sa Winter.

"Åh, jag trodde det var Fredrik."

"Är han inte där?"

"Han... gick lite närmare huset för att... kolla."

"Kolla vadå?"

Hon svarade inte. Hon visste inte vad hon skulle svara.

"När var det?" sa Winter. Hans röst lät trött, som ett rasp från stämbanden.

"När han gick?" Hon talade lågt. En ung kvinna kom ut från huset och satte sig i en bil som körts fram. Den gjorde en U-sväng. Hon sjönk ner.

"Sara?"

"Jag bara sjönk ner lite. Eh... det var nästan en timme sen."

"En timme?!"

"Fredrik vet vad han gör. Det är förresten mindre än en timme."

"Vad är det egentligen?"

"En timme."

"Och han har inte hört av sig?"

"Nej. Jag har ringt flera gånger men inget svar."

"Jag kommer dit", sa Winter.

"Det börjar ljusna."

"Ja, det gör det visst."

"Så jag vet inte om de..."

"Skit i ljuset", sa Winter. "Nu hälsar vi på där. Sitt kvar i bilen men du behöver inte gömma dig. Håll koll på om nån kommer eller åker."

"Det har jag gjort hela tiden."

"Jag parkerar framför huset", sa Winter. "Då kan du stiga ur."

32

Hon såg Winter parkera framför villan. Han steg ur och vänta-
de medan hon gick över gatan.

"Vi såg Bielke gå in i huset", sa hon, "Kurt Bielke."

"Ja."

"Du verkar inte överraskad?"

"Nu ringer vi på."

De gick uppför trappan. Måsarna skrek överallt, skrattade åt
dem när Winter ringde på dörrklockan som satt mitt på dörren.

"Det var Fredrik som kände igen honom", sa Sara Helander.

"Var han säker?"

"Ja."

Winter ringde på igen men ingen öppnade. Han slog med kno-
gen på den kraftiga dörren men inget hördes innanför. Det var
snart ljust som på dagen. Genom fönstret till höger om dörren
syntes silhuetter av möbler.

"Vi går runt", sa Winter.

Det fanns ingen dörr på baksidan. Ett fönster stod på glänt med
en vattentunna under.

"Där tog han sig in", sa Winter.

"Tog han sig in?"

Winter svarade inte. Han tittade ner på gräset och såg några små
pärlor av dagg på sina seglarskor. Han höll kvar blicken på marken,
flyttade den och sig själv. Det fanns hjulspår i gräset som inte be-
hövt klippas på veckor.

"Såg du nån bil köra här i natt?"

"Jag tror det", sa hon. "En stor skugga." Hon såg tillbaka mot vägen. "Det körde förbi en herrgårdsvagn innan. Kanske en Volvo. Jag tror den svängde över tomten där."

Hon nickade mot granntomten som delvis var obebyggd och möjlig att köra över dold av huset de stod bakom.

Winter gick fram till fönstret och klev upp på tunnan. Det var svårare att hålla balansen än han trott. Det fuktiga gräset under fönstret var fläckvis utplattat.

"Hallå?" ropade han in. Det fanns ingen hasp. Han kunde skjuta upp fönstret med armbågen. "Hallå?"

Vennerhag hämtade upp Samic under viadukten och körde mot väster.

"Vad som än hänt så har det inte med mig att göra", var det första Vennerhag sa.

Samic berättade vad som hade hänt.

"Det har inte med mig att göra", upprepade Vennerhag.

"Du ligger lika jävligt till som jag", sa Samic.

"Jag var delägare en gång i förra tusentalet och det är allt."

Solen aviserade sin ankomst bakom dem. Den började glöda vid horisonten. De var ensamma på vägen.

"Vart kör vi?" frågade Samic.

"Så långt bort från stan som möjligt", sa Vennerhag.

"Du luktar sprit."

"Ser du nån snut?"

"Nej."

"Var tyst då."

"Vad gör vi?"

"Ingenting."

"Det håller inte", sa Samic.

"Dom vet ingenting. Det finns väl inget kvar därinne, eller hur?"

"Jag hoppas verkligen inte det", sa Samic.

"Och jag vill inte veta mer än absolut nödvändigt."

"Har du en lojalitetskonflikt?"

Vennerhag svarade inte, fortsatte bara att köra mot solen.

"Är vi på väg till öarna?" frågade Samic.

"För din del kan det göra detsamma var du håller dig undan."

"Verkar inte det misstänkt?"

Vennerhag skrattade högt, men det fanns ingen glädje i ögonen som studerade Samic i backspegeln.

"Här kommer bron", sa Samic.

De körde över den och Vennerhag vände snabbt på huvudet och såg havets stilla yta så långt han kunde se.

"Vi måste gömma båten", sa Samic.

"Den är redan flyttad."

"Inte hit, väl?"

"Håll bara käften", sa Vennerhag och lämnade bron och fortsatte under tystnad. Han svängde av efter två kilometer och körde där skogen var tätare.

Winter hävde sig in. Sara Helander stod utanför. Hon hörde en bil ute på vägen.

"Om det är Lars och Bertil så säg att jag försöker öppna på framsidan så fort jag hittar härinne", sa Winter.

"Om du inte är ensam då?"

"Jag är ensam", sa Winter.

Det fanns en känsla av försiktighet i hans mellangärde, eller om det var oron över vad som kunde ha hänt Halders.

Halders hade inte hört av sig. Han hade gått in men inte kommit ut, inte som Sara kunnat se.

Dörren stod öppen, hallen var tom och mörk, det fanns ingen belysning någonstans mer än ett blekt dagsljus under dörren i andra änden. Han gick dit och öppnade dörren som ledde till ett stort rum och han kunde se gatan genom fönstren. Det bultade på dörren. Han gick dit och vred om låset och öppnade. Ringmar, Bergenhem och Sara Helander stod utanför.

"Här är tyst", sa Winter.

"Ska vi ta varsin våning?" frågade Bergenhem.

De delade på sig och Winter gick tillbaka samma väg som han

kommit och prövade en annan dörr.

Trappan lutade brant. Det var mörkt som i en natt. Han tände ficklampan och lyste sig ner. Trappan sluttade i en smal korridor som ledde till ett rum som var tomt. Han såg ett skynke och en skiva av glas. Det fanns en musikanläggning. Kägeln från ficklampan borrade sig in i väggen och skuggor störtade runt i rummet som luktade instängt av svett. Eller av nåt värre, tänkte han. Skräck.

Han lyste sig runt och såg en strömbrytare. Han tryckte sig mot väggen och slog på ljuset som var vitt och bländande för en sekund.

Vennerhag körde tillbaka, med solen i ansiktet. Väderkvinnan i radion berättade att värmen skulle stiga, vilket lät omöjligt.

Han hade slagit av luftkonditioneringen för att känna morgonvinden genom den öppna rutan. Den luktade av saker han kände igen men inte mindes namnet på.

Han funderade på olika saker. Han kände sig lugn men situationen var komplicerad.

Ha ha.

Han hade inte bett om den. Det hade blivit värre och värre men det var inte hans fel, inte på det sättet, om inte tystnaden i sig var ett fel. Jo, det är klart. Man håller inte tyst om *sånt* som man vet. Även om det inte har med en själv att göra. Inte på det sättet.

Han körde nedför de sista kullarna och fortsatte mot centrum. Han försökte tänka på vad de skulle göra med henne. Med *henne*. Han hade inte fått hjälp av Samic. Samic var farlig för alla, värre än *han*. Han kunde de få.

Bättre att avvakta. Måste tänka. Sova.

Winter stod framför glasrutan och förstod. De skulle hitta liknande på andra ställen i huset.

Det var här. Ett svar fanns. Här hade flickorna varit, de måste ha varit här och gjort vad de hade gjort. Dansat.

Beiers tekniker skulle få arbete här.

Huset var övergivet. Varför? Berodde det på Halders? Ja. Halders hade kommit in hit och det ledde till att alla försvann. "Alla". Vilka var alla?

Var var Halders?

Winter såg sig om. Dammet fick avslöja sig för teknikerna, märken, fläckar, spår, föremål.

Han gick tillbaka uppför trappan och till det stora rummet som också var hall med trappor till andra våningar.

Ringmar syntes däruppe i trappan.

"Kom upp hit, Erik."

Ringmar väntade på trappans krön. En ny hall, morgonljus genom en dörr i ett annat rum.

Det var ett barrum och miljön var bekant. Väggen verkade bestå av riktiga tegelstenar men när Winter tog på dem kände han plastmaterialet. Det fanns ett bord och stolar, och egendomliga dekorationer på muren.

"Precis som på bilderna", sa Ringmar.

"Vi får tacka Sara", sa Winter.

Hon hade kommit in i rummet och hörde vad han sa.

"Tacka mig först när Fredrik hör av sig", sa hon. "Jag borde ha hindrat honom."

"Hindra Halders?" sa Ringmar.

Bergenhem dök upp i dörren.

"Jag har gått hela vägen runt och här verkar tomt på folk, minst sagt", sa han.

"Då åker vi och hämtar Bielke", sa Winter.

De ringde på och Bielkes fru öppnade i vit morgonrock. Hennes ansikte var fortfarande stumt av sömn.

Bielke satt tyst i baksätet på Winters bil. En radiobil körde bakom dem. Bielke vände sig om en gång.

"Nu går det för långt", sa han när de satt i ett förhörsrum utan fönster. Winter hade sällskap av Ringmar. "Det här är maktmissbruk", fortsatte Bielke.

"Vi vill höra om några omständigheter", sa Winter.

Bielke verkade inte lyssna.

"Det har kommit fram nya uppgifter."

"Jag uttalar mig inte utan advokat", sa Bielke vars ansikte såg vasst ut i det nakna lysrörskenet. Hans solbränna var skuren av vita diagonala linjer.

"Varsågod", sa Winter och avbröt förhöret.

Bielkes advokat såg ut som om han varit med om allt förut. Han kom som klädd för middag klockan åtta på morgonen. Kanske undrade han över tröttheten i ögonen hos de två kriminalpoliserna.

Men Winter såg osäkerheten hos den relativt unge mannen, i rörelserna, i ögonen.

Winter började förhöret igen:

"Jag skulle vilja ha lite klarhet när det gäller ett par tidpunkter i natt", sa han.

Bielke väntade.

Winter nämnde tiderna.

"Det är omöjligt att be..." sa advokaten.

"Om du fortsätter att störa åker du ut genom dörren", sa Winter.

"V... va?"

"Du stör förrättningen. På mina anvisningar får du ställa frågor om du önskar det, men du gör det i slutet annars åker du ut."

Advokaten tittade på Ringmar som nickade vänligt.

"Får det gå till så här?" frågade Bielke och tittade på Winter och sedan på sin advokat.

Winter ställde en ny fråga.

Bielke vilade. Hans advokat hade gått och lovat att komma tillbaka.

"Du behöver nog lite sömn, Erik", sa Ringmar.

"Ja."

"Gå hem."

"Jag sover här. Två timmar."

"Tre", sa Ringmar. "Ta det lugnt. Vi håller honom sex timmar ytterligare."

"Jag vill ha honom anhållen", sa Winter.

"Molina vill nog ha mer från oss", sa Ringmar. "Och det är en underdrift."

Åklagare Molina vill alltid ha mer, tänkte Winter.

"Skicka hem Bergenhem och några killar till honom."

"Det blir ditt beslut."

"Det är mitt beslut. Det är fattat nu."

"Vad ska dom leta efter?"

"Angelikas kamera", sa Winter.

"Vad?"

"Hundkoppel, bälten, kameror. Allt som gör att vi kan nita den jäveln."

"Jag tror han är sjuk", sa Ringmar.

"*Det* är en underdrift", sa Winter. Han såg på Bertil. "Om en timme sätter sig Cohen med honom och hans advokat, om han vågar sig tillbaka."

"Ja."

Cohen var en erfaren förhörsledare som Winter alltid använde när han inte själv ställde frågorna.

"Vi måste pressa på mer om Fredrik", sa Winter. "Jag pratade med Cohen om det."

"Jag tror inte Bielke vet vad som hänt", sa Ringmar. "Jag tror inte han såg Fredrik därinne."

"Fredrik kanske såg honom."

33

DET VAR ANETA DJANALI som hämtade Hannes och Magda i skolan. Margaretas mor skulle komma tillbaka senare på eftermiddagen för att stanna hos barnbarnen som just nu var föräldralösa. Aneta Djanali tänkte på det ordet. Föräldralösa, åtminstone just nu.

"Hur länge tror ni det blir?" hade mormodern frågat med något slags hopp i rösten när de fick kontakt.

Vad kunde hon svara på det?

Aneta Djanali kände en yrsel när barnen kom emot henne, som om allt skedde någon annanstans, som om hon betraktade allt genom ett filter. Som ett tåg som rör sig genom landskapet och jag sitter därinne och tittar ut.

"Var är pappa?" frågade Hannes.

Vad kunde hon svara på det?

"Han är på ett... jobb", svarade hon.

"När kommer han då?"

"Vi vet inte riktigt. Det är därför jag är här och möter dig och Magda."

Pojken och hans syster verkade nöja sig med det. De klev in i radiobilen. Jag vill inte köra själv, hade Aneta Djanali sagt till Winter.

De steg ur utanför Halders hus. Hon gick in med barnen och tittade på klockan. Om två timmar skulle deras mormor komma.

"Är ni hungriga?" frågade hon.

Hon plockade fram hamburgare och hamburgerbröd ur frysen. Magda visade med ett litet pekfinger var ketchupen stod. På hyllan under låg en lök och ett salladsklot som börjat bli brunt i kanterna.

Hon stekte det grå köttet som blev brunt och gjorde i ordning hamburgarna. Ingen lök till Magda.

"Är du från Afrikat?" frågade hon med munnen full.

"Afrika", sa brodern som kanske såg generad ut. "Det heter Afrika."

"Min mamma och pappa kommer från ett land i Afrika som heter Burkina Faso", svarade Aneta Djanali. "Det hette Övre Volta förut."

"Det ligger över Nedre Volta!" sa Magda och fnissade.

Hennes bror stötte till henne. Aneta Djanali kände en stöt genom sig själv. Fredrik, Fredrik. Kom in genom den där dörren och säg något idiotiskt om Ougadougou. Vad som helst, när som helst. Vi gifter oss sekunden efter. Köper ett hus i en blandrasig stadsdel. Bor kvar här. Flyttar till Nedre Volta. Pendlar till Ougadougou. Kom in genom dörren. Ring på mobiltelefonen, du store älskade idiot.

"Hur är det där?" frågade Hannes.

"I Burkina Faso? Det är mycket sand." Hon tittade på sin orörda hamburgare som börjat torka på tallriken. "Jag har bara varit där en gång. För tio år sen."

"Varför inte fler gånger?"

"Tja... jag är ju född här. Här i Göteborg. Jag är ju svensk."

"Finns det lejon?" frågade Magda.

"Inte så många. Det finns fler kameler än lejon."

"Är det en öken?"

"Rätt mycket är öken."

"Har du hört om flygplanet som störtade i öknen?" frågade Hannes.

"Det är en rolig historia", sa Magda.

"Nej", svarade hon och såg på Hannes.

"Kaptenen skicka ut alla passagerarna för att leta mat", sa pojken med ett leende som täckte hela ansiktet. "Alla klara sig alltså, efter störtningen. Han skicka ut dom och dom kom tillbaka och sa att vi

har dåliga nyheter och vi har goda nyheter." Han tittade på henne.
"Är du med?"

"Jag är med."

"Okej sa kaptenen, fram med dom dåliga nyheterna först. Det
finns bara kamelskit att äta, svara passagerarna. Vilka är dom goda
nyheterna då? frågade kaptenen. Och passagerarna svara: Det
finns mycket av det!"

Hon skrattade.

"Den har pappa lärt oss", sa Magda.

Barnen gick till sitt. Hon diskade och fick solen i ögonen och drog
ner persiennerna.

I vardagsrummet hörde hon det svaga surret från datorn i Han-
nes rum, den metalliska spökrösten från något spel.

Hon plockade bland cd-skivorna. Fredrik hade viss smak, tänkte
hon och ändrade sig: har smak. HAR. Amerikanska singer-song-
writers, med ett par stänk av alternativ country.

Hon blev sittande med flera skivfodral i handen. Trädgården
därute stillnade i eftermiddagshettan. Fåglarna sov på grenarna.
Kanske sov barnen en barmhärtig slummer. Datorn var tyst i Han-
nes rum.

Hon spelade Buddy Miller, kanske skulle Fredrik höra och kom-
ma störtande genom verandadörren: Vem i helvetes jävlar spelar
min platta: Nothing can stop me stop me stop my loving you, I'll
crawl through the fire, walk to the river, you'll be the taker, I'll be
the giver.

Winter hade sovit en fläckvis sömn i halvannan timme, drömt
våldsamma drömmar som han glömt när han vaknade men som
dunkade kvar i huvudet som en feber.

Fredrik Halders ansikte var det första han såg men han hade inte
öppnat ögonen. När han gjorde det var väggen framför honom
tom och pissgul.

Han satte sig upp och gnuggade sig hårt i ansiktet och tittade på klockan. Han sträckte sig efter telefonen på det smala bordet i övernattningsrummet och ringde hem.

Angela lät orolig.

"Vad händer med dig, Erik?"

"Oroa dig inte för mig. Det är värre med Fredrik."

"Inget nytt?"

"Nej. Är Elsa där?"

"Hon tar sin eftermiddagsslummer."

"Som jag då."

"När kommer du hem?"

När det här är över, tänkte han. Det kan gå fort.

"Vi har ett vittne vi måste prata mer med."

"Jaha."

"Det handlar också om Fredrik."

"Vet det där vittnet nåt om vad som hänt honom?"

"Jag har ingen aning", sa Bielke. Hans ansikte var lika stramt, skuret av vita linjer. Han hade inte sovit. Winter hade nekat honom att röka. Advokaten satt i rummet och lyssnade och skrev. Det skulle komma klagomål. Låt dom komma. Winter läste några få rader i papperet framför sig. "Än en gång säger jag att jag inte sett den här polismannen", upprepade Bielke.

"Han var i samma hus vid samma tid", sa Winter.

"Det är omöjligt eftersom jag låg hemma och sov då, eller hur?"

"En av våra poliser såg dig gå in genom dörren till huset vi talar om."

"Vilket är en lögn eftersom jag inte varit där. Jag vet inte ens var det ligger och kommer inte att veta det heller så länge ni inte talar om det."

"Varför ljuga?" sa Winter.

"Ja, varför gör ni det?" Bielke var samlad men utan den taggiga arrogans man kunde se hos andra. En slipad sociopat, tänkte Winter.

Plötsligt kände han sig trött, tröttare än innan han lagt sig i den alltför mjuka sängen. Sara hade inte sett Bielke tidigare. Det var ett misstag. Det hände och det var inte bra men de var bara människor. Vad var Bielke?

Han tänkte på Molina, åklagaren. De behövde något mer för att få Bielke anhållen. Det var fem timmar dit. Anhållan eller frihet, för tillfället frihet för mannen från Långedrag. Han ville ha Bielke anhållen. Det skulle ge arbetsro innan rätten beslutade om eventuell häktning. Han ville att Molina skulle dela hans uppfattning om den skäliga misstänksamhet han kände mot Bielke. Och han ville att skälig skulle öka till sannolik. Men misstanke om vad? Medhjälp till undanröjande av Fredrik Halders? Mord på tre unga kvinnor? Våldtäkt av sin dotter? Det Winter sett av Bielke uteslöt ingenting av detta. Bielke är en nyckel till något. Jag får inte göra för många misstag nu.

Han behövde ett vittne. Ett föremål. En koppling.

Bielke skulle blåneka till allt. Han hade styrkan.

Winter tänkte på Halders igen. Halders huvud som var renrakat och hårt som klipporna ute i Saltholmen där människor just nu låg och solade.

De hade sökt Samic det första de gjorde och Samic var borta. Inte på sin dansrestaurang, inte hemma, inte hos folk de visste att han kände. Jag är inte direkt förvånad, hade Ringmar sagt. Han är där Halders är, hade Bergenhem sagt. Menade han dödsriket? Winter hade inte sagt något, bara jagat vidare i morgonljuset, fram över stans blanka gator.

Bergenhem gjorde hembesök hos Bielke tillsammans med inspektörskollegerna Johan Setter och Sara Helander. Jag är överallt, tänkte hon. Kanske går det bättre här. Hon ville inte sova, inte innan de hittade Fredrik.

Bielkes fru var stum, stannade i sitt rum.

"Vi går inte in där nu", sa Bergenhem.

"Vart går vi då?" frågade Setter.

"Var är flickan?" frågade Sara Helander.

"Tar ett morgondopp", sa Bergenhem.

"Vi börjar väl med hennes rum då", sa Setter.

"Vi har varit där", sa Bergenhem. "Varit där grundligt."

"Det var då det", sa Setter.

"Vet hon?" frågade Sara Helander.

"Vad?" Bergenhem tittade på henne.

"Exakt varför hennes far hämtades i gryningen."

"Vet vi?"

Huset är mindre än det såg ut från utsidan, tänkte hon. Flera fönster stod på glänt och förde in lukten av havssalt och sten, damm som torkat, gräs som bränts i solen. Det var damm i luften därinne, som en dimma. Kanske ingen orkat städa sen allt började, tänkte hon.

"Jag går ut i garaget", sa Bergenhem.

Där hängde allt i rader och låg ordnat i lådor. Bielke ägde vad en ägare av en äldre villa behövde.

Det fanns två bilar i dubbelgaraget.

Bielke hade kommit till fots upp till huset. Sara hade inte sett någon bil. Den kunde ha stått i garaget hela tiden. De skulle veta så småningom.

Bergenhem gick från låda till låda. Det måste göras. Rutinjobb gav resultat. Det mest osannolika, att en misstänkt gömt något komprometterande på en... vanlig plats därhemma, blev många gånger inte bara sannolikt utan också sant. Ett gevär hade ställts tillbaka i gevärsstället bredvid älghuvudet. En kniv hade hängts tillbaka bredvid dom andra på magnetbandet. Ett hundkoppel låg över stolen i hallen, som alltid. Lammsteken stoppades tillbaka i frysen. Trubbigt föremål. Bättre då att stoppa in den i en varm ugn. Hade han inte läst en berättelse om det?

Hundkoppel. Bielkes ägde inte någon hund. Det vore utmärkt om vi hittade ett hundkoppel eller annat som kunde användas som strypsnara.

Han stod bredvid den mindre bilen, en kompakt herrgårdsvagn, och kände på vänster framdörr. Den var inte låst. Nycklarna satt i. Det räckte med att låsa garageporten.

Han måste snart fatta beslut om när de skulle kalla in de riktiga dammsugarna från Beiers rotel.

Bergenhem öppnade bildörren med de vita handskarna på och undersökte snabbt handskfack och golv och säten. Papper och smulor och damm, kartbok över Europa. Ett torkat tuggummi i askfatet. Ingen tobakslukt.

Han tog nycklarna och öppnade bagageutrymmet. En fällstol, en filt som verkade snurrad mer än hopvikt, en korg i rotting eller nåt, ett par arbetshandskar fläckade av olja och annan skit, ett par gamla dagstidningar som börjat gulna, en läskback utan flaskor, en ensam toffla som spruckit i tån. Tuggad av en hund, tänkte Bergenhem.

Han föste försiktigt föremålen åt sidan och öppnade luckan i bagageutrymmets botten och såg reservdäcket som var oanvänt, etuiet för domkraften, ett annat etui för ett par mejslar. Inget mer. Han skruvade tillbaka luckan.

När han skulle stänga såg han den svagt tecknade luckan till vänster, mest som en skuggning i utrymmets sida. Där fanns en liten symbol. Han drog i den men luckan satt fast, han drog lite hårdare och den lossnade med ett suckande ljud. Innanför fanns plats för den hopvikta varningstriangeln och en platt första förbandslåda. Han tog ut båda föremålen. Det var allt. Han stoppade in handen och kände någonting längst in till höger, en hård yta. Han drog ut föremålet och visste vad det var innan han såg det.

Kameran var dammig men ganska ny, liten och kompakt och lättskött. Vad expertisen kallar idiotkamera, tänkte han.

Det fanns film i kameran, exponerad, oexponerad.

Ett speciellt ställe för kameraförvar. Bredvid varningstriangeln. Se upp, Lars. Här finns en varning.

Han hörde något bakom sig.

"Vad är det här?"

Bergenhem vände sig om och såg flickan stå där med sin cykel. Shorts, t-tröja, sandaler, brun, vacker, solglasögon i pannan, cykelkorg med badlakan, en flaska läsk.

"Är det pressen?" frågade hon.

Bergenhem flyttade blicken till kameran i sin hand.

"Polisen", sa han. Han hade inte träffat henne tidigare. Han gick närmare. "Lars Bergenhem, kriminalen."

"Varför inte flytta hit?" sa hon.

Bättre att pappa flyttar till oss, tänkte han.

Hon verkar lugn. Undrar varför.

"Vad händer med pappa nu då?"

"Det är ett par frågor vi vill ställa", sa han.

"Det är alltid bara ett par frågor", sa hon.

"Är den här din?" sa han och höll upp kameran.

"Nej."

"Din pappas?"

"Var låg den?"

"I bilen här. Opeln."

"Det är mammas shoppingvagn, kan man väl säga."

Bergenhem nickade.

"Men den där kameran känner jag inte igen", sa hon. "Jag har en liknande men den ligger på mitt rum. Eller låg där i alla fall tidigare i morse."

Det gick inte att få något vettigt ur Bielke. Frågor och motfrågor. Winter hade tagit en paus och försökt få ut något mer ur Andy, Anne Nöjds vän som kom dit när de bad honom.

Han visste inte mer. Winter var så övertygad han kunde bli. Andy hade drabbats av sorgen på allvar, gjorde ett katatoniskt intryck.

Så ringde Bergenhem.

"Familjen här känns inte vid den", sa han. "Flickan har sin kvar och det finns en till som ligger i köket och den tillhör liksom alla, säger dom."

"Ta med allihop och kom in direkt", sa Winter.

"Både frun och flickan?" frågade Bergenhem.

"Jag menar kamerorna", sa Winter.

*

Den enda kameran med film i var den som Bergenhem hittat i bagageutrymmet. Hälften av rullen var exponerad. De hade bilderna inom fyrtio minuter. I rummet satt Winter, Bergenhem, Ringmar, Sara Helander och Aneta Djanali.

Alla var tysta när Winter la den tunna högen på det stora bordet i sammanträdesrummet och lyfte en bild i taget. Bergenhem bröt tystnaden vid bild två:

"Det är Angelika Hansson, för helsike."

Hennes svarta ansikte sken i kapp med den gula solen som färgade allt runt henne där hon stod i sanden nära vattnet. Mycket sand, tänkte Aneta Djanali. Inga kameler och ingen kamelskit men mycket sand.

Det fanns fyra bilder på Angelika Hansson på den där stranden, ungefär från samma vinkel. Samma slöseri med bilder som alltid, tänkte Aneta Djanali.

En ung man log ensam från samma ställe som Angelika stått på.

"Det är han", sa Winter. "Angelikas pojkvän."

"Han finns med på den här i skogsbrynet också", sa Ringmar.

"Det ser bekant ut", sa Sara Helander.

Hade Fredrik varit här hade han svarat "Västkusten", tänkte Aneta Djanali.

"Man kan se fotbollsplanen bakom på den här bilden", sa Bergenhem.

"Hovåsbadet", sa Winter. "Det är vid Hovåsbadet."

"Vad är det här då?" frågade Sara Helander.

"Angelikas hem", sa Winter. Inga personer utanför villan. Kortet taget under en eftermiddag när skuggorna var långa.

"Och här bor familjen Bielke", sa Bergenhem vid nästa bild. "Och ett till på deras hus."

Winter vände upp en bild till, som en blackjackdealer på ett kasino. Det var bra för koncentrationen att göra så, bra för allas. Det var bara några bilder kvar.

Han tittade på ännu en bild av en villa, men en annan, norr om Angelika Hanssons hem, söder om Jeanette Bielkes.

"Vad i helvete", sa Ringmar.

"Det här är Beatrice Wägners föräldrahem", sa Winter.

"Vad *är* detta", sa Sara Helander.

"Beatrice Wägners hus", upprepade Winter med en ton som försökte förändra bilden, lösa upp förtrollningen.

Inga personer här heller, sommarbild också den, sent, långa skuggor. Winter tittade på resten av bilderna i sin högra hand. Vad skulle komma?

Han hade sin anhållan, sin häktning. Men han kände sig inte glad.

"Herregud", sa Aneta Djanali.

"What's next?" sa Bergenhem.

Winter la upp de återstående tre bilderna. De studerade dem alla under tystnad.

"Jaaa, vi har väl vår man", sa Bergenhem.

"Men varför?" sa Sara Helander och det var vad alla tänkte. Vansinne, tänkte de också. Vansinne förklarar allt och samtidigt ingenting, tänkte Winter.

Han studerade de sista bilderna igen och började till vänster:

Villan på andra sidan älven där Halders försvunnit.

Den grottliknande skrevan där Angelika och Beatrice hittats och där Jeanette blivit överfallen.

Platsen där de funnit Anne Nöjd. Där hennes sista... nej, inte ord, där hennes sista... skrik, ångestskrik, spelades in av hennes egen telefonsvarare.

Alla bilderna innehöll långa skuggor.

De hade alla tagits när det inte fanns några avspärrningar.

Ringmar sa vad alla tänkte:

"Visste han vad han skulle göra? Har alla dom här jävla fotona tagits... före? Har han tagit dom innan det hände?"

Herregud, tänkte Aneta Djanali för artonde gången. Det enda som saknas är en bild på nåt ställe vi inte känner igen och det är där vi hittar Fredrik. Herregud. Tänk om vi hade fått dom här bilderna... innan. Innan brotten begåtts. Där och där och där kommer mord att begås och om ni hittar ställena snabbt så kanske ni kan göra en insats för freden.

Kameran låg uppe hos Beier.

Bielke låg i en cell, eller om han satt.

"Vi har jobb framför oss", sa Winter.

Skuggorna började bli längre därute. Snart kväll nu. Snart framme nu, tänkte han.

34

WINTER BESÖKTE YNGVESSONS STUDIO. Det luktade torrt därinne, som från ett annat år. Dammet syntes som tunnlar av ljus ovanför datorn. Banden snurrade med sina döda skrik. Det var svårt att andas.

När allt är över ska jag sluta röka.

Vi köper ett hus vid havet och jag tar tjänstledigt i ett år och efter det får vi se.

"Fortfarande bara brottstycken", sa Yngvesson.

Vad skulle det annars kallas, tänkte Winter.

"Ska jag komma tillbaka?"

"I eftermiddag."

"Hittills har det aldrig gått att känna igen en röst. Verkligen *känna igen*. Tror du det blir möjligt? En röst man hört förut."

"Jag försöker komma så nära röstregistret det går, Erik."

Kurt Bielke stirrade på en punkt ovanför Winters huvud. Kameran låg på bordet mellan dem. Beiers tekniker var klara med den. Där fanns flera fingeravtryck som stämde med andra, ännu oidentifierade, tagna inne i Bielkes hem. De hade ännu inte tagit Bielkes fingeravtryck. Snart nu. Winter hade talat med Molina om anhållan. Ge mig en timme, hade Molina sagt. Nej. Ge er själva en timme med honom. Ring mig sen.

Sen tar vi blodprov, tänkte Winter. Sen är det över.

Bielke flyttade inte blicken.

"Jag frågar dig igen: Vet du vem den här kameran tillhör?"

"Har aldrig sett den."

"Den hittades hemma hos dig."

Bielke svarade inte.

Winter tittade på bandspelaren.

"Jag upprepar vad jag just sa: Den hittades hemma hos dig, Kurt Bielke."

Bielke ryckte på axlarna.

"Varför låg den där?"

"Var?"

"I ditt hem."

"Var i mitt hem?"

"Vi fann den i en av bilarna i garaget."

"Jag har ingen aning."

Winter tänkte. Luften cirklade runt i rummet som redan kändes varmt och för litet.

Han ville ha ett erkännande. Nu.

Alla ville hem. Därute sken sommaren.

"Du har identifierats på en brottsplats."

Bielke svarade inte. Han kunde svarat "Vilken brottsplats?" men var tyst.

"Prata med min familj", sa han nu.

"Förlåt?"

"Prata med min familj."

"Varför?"

"Dom vet var jag har varit."

"Jag frågar dig."

Bielke svarade inte på det. Det fanns inga svar i ögonen, ingenting. Ögonen hade den blå färg som påminner om urtvättade jeans, blått som går mot vitt och snart är borta.

Tänk om fingeravtryckspunkter och DNA och hela skiten inte ger nåt, tänkte Winter. Om han får gå.

Han frågade igen, frågade. Bielke svarade ibland.

Winter ringde Molina efter en timme och fick sin anhållen. Winter vann tid, max fyra dygn till häktningsförhandling.

"Hantera nu det här klokt", sa Molina.

Winter la på utan att svara. Han kände en liten lättnad. När känslan gled iväg med röken från cigarillen ut genom fönstret och över ån tänkte han åter på vad Bielke sagt.

Familjen.

Mannen var galen. Allting han sa kunde ha en mening men kanske bara för honom själv.

Han ringde till tekniska. Beier svarade.

"Är dina gubbar kvar ute i Bielkes hus?"

"Inte just nu. Varför undrar du?"

"Jag åker ut."

"Har du honom?"

"Jag vet inte. När hör vi från Linköping?"

"Om glaset? Dom jobbar övertid, lovade dom. Men du vet hur det är."

De hade dammsugit Bielkes skor och plagg ett efter ett med dammsugare med engångsrör och engångsfilter och hittat mycket små glasbitar som skulle jämföras med det krossade glas de tagit med sig från inbrottet hemma hos familjen Hansson. Det behövde inte betyda något. Men de kunde mäta brytningsindex i glaset och säga om det var ett sådant glas de hittat i skorna, eller i bröstfickan. Det var ett möjligt indicium, inte mer. Det fanns många glasrutor. Men det kunde bli något som lades till något annat och till ytterligare något annat.

Han körde i ännu en sen eftermiddag som var het och utan löfte om svalka under kvällen. Solen var fortfarande stark där den började sjunka ner bakom den västra horisont han körde mot.

Allt som växte kröp ihop i hettan och började dö och gav ifrån sig samma torra och syrliga lukt som man kunde känna på ålderdomshemmen där åldringarnas kroppar torkade ihop inför dödsögonblicken. Här fanns samma lukt av förruttnelse blandad med skarpa desinficeringsmedel.

Winter svängde in på familjen Bielkes gårdsplan.

Det var tomt på verandan. Han såg att fönstret till Jeanettes rum stod vidöppet.

Familjen.

Bielkes vansinniga ögon kanske hade menat något. Jeanette. Var hon en nyckel till gåtorna? Hennes förhållande till fadern var komplicerat. Vilket jävla ord i sammanhanget. Han stod framför ytterdörren som var öppen en decimeter. Var hon också galen? Hennes mor? Vad var normalt? Han gjorde en grimas åt sina tankar, kände ett självironiskt leende: Vad är det för mening med allt, vart är vi på väg, finns det egentligen några vägskäl, i vilken värld har livet störst mening?

Han knackade på dörren som gled upp ytterligare av trycket. Han ropade. Inget svar. Han ropade igen och gick över tröskeln. Till vänster såg han västsidan av trädgården genom ett fönster i rummet som låg bortom den breda ljusa hallen. Skuggorna var som längst nu. Sjöfåglarna skrek som mest, på jakt efter avfall i trädgårdarna.

Plötsligt rörde sig något därute. En skugga som var kortare och som bröt av mot de långa liggande jättarna som snart sjunkit ner i marken.

En rörelse. Som om någon sprungit över gräset. Winter störtade ut genom dörren och rusade uppför grusgången runt huset och försökte se åt alla håll samtidigt. Varför gör jag detta? För att någon var härute och det hänger ihop med vad som sker därinne. Som skett.

Måsarna skrattade åt honom där han stod. Det fanns ingen där. Skuggorna täckte marken helt nu, som en svart svepning. Han gick till häcken som avgränsade tomten, där fanns håligheter som var tillräckligt stora för att en människa skulle kunna ta sig igenom.

Och nu?

Han vände sig om, mot huset. Ingen rörelse alls, inga röster, inget rop, inget ansikte, ingen kropp.

Dom borde väl reagera. Dörren öppen.

Winter gick tillbaka över tröskeln igen. Han hörde inga ljud därinne i huset, bara fåglarna utanför, och ett svagt trafikljud; ingen radio, ingen diskmaskin, ingen köksfläkt, inget klatter av bestick mot porslin, ingen mixer, ingen teve, inga röster, inga skratt, ingen gråt, inga skrik, inga slag.

"Hallå? HALLÅ?"

Han stod stilla men det kom inga svar.

"HALLÅ?"

Han gick uppför trappan. Det var mörkare i hallen däruppe. En halvöppen dörr. Jeanettes rum.

Han hörde ett svagt surrande ljud nu, ett stilla brus som verkade flyta över taket, sakta.

"HALLÅ? JEANETTE?"

Winter gick snabbt genom hallen och in i flickans rum. Fönstret var fortfarande öppet och han gick dit och tittade ut över trädgården och häcken och skogspartiet och upptäckte en rörelse bakom ett träd och ett blekt... föremål som var där och sedan borta, som ett klot i skymningsljuset och Winter stod kvar och såg rörelser i buskarna och snåren, men han kunde inte störta ner igen innan han *såg*, och sedan blev det stilla och han väntade men ansiktet kom inte tillbaka, det hade varit ett ansikte, eller konturen av ett, men han hade inte sett något som han kände igen, inte på det här avståndet.

Han rörde sig och hörde bruset igen, stilla fortfarande men högre, högre, det lät som... lät som... och han vände blicken mot alkoven till höger där dörren till badrum... Jesus, han såg en liten rännil vatten som just börjat sippra ut under dörren på parkettgolvet som blänkte i det underbara aftonljuset, och han hörde ljudet nu, vattnet som brusade som ett satans vattenfall därinifrån och han kastade sig fram och ryckte i dörren som var låst, han ryckte, slet, skrek, skrek hennes namn, backade två steg och sparkade i mitten där skivornas motstånd var som svagast och tre sparkar och fyra och skiten sprack till en öppning och han sparkade sig in i badrummet som svämmade över av vatten och blod och han halkade och slog i golvplattorna och kände hur något krossades i armbågen och han reste sig med smärtan som hos någon annan och hans kakikläder var rosa nu av blodet och vattnet som fortsatte att forsa från badkaret där Jeanette satt med ögon som kanske var slutna eller öppna, han kunde inte se vilket, han såg bara hennes ansikte och hals sticka upp ur eller sjunka ner i det röda havet och han gled som på skridskor över is fram till henne och hävde sig ner och lyfte, LYFTE en kropp som var tyngre än något han känt tidigare och smärtan i armbågen blev som brinnande stenar i ett sår.

Det var över midnatt innan han var hemma med armen i mitella och en värk som var som en smekning jämfört med tidigare. Angela höll om honom, nästan blekare än han. Hon hade slussat in honom till behandling snabbare än han själv skulle klarat av. Det var ändå hennes arbetsplats.

Barnvakten avvaktade i hallen, fick sina pengar, såg rädd ut när hon såg Winters ansikte.

"Ge mig en whisky", sa han från köksstolen.

"Det är inte bra att dricka alkohol med det där."

"En dubbel."

Hon hällde upp från en av flaskorna på köksbänken och räckte honom glaset.

"Uuuh", sa han efter första klunken.

Han kände spritens kraft genom kroppen, ut i huvudet, ner i armbågen. Han drack igen.

"Du borde legat kvar", sa hon. "Dom får gipsa sen när svullnaden gått ner."

"Hon lever", sa Winter och räckte fram glaset och Angela fyllde på med en centimeter. "En till." Hon hällde och han drack. "Hon var inte borta. Hon lever."

"Nätt och jämnt."

"Men hon klarar sig."

"Det verkar så", sa Angela. "Hon hade förlorat mycket blod. För mycket egentligen för att överleva."

Winter såg golvet framför sig, vattnet i badkaret. Smärtan, tyngden. Flickans nakna kropp på golvet medan han famlade efter mobiltelefonen som han tappat ner i det skummande vidriga vattnet som rört sig av vattenströmmen som fortsatt att komma ur kranen. Han hade slutat dyka ner där och halkat ut i hennes rum och ringt från telefonen vid sängen. I badrummet hade han dragit åt runt hennes handleder med sitt bälte och en bit gardin som han slitit ner från fönstret i hennes rum. Han hade lyssnat efter hjärtljud och kanske hört något. Han hade givit henne konstgjord andning. Hon hade inte rört sig, inte av egen kraft. Han hade kontrollerat handlederna, letat efter andra sår. Gjort vad han kunnat tills ambulansen tjutit genom fönstret.

"Erik?"
"Eh... va?"
"Du behöver sova."
"Hur?"
"Jag ska hjälpa dig."
Hon böjde sig över honom. Hon var stark.
Hon är starkare än jag.
"Du räddade hennes liv."
"Jag var för långsam."
"Hade du inte kommit så hade hon varit död."
"Hon var praktiskt taget död."
"Kom nu, Erik."
Han lät sig hjälpas. Sjönk ner i sängen, ner i sömnen.

Det första han kände var doften av kaffe. Han hörde Elsas röst när hon frågade något med något av sina nya ord. Angela svarade. Han försökte resa sig och kände av sin armbåge.

I köket satt Elsa i sin stol.
"PAPPA, PAPPA!"
Winter gick dit och satt där länge.

Han hade ringt sjukhuset. Nu satt han på filten i vardagsrummet och försökte skydda armen från Elsa. Angela lyfte upp henne och lekte flygplan.
"Krisen är över", upprepade han.

"Vänta", sa hon.

Hon kom tillbaka ensam.

"Hon är så duktig. Sover när man ber om det."

"Fast det är egentligen hon som bestämmer", sa Winter och log.

"Nu stannar du hemma", sa Angela.

"Hon är vaken", sa han.

"Nej."

"Jeanette."

"Och du ska dit?"

"Bertil och Lars är där."

"Är det ditt svar?"

"Kan du hjälpa mig med kläderna?"

I sovrummet började Angela gråta.

"Jag har tänkt så på Fredrik", sa hon.

"Vad tror du jag gör?"

"Jo, jo, men... det känns så overkligt. Var är han? Har nåt sånt hänt förut?"

Han såg att hon plötsligt insåg vad hon sagt. Hennes egna upplevelser. Dygnen i den främmande lägenheten som stank av hat och vansinne. Tusen känslor bytte plats i hennes ansikte medan de satt där och sedan var det som om hon återvände från en ond dröm.

De hade pratat mycket om det. Skulle fortsätta.

"Det brukar inte hända", sa han.

"Jag tänker på hans barn", sa hon. "Kan vi inte göra nåt?"

"Hans ex... Margaretas mamma är där. Och Aneta ibland. Hanne också."

"Har du varit där?"

Inte haft tid. För mycket... smärta om jag gick dit. För dom också. En snut till som påminde om pappa.

"Nej, inte än."

"Men vad har hänt?" Hon sträckte sig efter hans skjorta som hon strukit och som hängde på stolen bredvid sängen. Hon tittade på honom. "Han kan väl inte... kan väl inte ha blivit dödad?"

Winter svarade inte.

"Det kan du ju inte svara på. Men du måste tro nåt. Ha en känsla."

"Jag har en känsla", sa han. "Den säger att vi måste göra allt så fort vi kan och helst samtidigt. För att få tillbaka Fredrik. Vi ska få tillbaka honom."

Frågan är vad vi får tillbaka, tänkte han i hissen ner till radiobilen som väntade utanför porten. Fredrik lever inte.

35

Jeanette Bielke hade sänkts ner i medvetslöshet igen när Winter kom till intensivvårdsavdelningen.

"Det var för stor risk", sa läkaren.

"När vaknar hon?"

"När vi väcker henne, menar du?"

Winter såg på läkaren med ett uttryck som fick honom att skärpa sig.

"Om ett par timmar."

"Jag kommer tillbaka om exakt två timmar." Winter tittade på klockan som satt på handleden som inte var täckt av bandage och mitella. "Det gäller bara ett par uppgifter."

"Jag kan inte lova något."

Winter dirigerade radiobilen till Frölunda torg. Föraren var ung och okänd för honom. Soldiset över den stora parkeringsplatsen påminde om en eldstorm. Vinden ökade från söder. Mätaren på köpcentrets tak verkade vara fastsvetsad på siffrorna 39. Människor hukade under oljedukarna som var spända över grönsaksstånden. Eller så sökte de skydd i köparkaderna där svetten stelnade på kropparna och kylan fick många att börja hosta.

Ingen öppnade dörren när han ringde på hos Mattias. De visste att han bodde med sin mor. De hade inte haft anledning att prata med henne.

Hur ser hon ut? tänkte Winter. Det finns kanske en anledning att träffa henne. Var det hon som stod bredvid Samic i båten?

Han hade inte sett Mattias på sjukhuset. Hade någon ringt honom? Visste han?

Var det hans ansikte han sett ute i trädgården? Mattias hade hängt utanför Bielkes hus som en övergiven hund. Vägrat acceptera faktum.

Hade Mattias talat med Jeanette innan hon gjort sitt självmordsförsök? Försök. Men hon kanske skulle lyckas.

Han ringde på igen, hörde signalen eka i rummen innanför fanérdörren. Fönster stod öppna på alla våningsplan oavsett om folk var hemma eller inte. Det luktade brand i trapphuset av luften som torkat ihop därinne.

Utomhus var det bättre, men inte mycket. Polisassistenten stod under ett träd och studerade sin målade bil.

"Jag går över", sa Winter, "vänta här."

Han gick förbi Kulturhuset till området därbakom.

Killens lägenhet var lika sorgset obebodd och omöblerad som förut. Snart fick de lämna över den till hyresvärden. Gåtan här skulle täckas av nya möbler, gardiner, tavlor, färger, röster, rörelser av liv.

Gungorna därute svängde men bara av vinden. Barnen skulle smälta om de satt där, tänkte han Det var tyst överallt. Fåglarna hade blivit stumma. Vinden från söder var starkare nu men ännu ljudlös, den sköt på gungorna som krängde fram och tillbaka och snart skulle trasslas in i varandras linor. Han såg molnen växa söderut, som ett följe till vinden. Svarta moln som ännu bara täckte en femtedel av himlen därborta. Han stod kvar i porten. Vinden hördes nu, starkare, som om någon ökat volymen till det här dramat. Molnen reste över himlen med raketfart. Han gick tillbaka. Fyllona nedanför Kulturhusets trappa svajade i åskvinden.

Regnet föll, plötsligt, och var lika plötsligt över. Himlen färgades blå från söder. Överallt hoppade barn i vattenpölarna som skulle torka in i jorden inom en timme.

Han gick tillbaka till torget. Bergenhem vinkade genom rutan på den civilklädda bilen som han kört fram till Winter. De tog hissen upp till lägenheten där Mattias bodde men ingen var hemma.

"Killen kan ha råkat illa ut", sa Bergenhem.

"Allt är möjligt", sa Winter. "Vi får försegla den här." Han ringde till Frölundastationen. När kollegerna kom gick de ner. Bergenhem körde mot stan.

"Ta vägen över parken", sa Winter.

De parkerade och stod stilla framför dammen, under träden. Det blänkte i skrevan efter regnet, glittrade i träden och buskarna runt omkring.

Där fanns ingen som gick fram och tillbaka med ett hundkoppel i händerna. Det var bara han och Bergenhem som återvänt till platsen för brottet. Jag skulle kunna stå här en stund varje dag resten av den här sommaren och halva hösten, tänkte han. Men jag behöver inte. Vi har snart Bielke.

Ändå fanns det något som sa något annat inne i honom.

"Jag tänker på Fredrik hela tiden", sa Bergenhem när de fortsatte mot centrum. Winter kände hur värken ökade i armen. Han försökte lyfta den men det blev värre. Sprickan i benet kanske behövde gipsas men inte nu.

Jeanettes ansikte var mörkare än kudden men inte mycket. Han kunde se att hon flyttade blicken med svårighet när han kom in.

"Jag ska inte stanna länge", sa han.

Hon blundade.

"Hur känner du dig?"

"Det gör ont."

Winter satt i sitt rum. Han var tvungen att ta sig tid att läsa just nu. Utredningsdokumenten var en stapel hög som ett hus. Natten kom utanför.

De hade lämnat Bielke för stunden.

Hans dotters ansikte hade sjunkit djupare in i kudden när de pratat. Nej, när Winter pratat.

Han hade frågat henne saker och hon hade inte svarat. Det fanns ett band av tystnad runt alla som han kom i kontakt med. Ett koppel, ett skärp.

Han behövde gå tillbaka till dokumenten. Allt fanns där. Som alltid. Det fanns där.

Han läste tills ögonen gav upp.

Några timmar senare var han tillbaka, inte utsövd men klarare i huvudet. Jag ska inte sova mer förrän det här fallet är löst.

Prioriteringen hade förändrats, han kände det hos alla. Det viktiga var att få tillbaka Halders. Det viktigaste. Nej. lika viktigt. Det ena ledde till det andra.

Winter hade ringt Vennerhag och Vennerhag skulle sätta alla sina gangstrar i tjänst. Ditt största jobb hittills, hade Winter sagt.

Det ringde.

"Det här är nåt intressant", sa Möllerström.

Winter väntade på omkopplingen.

"Jaa... hallå?"

"Kriminalkommissarie Winter här."

"Ja... vi har sett dom här artiklarna i tidningen..."

Winters och Bülows tidningskampanj hade givit resultat.

Mannen och hans son kom en timme senare. De var fem år äldre nu, och Winter gissade att det syntes mest på sonen som inte varit mer än tio då.

Winter hade läst om dem igen för tre dagar sedan, i mordbibeln, och alldeles nyss. De hade stannat där för evigt, för evigt packandes sin bil utanför parken för att aldrig mer höras av. Förrän nu.

"Det är en lång tid", sa mannen. "Men nu är vi här. Vad det nu kan betyda."

"Hur är det med minnet?" frågade Winter.

Mannen log, eller försökte. Sonen såg ut som om han undrade vad i helvete han gjorde där.

"Varför har ni inte hört av er tidigare?" frågade Winter.

"Jaa... vi åkte ju iväg på semester då, när det hände... och det var en jätteresa som drog in i skolterminen", sa mannen. Han tittade på sin son. "Jag fick tillstånd att undervisa honom." Kanske var det ett misstag, sa hans blick. "Jaa... sen kom vi hem och det fanns inget om det där... mordet som jag kunde koppla till... oss, liksom. Förstår du?"

"Men nu fanns det nåt", sa Winter.

"Jaa... dom där artiklarna kändes ju som om dom var riktade *direkt* till oss."

"Men jag minns inget", sa pojken i sin första replik. "Mer än att det var varmt den natten. Och man var trött."

"Det var sent", sa mannen. Han såg sig om. "Jaa... vad kan vi försöka hjälpa till med då egentligen?"

Vi får se, tänkte Winter. Minnespsykologin visade efter flera studier att människor var speciellt bra på att känna igen ansikten. Även efter lång tid. Det fanns ett separat system i hjärnan för lagring av ansikten, bearbetning. Winter hade ofta tänkt på det. Det lät naturligt med tanke på människans utveckling genom historien: det är viktigt att känna igen andra och deras avsikter om man vill klara livhanken. Att kunna läsa känslor i andras ansikten.

Det hade hjälpt honom, varit en del av hans arbete.

Barn lär sig tidigt att känna igen ansikten. Det har inte med språket att göra.

Jag kan prata med far och son hur länge som helst men det hjälper inte, tänkte han.

Det fanns ett särskilt minne som han var ute efter hos dem, igenkänningsminnet.

Det hade gått fem år. Han ville att de skulle se Kurt Bielke vid en vittneskonfrontation, men det skulle bli en besvärlig personidentifikation, kanske omöjlig. Åren som gått var ett stort hinder, nu skulle de konfronteras med ett ansikte i ny belysning, i en annan vinkel, en annan frisyr. En annan miljö. Hade de ens sett någon människa den natten?

"Såg ni nån?" frågade Winter.

"Jaa..." sa mannen, "jag har ju tänkt på det nu. Det är ju inte lätt. Men det var en speciell natt... jag kommer ihåg den eftersom jag hade en jävla tandvärk och vi fick börja första semesterdan, alltså samma morron, med att leta efter en tandläkare i Skåne."

Winter väntade.

"Ja… det är lättare att komma ihåg då, va? Och jag minns faktiskt att det kom nån från parken för jag hade ställt ner en väska och tänkte på att man kanske skulle gå in i skogen och leta lite kåda och tugga på, för det sa alltid min mormor var bra mot tandvärk, och jag liksom tittade rakt in i skogen och då kom det ut nån där." Han tittade på Winter. "Jag vet inte vad klockan var då."

"Det vet vi", sa Winter.

36

De hade line-upen klar till klockan tre; klassisk personkonfrontation med vittnena bakom en envägsspegel och en misstänkt gärningsman framför, tillsammans med ett antal figuranter som plockats ihop bland allt löst folk som hasade runt i polishuset.

Bielke ser normal ut men han är trött, tänkte Winter. Bertil ser piggare ut. Piggare och farligare.

Ringmar stirrade rakt in i spegeln, två nummer till vänster om Bielke. De var åtta på podiet.

Mannen och hans son stod bredvid Winter. Pojken såg ut som om han trodde att han var med på film.

Winter kunde sin rättspsykologi: ett vittne som har sett gärningsmannen ska ha så lätt som möjligt att känna igen denna person i konfrontationsgruppen, samtidigt som det ska vara omöjligt för ett vittne som aldrig har sett den misstänkte att räkna ut vem personen i fråga är.

"Ta er tid", sa han.

"Jaa..." sa mannen.

Bergenhem och Aneta Djanali stod bredvid Winter.

"Jaa..." upprepade mannen, "det var liksom ett annat ljus då."

Det var liksom en annan tid, tänkte Aneta Djanali. Hur många gånger hade hon sett Fredrik som figurant på det där podiet? Osäkra vittnen hade nio gånger av tio pekat ut honom som gärningsmannen, efter en kort tvekan. De säkra hade pekat ut honom direkt.

Winter gjorde ett tecken och belysningen dimmades. Vi tänker oss en varm sommarkväll intill en park i centrum av en stor stad.

Någon kommer ut ur buskarna. Torkar av händerna efter ett mord. Går hem och sover.

"Det är nåt med håret", sa mannen.

"Förlåt?"

"Håret stod upp lite när han var precis under gatlyktan", sa mannen.

"Vem?" sa Winter. "Vem stod under lyktan?"

"Jaa... han höll ner ansiktet mot bröstet liksom, och det gjorde ju att håret syntes mer, liksom."

"Vem pratar du om?" frågade Winter.

"Han där", sa mannen och nickade genom spegeln som om han hade en blick monterad till en ljuskägla. "Killen som ser ut som om han inte gillar det här nåt vidare."

Ringmar, tänkte Winter. Han gör det för bra.

"Tredje från vänster?"

Mannen tvekade.

"Jaa... nej... inte han. Jag menar han åt andra hållet. Tredje från höger."

"Tredje från höger", upprepade Winter.

"Jaa..."

"Ta god tid på dig."

"Jag kan ju inte vara hundra..." Mannen tittade på sin son, på Winter, på Bergenhem, och sedan tillbaka på podiet. På Bielke. Han tittade på Bielke.

"Tredje från höger är kanske lik", sa mannen och vände blicken mot Winter. "Det är vad jag kan säga. Det var längesen."

Winter såg på Bielke. Bielke såg på honom genom sin egen spegelbild.

Vittnet nickade, som för att ge eftertryck åt sina ord.

Det var ett litet steg framåt, till hjälp under häktningsförhandlingen i morgon bitti i den skrumpna lilla rättssalen tvärs över korridoren. Häktning, naturligtvis. Fjorton dar till åtal, eventuell förlängning.

"Jag kommer ihåg nu", hördes pojkens bråddjupa målbrottsröst.

Mannen vände sig mot sin son. De var lika långa. Winter avvaktade och kände pulsen öka.

"Jag kommer ihåg hur det var", sa pojken. Han fortsatte att titta genom glaset. "Konstigt, va? Det är ju änna konstigt, eller va? Det borde man väl inte göra?"

"Jaa..." sa hans far.

"Vad?" frågade Winter. "Vad kommer du ihåg?"

"Hur det var. Och att det kan vara samma gubbe som farsan sa. Tredje från höger."

Kanske vill han bara visa sig duktig inför pappa, tänkte Winter.

"Nåt särskilt?" sa Winter med lätt röst.

Pojken svarade inte, fortsatte att titta på Bielke.

"Nåt särskilt du känner igen hos honom?" frågade Winter.

"Det han inte har", sa pojken.

"Det han inte har", ekade Winter med fortsatt lätt röst.

"Jag kommer ihåg det jättebra nu faktiskt", sa pojken.

Winter nickade.

"Hundkopplet", sa pojken.

Winter kände sin puls.

"Han hade ett hundkoppel som han tappade när han gick eller vad han gjorde, sprang. Jag kommer ihåg att det rasslade på gruset och att han tog upp det. Jag vet att jag stod där och tänkte på att det var konstigt att hunden inte kom." Pojken tittade på Winter. "Det var tråkigt att hunden inte kom, tänkte jag. Var var hans hund? Jag kom på nu att jag faktiskt tänkt på det förut. Alltså efter, alltså. Var var hans hund?"

Winter blev skjutsad till Bielkes hus eftersom Bielkes fru hade sökt honom, bara honom. Det var lika hett som före åskan. Han spelade Halders skiva med Julie Miller, tryckte in den bara, kände havets doft efter två kilometer, in my heart I see you run free, like a river down to the sea, all the chains that held you bound, will be in pieces on the ground, you'll drink the rain and ride the wind to me, en spretig men tydlig röst, som milt sandpapper.

Hon väntade på den bekanta verandan. Winter höll fram vänsterhanden till hälsning.

"Vad har hänt?" frågade hon och bröt samman innan han hann svara.

"Hur länge ska det här pågå?" sa hon tio minuter senare. De satt i den tropiska soffgruppen i bortre ändan av verandan.

Vilket, tänkte Winter. Säg mig det.

Hon tittade på honom. Det fanns mängder av tårar kvar.

"Jag besök... besökte Jeanette i dag." Tårarna vällde fram. "Herregud." Hon tittade på Winter. "Varför var jag inte här?"

"Var var du?"

"Ute... och körde." Hon snöt sig och stoppade ner näsduken i en ficka i kjolen som täckte hennes knän. "Det har blivit mycket körande på sistone."

Winter lät det sjunka undan, ner genom trädgården som aldrig mer skulle bli densamma för någon i den här familjen.

"Vi ska skiljas", sa hon plötsligt.

Winter väntade. Det skulle komma mer.

"Jag har pratat med en mäklare. Om huset." Hon tittade på Winter. "Skulle du bo kvar här?"

"Vad säger din man?"

"Ha." Hon sa det tonlöst, utan utropstecken.

"Du besökte ju honom i går."

"Det var därför jag ville... tala med dig." Hon tog upp näsduken igen och snöt sig försiktigt. Winter rörde sig inte och hon såg på honom som utan att se honom där i bambumöbeln med de blommiga dynorna. "Vad ska jag göra?" sa hon. "Det är så hopplöst. Så fruktansvärt. Vad ska jag göra?"

"Berätta."

Hon var tyst, verkade ha glömt plötsligt.

"Fru Bielke? Irma?"

"Mattias är Kurts son", sa hon och såg rakt fram.

"Förlåt?"

"Mattias. Jeanettes pojkvän. Eller före detta. Han är Kurts son i ett annat förhållande."

Mycket rörde sig inne i Winter. Var Irma Bielke lika sjuk som sin man?

"Är Mattias Kurt Bielkes son?" frågade Winter.

"Alla visste utom jag", sa hon.

"Alla visste?"

"Han berättade det för Mattias när han fick veta att... att pojken och Jeanette träffades. Dom träffades ju... länge utan att vi visste nåt. Kurt och jag."

Winter nickade. Allt var möjligt i en värld på väg utför kanten.

"Sen försökte han avstyra allt ut... utan att... att avslöja det för nån. Och se... sen sa han det till henne. Till Jeanette."

"När då?"

Hon ryckte på axlarna.

"Strax före det att hon sa det till honom. Måste det väl ha varit", sa hon.

"Hon?"

"Va?"

"Vem är *hon*? Hon som sa det till Kurt. Mattias mor. Vem är det?"

"Nej, jag menade att Jeanette sa det till Mattias."

"Men din man hade väl berättat det för honom?"

Hon tittade rakt på Winter.

"Ingen av dom trodde på det", sa hon.

"Hur är det nu då?" frågade han.

"Han kunde tydligen bevisa det", svarade hon.

"Hur då?"

"Jag vet inte." Hon tittade inte på Winter nu. "Ni får väl fråga honom."

Winter hörde en gräsklippare starta. Han hörde en helikopter och tittade uppåt och såg att den var på väg mot väster ut över havet. Han försökte fånga hennes blick igen.

"När sa han det till dig?" frågade han.

"Han har inte sagt det", sa hon och lyfte på en bok som låg på bordet. Där under låg ett handskrivet brev som vikts tusen gånger och sedan slätats ut av henne.

"Inte sagt det?" ekade Winter och tittade på brevet.

"Det här hade jag med mig tillbaka från erat polishus i går", sa hon. "Det är från Kurt och jag smugglade ut det." Hon tittade på Winter. "Han sa att jag inte fick visa det för nån."

"Ja."

"Men han visste att jag skulle göra det."

"Varför... nu?" Winter böjde sig fram. "Varför berätta det för dig nu?"

"Har ni inte märkt hur han är efter beskedet om... Jeanette? När han fick veta om hennes självmordsförsök?"

Vi har försökt utnyttja det, tänkte Winter. Nu har det lyckats, kanske, kanske lite. Allt rämnar för familjen Bielke och vi utnyttjar det.

"Vet du var Mattias kan vara nu?" frågade Winter. Hon svarade inte, verkade blicka in i andra världar som kunde mildra hennes livskatastrof. "Irma. Var är Mattias? Det är oerhört viktigt att vi hittar honom."

"Han är där hon är."

"Va... vad sa du?"

"Han har gjort det hon gjorde. Han har gjort det som min lilla Jeanette gjooooordeeeee..." skrek hon, grät hon, med huvudet ner mot knäna som blottats när kjolen dragits upp.

"VET du det?" frågade Winter och böjde sig över henne, försökte hjälpa, höll henne om axlarna.

"Vad annat kan han göra? Att han kunde le... leva med det..."

"Jeanette är inte död", sa Winter.

Hon sa inget. Sedan mumlade hon något som han inte hörde.

"Jag hörde inte vad du sa."

"Min lilla flicka", sa hon.

"Jag måste fråga dig", sa Winter, "om du vet vad din man gjort."

"Vad har han gjort?"

"Om du vet det", fortsatte Winter.

"Jag kan inte tro det", sa hon. "Jag vill inte leva med den mannen mer, aldrig mer, men jag kan inte tro det. Inte att han har dödat någon. Han kanske gick till porrklubb eller vad det var men inte det andra." Hon skakade på huvudet. "Men det räcker för mig ändå." Hon skakade på huvudet igen. "Jeanette och jag ska flytta."

"Får jag läsa brevet", sa Winter.

"Det ligger där."

Han tog upp det och läste, en handstil som flög som svarta måsar över arket. Där stod inte mer än hon berättat.

Kanske var allt galna fantasier.

"Vem är mamman?" frågade han.

Hon svarade inte. Winter upprepade frågan.

"Jag sa ju att han inte har sagt nåt till mig." Hon såg upp. "Han behöll den där hemligheten mellan sig och henne i alla år och jag vet inte vem hon är. JAG VILL INTE VETA. Jag skulle kunn... skulle kunna..." men hon lät det falla utan att berätta vad hon skulle kunna göra med kvinnan som hon en gång delat sin man med.

Winter behövde komma tillbaka till polishuset, till Kurt Bielke innan han gick in i evig tystnad.

Han tog fram fotografiet från Angelikas examensdag. Irma Bielke tittade bort.

"Du måste titta", sa Winter.

Hon tittade på kvinnans profil. Winter kunde se lättnaden i hennes ansikte.

Beakta hur viktigt det har varit under hela vår evolutionära historia att kunna känna igen andra individer och att kunna avläsa intentioner och känslor i deras ansikten, tänkte han.

"Jag har aldrig sett henne" sa Irma Bielke och tittade på Winter. "Jag känner henne inte. Vem är hon?"

"Jag vet inte. Det är hittills bara ett ansikte vi har. Som vi inte vet var vi ska placera."

"Det finns en sak jag helt glömt", sa hon nu. "Herregud. Det var egentligen *därför*."

"Därför vadå?"

"Därför jag ville prata med dig. Eller därför jag ville träffa dig."

Finns det mer? tänkte han. Dammluckorna är tydligen inte helt vidöppna.

"Tack", sa hon.

"Förlåt?"

"Tack. Du räddade hennes liv. Ja, jag vet att det är lite kritiskt än men hon lever och kommer att leva. Jag ska se till att hon får leva."

Winter kunde inte säga något. Hon sträckte sig fram och la sin hand på hans högra axel. Han ryckte till.

"Du är en bra man."

En bra man på rätt plats. Han kände värken i armbågen. Den började igen, precis nu. Dags för ännu en Voltaren.

Hon torkade sig i ögonen, snöt sig, reste sig upp. Något var över. Over and out, men som ett hopp. Han såg det. Det skulle komma något annat efter helvetet, något svalare och starkare.

"Du ska få nåt att dricka innan ni åker. Säg till din polisman därnere också."

På vägen tillbaka ringde hans mobil. Det värkte för jävligt i armbågen trots att han lyfte luren med sin oskadade arm.

"Jag har fått fram några ord till", sa Yngvesson. "Samma röst, fler ord."

"Vilka då?" sa Winter.

"Du får komma hit och lyssna. Nu har jag kommit så långt det går."

"Jag är på väg."

Han ringde av och fick kisa för att kunna se när solen plötsligt stack honom i ögonen. En timme till, kanske två. En dag. Han såg Halders förbannade ansikte framför sig, det fanns inget annat ansikte. Vi ses.

37

Rikslarmet efter Samic hade gått för dagar sedan. Löpsedlarnas rubriker täckte allt utrymme, svart på gult, som svarta moln som trängde bort solen. Journalisterna fanns överallt. Winter försökte tänka bort mediebevakningen som något som inte berörde honom eller hade med honom att göra, med *hans* värld att göra. Han ville tänka sig en värld som var ljus och fylld av sommar, kvällar på uteserveringar där sorlet ökade och sedan sjönk med mörkret. Lekfulla bad med saltet kvar i ögonbrynen när havet torkat på kroppen efteråt uppe på klipporna. Allt sådant.

En grupp reportrar väntade i den nyrenoverade foajén. Block och penna och stora och små kameror. Winter gick rakt förbi och såg rakt fram. Det var som på film men värre.

Yngvessons band snurrade som tidens gång. Winter blev stående. Det skrapade i högtalarna. Yngvesson hade skaffat ett par till som förstärkte vrålen. Teknikern såg trött ut, värre än så.

"Nu kommer det", sa han.

Ur det som tidigare varit ett atonalt oljud kunde Winter nu urskilja ord:

"JAG XKXKBL FÖRUT! FÖRUT! XBLBSFF HAR SAGXCXBL FÖRUT! FÖRUT! AAIII!"

Yngvesson stannade bandet.

"Är det allt?" frågade Winter. Han kände något i bakhuvudet. Inte nackhåret. Något därinne.

"Allt? Det är en hel del, tycker jag."

"Jag menade inte så", sa Winter. "Jag vill bara veta om det kommer mer."

"Nej."

"Kör det igen."

Winter lyssnade. FÖRUT! FÖRUT! AAIII!

"Förut", sa Yngvesson. "Han har sagt nåt till henne förut."

"Eller till nån annan."

"Eller gjort nåt förut."

"Låter som en gubbe", sa Yngvesson.

"Vad säger du?" frågade Winter.

"Det låter som en äldre man."

Winter hade hört det förut. Förut. Jesus, han hade hört det förut. Nej, LÄST det förut. Det fanns i mordbibeln.

Han gick till sitt rum och ringde Möllerström, den dyrbare registratorn. Allt fanns på hårddisken. Sök på ordet. Möllerström hade gått för dagen, för en gångs skull. Barnkalas.

"Ring efter honom."

Det smärtar mig, Möllis.

Bergenhem var kvar. Winter berättade. Bergenhem kände inte igen orden.

"Vad gör du just nu?" frågade Winter.

"Setter och jag drog igång den där kollen på Samics affärer. Namn. Gamla affärsbekanta."

"Adresser?"

"Massor. Men vi kan ju inte leta efter honom överallt hos gamla bekanta, Erik. Vi har ändå börjat, med det också."

"Bielke?"

"Tja... hans namn finns ju med. Lite fastighetsaffärer. Nåt delägarskap i nån sylta. Men det visste vi förut. Och han vet vi ju var han är just nu. Och var han bor annars."

Inte länge till, tänkte Winter och såg Irma Bielke framför sig, förkrossad och hel på samma gång, på väg till fastighetsmäklaren.

Hon var inte vansinnig.

Han hade erbjudit sig att följa med henne. Han kunde hjälpa henne till ett hotell. Till en släkting, en vän. Hon hade avböjt. Hon var redan på väg någon annanstans, till ett bättre ställe.

Bergenhem reste sig.

"Om det inte är nåt mer..."

Winter tänkte på Halders. På Angela och Elsa och på att han skulle ställa sig och röka vid fönstret och höja volymen på Breckers Time is of the Essence som snurrade i Panasonicen som stod på sin vanliga plats på golvet.

Han tänkte på påståendet om faderskapet. För honom var det ännu bara ett påstående, det kunde finnas dolda avsikter bakom. Bielke hade inte erkänt något inför honom.

Han stod vid fönstret. Långa skuggor igen, svarta spjut längs ån som flöt på andra sidan parken som låg tyst nedanför hans rum. Parken, parken, parken, parken, parken, park...

Han la cigarillen i askfatet och gick tillbaka till skrivbordet och slog numret till Mattias. Ingen svarade den här gången heller. Pojken kanske hängde i ett träd eller låg i ett vattendrag eller irrade mellan de heta husen.

Winter reste sig och gick in till Möllerströms dator och sökte. Telefonen ringde men han lät den ringa. Samtidigt som han sökte mindes han, plötsligt mindes han. Det var inte bara ordet. Det var rösten också.

Bergenhem körde. De fick ta det försiktigt mellan uteserveringar och människor. Alla var ute på gatorna som glödde av hettan: barn, tonåringar, medelålders, gamlingar, gigolor, turister, frånskilda, nygifta, barnfamiljer, horor, hallickar, fyllon, poliser, sprutnarkomaner, frälsare, sinnessjuka, på väg från ingenting till ingenstans.

Parken var stadens lunga och många rörde sig på cykelbanorna och på gräsmattorna.

"Parkera utanför", sa Winter.

Bergenhem ställde bilen på en av smågatorna. De gick in från norr.

"Jag har tagit en lov varje dag nästan", sa Bergenhem. "Diskret." "Mhm."

"Det har väl varit så för di..."

"Sch..."

De stod bredvid dammen. Ett sällskap höll stillsam picknick till höger. Några enbenta flamingor ute i vattnet betraktade scenen. Winter kände doften av grillat kött från uteserveringen snett bakom sig, hörde ett enstaka mjukt skratt som gled över vattnet. Skuggorna hade lagt sig ner nu, som om träden i parken fällts för natten och skulle återuppstå i morgon.

"Vi går lite närmare."

"Jag stannar", sa Bergenhem.

Winter gick tre steg till nästa träd. Det var tio meter till skrevan i stenblocket som öppnade sig som en svart grotta. Växtligheten runt om vajade stilla, ett rassel inför nattvilan.

Winter hörde ett skarpt motorljud från ingenstans och en trimmad moped med en vilt leende tonåring bakom styret kom farande över gräset. Han vände sig om och såg Bergenhem skaka på huvudet. Mopeden gjorde en U-sväng på andra sidan dammen och kom tillbaka med samma dån och försvann ut på gatan hundra meter bort och det blev tyst igen, tyst som aldrig förr när det oerhörda oväsendet försvunnit. Winter stod stilla som om han visste, verkligen *visste* att mycket lett fram till de här sekunderna och att allt kanske skulle upphöra här, inte riktigt allt, men mycket av det skulle upphöra om han stod kvar nu, eller om han kom tillbaka i morgon, eller dagen efter det och dagen efter det, och gjorde allt det andra som man alltid gjorde i sökandet efter svaren på gåtorna.

Det rasslade i grenarna igen därborta. Ingen kom eller gick förbi. Ingen rörelse i utkanten av hans synfält.

Han stod stilla. Snart skulle Bergenhem röra sig och de skulle återvända till polishuset.

Något rörde sig inne i skrevan, i dunklet. En skugga djupare än de andra skuggorna. Winter stod kvar. Det var nu. Nu. En gestalt rörde sig, fortfarande en skugga. Rörde sig igen, rörde sig ut, mot utgången. Winter såg konturen av ett huvud, en kropp. Plötsligt ett ansikte, bara en suddig blek oval i det förrädiska skymningsljuset. Ett blekt avtryck av ett ansikte som han sett genom Jeanettes fönster.

Mattias steg ut på gräset framför buskarna. Han rörde huvudet fram och tillbaka, som en hund som söker efter spår i vinden från människor eller andra djur. Han bar shorts och en skjorta som ännu var svart från det svarta ljuset bakom honom. Han tog två steg till framåt. Skjortan blev plötsligt vit och flaxade nedtill, oknäppt. Samma skjorta. En knapp saknades och den ligger uppe hos Beier, tänkte Winter. Skjortan flaxade till igen, som om vinden plötsligt ökat, men det fanns ingen vind runt Winter där han stod.

Han lämnade trädet. Mattias ryckte till och vände ansiktet mot Winter. Winter tog två steg. Mattias stod stilla, huvudet lyft, som om han fortfarande vädrade. Winter kunde se hans ögon nu, Mattias ögon, det fanns inget igenkännande i de ögonen, inte längre, och Winter gick närmare som en osynlig och Mattias huvud började röra sig igen, fram och tillbaka. Hans högra arm rörde sig, som till en rytm, Winter var så nära nu att han kunde känna den fräna lukten från pojken som svängde armen allt högre, hundkopplet i hans hand glittrade i ljuset som silver och guld.

När Winter hade hittat rapporten han letat efter hade han läst och sökt efter orden. Det var det sista samtalet Halders haft med Mattias. Han hörde rösten bakom orden när han läste:

"Jeanette har inte sagt nåt, va?"

"Varför släpper du henne inte, Mattias?"

"Vadå släpper?"

"Du fattar vad jag menar."

"Det har jag gjort för länge sen. Släppt... alltihop."

Sedan hade Mattias tystnat när Halders visade honom fotografiet av Angelikas pojkvän.

"Känner du igen?" hade Halders frågat.

Samtalet hade fortsatt.

Sedan hade Mattias sagt det:

"Det blir... aldrig mer som förut." Mattias hade upprepat det, något annorlunda. En normal replik men inte nu, inte längre. Och inte fortsättningen, efter ytterligare en liten stund: "Förut var det annorlunda. Jag sa det. Jag har sagt det förut." Han upprepade det en gång till, lite senare. Halders ställde ett par följdfrågor och det var allt Mattias sa, men det räckte. Nu räckte det.

Winter hade läst och ringt efter Bergenhem och de hade kört till parken. Det fanns ingen annan plats att köra till.

38

Pojken var stum i baksätet. Winter kunde se neonskimret stryka över hans ansikte utan att han blinkade en enda gång. Det skimrande kopplet hade bytts mot handbojor som glänste på samma sätt.

De förde in honom bakvägen till en cell uppe på häktet och alla samlades i Winters rum. Winter kände sig alltför nervös för att gå till ett större mötesrum. Han rökte, trummade med fingrarna, såg allas ansikten och Aneta Djanalis var det sorgsnaste.

Det var inte läge för champagne.

"Vi sätter väl igång med grabben", sa Cohen som sällan kom dit. Förhörsledaren rörde sig oftast i egna cirklar.

"Vad gör vi med Bielke?" sa Johan Setter. Han tittade på Winter. "Om det nu är grabben. Mattias."

"Det är han", sa Winter, "men inte bara."

"I båda fallen?" sa Setter.

"Nej, pojken var för ung vid första mordet", sa Aneta Djanali.

"Han var sexton eller sjutton", sa Setter, "och redan enånittifem om jag minns rätt."

"Bielke dödade Beatrice", sa Winter. "Han har inte erkänt det men det finns skrivet mellan raderna i hans brev till frun, och om vi frågar honom en gång till så kommer han att säga det." Han drog ett bloss och tittade ut och sedan in i rummet igen. "Nu kommer han att säga det. När han vet vad som hänt i kväll."

"Varför då?" frågade Setter som fortsatte att spela rollen som sökare efter svar på hur och varför. "Och hur?"

"Vi vet att Bielke besökte... verksamheten i villan. Vi har inte träffat nån där men vi vet. Vi har sett." Han tänkte på Halders igen, såg att Aneta tänkte på Halders. Halders hade sett. "Vi vet att Beatrice var där. Vi vet inte varför men vi kan gissa. Mer än gissa. Beatrice var där för fem år sen, kort innan hon dog."

"Men varför dödade Bielke henne?" frågade Setter igen.

Herregud, tänkte Aneta Djanali. Berätta varför människor dödar varandra så vi får det klarlagt en gång för alla och världen blir ett paradis. Bielke dödade henne för att han är en ond människa, eller en sjuk människa, eller om det finns ett samband. Hon räckte inte till för honom bakom glasskivan. Han ville ha nånting mer.

Hon hörde Winter kommentera Setters fråga:

"Kanske var det inte hans avsikt. Kanske det ena ledde till det andra. Mannen är sjuk."

Som sonen, om det är hans son, tänkte Aneta Djanali. Sådan fader sådan son.

Men nu gäller det Fredrik.

"Jag ser just nu en enda anledning till att vi sitter här och det är att hitta Fredrik", sa hon. "Alltså: Vad är det som har hänt här nu som kan hjälpa oss att hitta Fredrik?"

"Det är det vi pratar om", sa Setter.

"Jaha."

"Allt hänger ihop, eller hur? Vad var det som Halders såg i det där huset som var så avslöjande att han försvann?"

"Och Samic", sa Bergenhem. "Varför har han försvunnit?"

"Det finns ytterligare en stor fråga", sa Winter med en blick på Aneta Djanali, kanske till en liten del urskuldande, "våldtog Bielke sin egen dotter? Eller gjorde Mattias det?"

"Våldtog sin egen syster?" sa Sara Helander, "eller halvsyster."

"Han kanske inte visste det då", sa Ringmar. "Om det nu *är* så."

"Om han mördat Angelika och Anne så kan han väl också gjort nåt sånt", sa Setter. "Men, än en gång: Varför?"

Ett straff, tänkte Winter. Mattias straffade dom för nåt. För nåt dom gjort. Vad hade dom gjort? Dansat, kanske. Kanske mer. Hur visste han det, Mattias? Hade nån sagt det? Varför skulle Mattias bry sig? Hade han själv varit där? *Hade han själv varit där?* Hade han sett Kurt Bielke? Hade han sett... hans dotter? Hade hon varit där? Nej. Eller... varit där utan att fadern visste det? Hade Bielke gjort nåt som lett till att hans dotter våldtogs? Nån som straffade *honom?* Och utnyttjade hans dotter? Nån som hade en... hållhake på honom. Som visste vad han gjort.

Beatrice för fem år sen. Beatrice som varit där. Andra som varit där. Samic hade varit där. Samic. Var hade Samic varit mer nånstans? Med vilka? Det fanns en kvinna. Var *hon* Mattias mor?

Mattias hade drabbats på flera sätt. Han sökte uppmärksamhet och... dem som var en del... i spelet. Flickorna var en del i spelet. Kanske tyckte han att de bar ett ansvar för vad som hänt Jeanette och vad som hänt mellan honom och henne. Flickorna... men också Kurt Bielke. Riktat mot Kurt Bielke. Visste Mattias om vad som hänt Beatrice? Han hade inte mördat henne, kunde inte ha gjort det.

Mattias la kameran i Bielkes bil. Mattias bröt sig in i Hanssons hus och sökte efter nåt som kunde avslöja honom. Nej. Nån annan. Samic? Kände Samic till fotografierna från baren?

Mattias kunde ha dödat Angelikas pojkvän eftersom han kanske kände Mattias och hade börjat misstänka något.

När de gjorde husrannsakan i Mattias lägenhet skulle de hitta kameran som tagit bilderna av flickorna där de satt i baren, en kamera med skadad lins. De skulle också hitta Anne Nöjds mobiltelefon.

Allt detta tänkte han på några sekunder.

Mattias kanske skulle ge dom alla svaren, eller bara ett par frågor till. Bielke skulle tala, kanske för mycket.

Någon sa "Samic".

"Förlåt?"

"Hittar vi Samic så hittar vi också Fredrik", sa Aneta Djanali. Samic, Samic, Samic. Winter tänkte, tänkte, som de andra.

Det hade inte gått att prata med pojken. Han befann sig i sin egen tystnad som Winter inte kunde ta sig igenom.

Bielke hade ännu inte erkänt men han skulle göra det. Men han pratade. Frågade efter sin dotter, aldrig efter sin fru. Vansinnet kom och gick i hans ögon. Cohen och Winter försökte rikta in sig på vad som skett inne i huset på andra sidan älven timmen efter det att Halders tagit sig in där. För han hade väl tagit sig in där?

"Jag vet ingenting om det."

"Du var ju där", sa Winter.

Bielke fixerade plötsligt hans blick och höll den kvar. Bielkes panna buktade som om tankarna skulle spränga sig ut genom skallen och spruta ut över bordet. Winter väntade.

"Du var ju där", sa han igen så lugnt han kunde.

"Ja", sa Bielke. "Ja."

Det var det första erkännandet.

"Var var du?" frågade Winter.

"Jag var i huset."

"Var i huset?"

"Jag var i källaren."

Bielkes blick hade slocknat, eller höll på att göra det. Han halkade entonigt på stavelserna. Tröttheten kom när allt var över.

"Vem var mer i källaren?"

"Va?"

"Vem var mer i källaren?"

"Hon."

"Vem är hon?"

"Vet inte."

"Vad heter hon?"

"Vet inte. En flicka."

"Vad gjorde hon?"

"Va?"

"Vad gjorde hon?"

"Dans... dansade."

"Vad dansade hon?"

Bielke förstod inte. För honom fanns det bara den dansen och han tänkte inte på det som en dans. Det vara bara ett namn, ett uttryck.

"Vad var det för dans?" frågade Winter.

"Vet inte."

"Dansade hon ensam?"

"Ensam."

"Vilka andra fanns där."

Bielke svarade inte. Han verkade söka någon med blicken som inte fanns där. Där fanns bara Winter och Cohen och en bandspelare och en videokamera.

"Var är pojken?" frågade Bielke plötsligt och lyfte på huvudet.

"Vilken pojke?"

"Pojken."

"Mattias? Var Mattias där?" frågade Winter.

"Det är min pojke", sa han.

"Vi vet."

Bielke nickade.

"Var han där?" frågade Winter.

"Jag vet inte."

"Vem var där mer?"

Bielke mumlade något som Winter inte hörde.

"Förlåt?"

Bielke mumlade igen.

"Kan du upprepa vad du just sa?"

"Hon var där också."

"Vem är hon?"

"Hon har varit med *honom* länge. Hon tog pojken med sig dit. Jag visste det inte först."

"Var Mattias i huset?"

"Han hjälpte till lite. Jag såg han nån gång." Bielke tittade in i väggen bakom Winter. "Han visste inte då. Än. Om mig. Vem jag var."

"Såg han dig?"

"Va?"

"Såg han dig?"

"Nej. Jag tror inte det."

Du tror fel, tänkte Winter.

Bielke sa något med låg röst.

"Kan du upprepa vad du sa?"

"Körde iväg med han", sa Bielke med en röst som åter lät entonig och utplattad.

"Körde iväg?" frågade Winter. "Körde iväg med vem?"

Bielke mumlade någonting men såg samtidigt ut att tänka efter.

"Körde iväg med vem?" upprepade Winter.

"Han som kom."

"Vem var det som kom?"

"Han."

"Vem var han?"

"Vet inte."

"Vem var det som körde iväg?"

"Va?"

"Vem var det som körde?"

Bielke såg ut att tänka på sitt svar igen. Såg ut att bestämma sig.

"Johan", sa han.

Johan Samic, tänkte Winter. Samic, Samic, Samic.

"Det var han som gjorde det", sa Bielke med starkare röst, som om han andades ut kraftigt. "Samic gjorde det."

"Gjorde vad?"

"Min lilla flicka."

Bielke började plötsligt gråta.

Winter väntade. Bandspelaren snurrade ljudlöst. Cohen tittade på Bielke som nu tittade tillbaka. Han torkade sig i ögonen med översidan av högerhanden.

"Skadade min lilla flicka."

"Jeanette?"

Bielke nickade.

"Kan du upprepa vad du just sa?"

"Han skadade min Jeanette."

"Varför då?"

Bielke snörvlade, torkade ögonen igen.

"Han visste."

"Vad visste han?"

Winter kände en liten kyla i bakhuvudet, som ett kallt vinddrag.

"Han utnyttjade det", sa Bielke. "Mig. Och... oss."

"Vad var det han utnyttjade?" frågade Winter. "Vad var det Johan Samic utnyttjade hos dig?"

Bielke verkade domna bort igen, försvinna till andra trakter.

"Vad visste Johan Samic om dig?" frågade Winter.

"Vad jag hade gjort."

Bielke tittade på Winter med en blandning av skärpa och dimma i ögonen.

"Han sa att han kunde göra vad han ville", sa Bielke.

"Varför då?" frågade Winter.

Bielke mumlade igen.

"Varför då?" upprepade Winter.

"För att jag dödade henne."

Bielke hade sagt det med huvudet nedåtvänt. Hans hår hade samma bleka färg som rummets väggar.

"Kan du upprepa vad du just sa?"

"Jag dödade henne." Han tittade på Winter och Cohen. "Det var inte meningen. Jag följde efter henne bara. Det var inte meningen. Det vet ni ju. Det förstår alla."

"Dödade du Angelika Hansson?" frågade Cohen.

"Vem?"

"Dödade du Angelika Hansson?"

"Nej, nej. Det var inte jag."

"Dödade du Anne Nöjd?"

"Inte jag."

Bielke sa något igen med låg röst.

"Förlåt?"

"... iväg han. Han var där senare. Fråga honom."

"Jag uppfattade inte vad du sa just nu", sa Winter.

"När dom körde iväg. Fråga Samic."

"Fråga vad?"

"Och Benny", sa Bielke. "Han körde."

"Be... benny?"

"Benny."

"Vilken Benny?"

"Benny. Benny Boy."

Winter stod utanför förhörslokalen. Det hettade i ansiktet. Han hade rest sig direkt och gått ut. Cohen satt kvar.

Winter tog hissen upp till rummet där Setter och Bergenhem gick igenom gångna tiders affärstransaktioner, och dagens.

Bergenhem var där.

"Jag behöver ett namn", sa Winter. "Benny. Benny Vennerhag."

"Vennerhag?"

"Har Samic haft några affärer ihop med en Benny Vennerhag?"

"Känner inte igen namnet."

"Men titta DÅ FÖR HELVETE!" skrek Winter.

"Ta det lugnt, va?"

Winter sträckte sig efter tangentbordet som låg framför Bergenhem.

"För FAN, Erik, ge mig en chans." Bergenhem knappade in sig i registren över alla namn de hade hittills.

"Ja", sa han. "Vi har namnet här. Jag kan inte sä..."

"Det räcker", sa Winter och gick mot sitt rum. Han mötte Ringmar. "Häng med in här", ropade Winter över axeln.

Ringmar kom in och såg honom plocka i en hög fotografier.

"Vad är det, Erik?"

Winter höll fotografiet från Angelika Hanssons examensdag i händerna. Lars-Olof Hansson bakom kameran. Framför: kvinnan i profil. Han visste att han aldrig skulle möta henne. Om hon inte skulle komma hit nu när Mattias var här.

Pojken bredvid.

Ett mörkt ansikte som kunde vara Johan Samic, eller inte.

Visst fan var det Samic.

En blond man, nästan bredvid, med skägg och mörka glasögon. Inte heller honom hade Lars-Olof Hansson känt igen.

Det fanns fortfarande något bekant över honom. Skägget såg egendomligt ut, glasögonen...

Winter tittade på det andra fotografiet, taget ungefär samtidigt av Cecilia, Angelikas väninna som inte vetat något om huset på andra sidan älven. Kunde inte ha känt till det, hade inte kunnat dölja det om hon inte också var galen. De skulle fortsätta att prata med henne.

Kvinnan fotograferad rakt framifrån. Pojken fanns inte med på Cecilias bild, han kunde ha tagit ett steg framåt. Det hade räckt. Den mörke mannen var borta, men folksamlingen var tätare här, det fanns fler ansikten. Det hade han sett förut.

Han stirrade in i bilden, stirrade. Han tog fram förstoringsglaset igen. Han flyttade blicken till ett par av de extrema förstoringar de gjort. Han tittade på den första bilden igen genom förstoringsglaset. Nu visste han vad han letade efter. Det var den avgörande skillnaden. Plötsligt öppnade sig fotografiet för hans blick och han såg längre in i den där folksamlingen, längst bort syntes ett blont huvud i profil, bara överdelen av ansiktet, en panna, ögon, näsa och inget annat, men han behövde inget förstoringsglas för att se vem det var som stod där i bakgrunden, under ett moln av ballonger. Benny.

Han bar lösskägg. Samic hade peruk. Ett arrogant skämt eller något mycket värre.

Samic. Kvinnan. Vennerhag. De hade inte varit på skolgården för Angelikas skull, inte i första hand. Det var hennes examen, men det var samtidigt också examensdag för Mattias. Han hade gått i samma skola men inte i samma klass. Winter visste det nu.

Mattias examen.

De hade varit där för Mattias skull.

Kvinnan var Mattias mor.

Gud visste vad hon hade för relation till Samic. Till Benny Boy. Det spelade ingen roll längre.

Ringmar körde, uppför kullarna. Winter dirigerade honom på de stilla gatorna. Någon grillade ett midnattsmål i trädgården bredvid ett parasoll. Han såg en låga slå upp.

Sprickan i armbågen brann som eld.

"Borde det där inte gipsas?" frågade Ringmar.

Winter svarade inte, rökte med blicken ut i natten.

"Ligger inte Fredriks hus häruppe?" frågade Ringmar.

"På andra sidan. Där."

De körde förbi. Det var släckt i alla fönster.

"Nerför här och till vänster", sa Winter. Han gungade fram och tillbaka, höll sig om armbågen.

"Ta det lugnt nu, Erik."

"Ska vi hitta Fredrik eller inte?"

"Joo..."

"Kör på då." Han sög in röken, tog av sig säkerhetsbältet när Ringmar stannade utanför Vennerhags hus. Det lyste i fönstren.

De steg ur samtidigt och hörde ljud någonstans ifrån. Ett skratt. Ljud av vatten.

"Han är på baksidan", sa Winter. "Jag hittar."

Ringmar följde efter till gräsmattan på andra sidan huset. En man i badbyxor stod med ett glas i handen. En naken kvinna gled smidigt uppför poolkanten.

Mannen såg vem det var som kom och ställde snabbt glaset på bordet under parasollet. Kvinnan var uppe och höll armarna i kors framför kroppen som glänste av vatten. Ringmar såg Winter öka farten. Mannen i badbyxor började säga något.

"Erik, det va..."

Winters skalle träffade Vennerhag i brösthöjd. Kvinnan skrek. Vennerhag gav ifrån sig ett ljud som när luft pressas ur en luftmadrass. Han vacklade bakåt. Winter höll högerarmen som om den fortfarande var kvar i mitellan som låg bredvid Ringmar som stod fastskruvad i gräsmattan. Kvinnan skrek igen. Vennerhag vek sig framåt och Winter sparkade honom mellan benen. Det kom blod ur Vennerhags mun. Winter sparkade honom över båda knäskålarna. Vennerhag slog i backen med ett ljud som av torra kvistar som bryts, han gled bakåt och ner i vattnet. Winter hoppade i och tryckte ner hans huvud under ytan med ena armen och drog upp det igen. Ringmar kunde se Vennerhags stirrande ögon, de avspeglade belysningen i poolen.

"VAR ÄR HAN!?" skrek Winter. Han tryckte ner Vennerhags huvud igen, drog upp det. "VAR ÄR HAN, DIN JÄVEL? VAR ÄR FREDRIK HALDERS?"

Vennerhags huvud åkte ner igen, och upp igen. Det kom blod ur hans näsa, vattnet hann inte skölja undan det.

Ringmar såg hur Winter skallade Vennerhag över näsan. Vennerhag gav ifrån sig ett otäckt rosslande ljud. Han slår ihjäl honom, tänkte Ringmar. Jag får dyka i.

"Jag slår ihjäl dig. Benny, du vet att jag gör det", sa Winter och måttade en spark mot Ringmar som hoppat i och närmade sig. "Ge fan i det där, Bertil, stanna där!"

"Vänta, Erik."

"STANNA DÄR", skrek Winter och Ringmar stannade och tänkte på vad han skulle göra härnäst.

Winter drog Vennerhags ansikte nära sitt eget. "För sista gången innan du drunknar! Var är han? Var är Halders?"

Vennerhag rosslade igen.

"VA? VA?" skrek Winter.

Winter tryckte ner hans huvud. "Näää..." jämrade sig Vennerhag. Winter drog upp honom ur vattnet igen. Ansiktet var vanställt av slag och blod och av ljuset som verkade borra sig igenom huvudet underifrån.

"VAD SÄGER DU?"

Ringmar såg Vennerhag röra på läpparna, såg Winter böja sig närmare, såg Vennerhags läppar igen, såg Winter snabbt räta på sig och släppa ner kroppen i vattnet och börja gå därifrån med vatten till midjan.

Ringmar drog upp Vennerhag över poolkanten. Han verkade vara livlös. Kvinnan satt med händerna för ansiktet och darrade kraftigt. Ringmar sökte efter Vennerhags puls och kände den svagt efter några sekunder. Han hörde en röst inifrån huset. Winter ringde efter ambulans och polis.

Winter kom tillbaka ut.

"Mobilen gick åt helvete", sa han. "Nu åker vi."

Ringmar tittade på kvinnan och på Vennerhags kropp. Hon tittade upp och dolde sedan ansiktet med händerna igen. Hon var en främling.

"KOM IGEN, Bertil. Du måste köra."

"Vart?" frågade Ringmar men Winter var redan bakom husgaveln.

39

Ringmar körde västerut, förbi nöjesfältet. Winter tyckte att karusellen snurrade, en cirkel av falskt ljus.

Ett annat ljus började över horisonten bakom dem, en ny dag. Winter kände värken som släggor över högra delen av kroppen, uppifrån och ner. Vennerhags blod fanns på hans knogar. Han kände sin egen vilda doft. Han huttrade till i de våta kläderna när Ringmar ökade farten på motorvägen och vinden kom in genom det öppna bilfönstret.

Har jag förlorat förståndet nu? Är detta att vara sinnessjuk?

Ringmar talade in i kommunikationsradion.

"Dom måste vänta", sa Winter. "Vi kan inte komma störtande en hel bataljon."

Ringmar fortsatte att tala i radion med Bergenhem och vem som nu mer var där. Winter strök händerna mot skjortan.

"Det finns en tröja i baksätet", sa Ringmar och vände sig mot honom. "Hur många är dom där?"

"Jag vet inte."

"Han sa inget om det?"

"Nej."

"Vad sa han då?"

"Det vi behövde. Var Fredrik är."

"*Hur* är han då? Fredrik."

"Jag frågade inte", sa Winter och tittade rakt fram. "Ta av till höger efter motet. Det går snabbare."

Han såg ett plan stiga mot morgonhimlen, som en mörk fågel. Lampor i stjärten blinkade ett budskap ner till jorden. Nu hörde han ljudet från motorerna, ett dovt muller.

De körde över bron. Havet såg ut som ett fält.

Det blev mörkare igen på andra sidan. Ljuset fanns bakom dem, över det öppna vattnet. De mötte inga bilar på vägen som blev smalare när de kom över till ön.

"Här måste det vara", sa Ringmar. Han körde av och det blev ännu mörkare bland träden. Ringmar tittade snabbt på Winter som kontrollerade sitt vapen som överlevt badet i poolen. "Hur är det, Erik?"

"Ha tålamod med mig", sa Winter.

"Nu tar vi det lugnt när vi kommer fram", sa Ringmar.

"Vi får se."

Winter lutade sig mot sätet och blundade och såg pojkens ansikte framför sig.

Cohen hade ringt när han satt framför fotografierna tidigare detta dygn som aldrig upphörde.

"Han vill säga nåt", hade Cohen sagt.

"Vad är det?" hade Winter frågat och hållit i ett fotografi fyllt till största delen av glada ballonger.

"Jag tror han vill ge oss berättelsen."

Mattias hade inte tittat åt hans håll när han kom in i rummet. Pojken hade suttit stilla på stolen framför dem.

"Du ville prata med oss, Mattias?"

Han hade inte svarat.

"Vill du berätta nåt?"

"Kanske det."

Winter hade sett likheten med fadern, nu när han visste. Ögonen var desamma, avspeglade samma mörker därinnanför.

"Vad är det du vill berätta, Mattias?"

"Var är min mamma?"

Winter hade väntat på att Mattias skulle titta på honom, men pojken hade fortsatt att se ner i bordet.

"Jag vill att hon ska komma", hade han sagt.

"Vad heter din mamma, Mattias?"

"Va?"

"Vad heter hon?"

Han hade varit tyst.

Har jag gjort fel här? hade Winter tänkt.

Mattias hade tittat på Cohen nu, tillbaka på Winter.

"Var är min mamma?"

"Vi vet inte", hade Winter sagt. "Vi letar också." Han hade lutat sig framåt. "Varför kan vi inte hitta henne, Mattias?"

"Inte vet jag."

"När träffade du henne senast?"

"Vet inte."

"Det verkar inte som om ni bor ihop."

Mattias hade inte svarat.

"Var bor hon?"

Han hade mumlat något.

"Var finns hon, Mattias?"

"Hon bor med honom. Samic." Han hade tittat på Winter. "Det är länge nu. Det har varit länge." Han hade dragit med handen över munnen. "Dom har varit ihop länge." Han hade gnidit handen mot pannan. "Jag har sagt till henne att jag inte gillade det. Jag sa det förut." Plötsligt hade han skrattat, kort. "Jag visade dom. Jag visade den jäveln! Nu blir det aldrig mer... aldrig mer!"

Winter hade väntat. Pojken hade blivit upphetsad men bara för några sekunder.

"Jag visade honom också", hade Mattias fortsatt. "Precis som... dom."

"Varför dödade du flickorna, Mattias?"

Pojkens blick hade varit någon annanstans, sett sina egna syner.

"Do... dom skulle inte vara där", hade Mattias sagt.

Winter hade hört bruset av luften som slungades runt i rummet. Han hade känt svetten i ryggen. Det hade börjat värka svårt i armen igen.

"Do... dom hade inte där att göra. Ja... jag sa det till dom."

Han hade tittat bredvid Winter in i väggen där så många andra stirrat under andra förhör.

"Det var deras fel", hade Mattias sagt. "Hade dom inte varit där

335

hade det inte... varit så."

"Varför var det deras fel?"

"Jeanette."

"Jeanette? Var hon där?"

"Ho... hon följde med do... dom en gång."

"Var Jeanette på klubben?"

Mattias hade nickat. Winter hade inte vetat vad han skulle tro.

"Vad gjorde hon?"

Pojken hade nickat igen. Kanske hade han inte hört frågan.

"Vad gjorde hon där, Mattias?"

"Hon var där utanför."

Winter hade sett huset framför sig, gatan, belysningen, dörren, hallen, trappan, muren.

"Utanför?"

"Ho... hon var bara utanför men de... det räckte."

"Räckte? Räckte för vad?"

"Fö... för att han skulle följa efter henne. Följa med henne och gö... göra de... det han gjj... gjorde."

"Vem? Johan Samic?"

Mattias hade nickat.

"Ddd... dom kommer inte göra det mer. Aldrig mer." Nu hade han tittat på Winter. Hans kropp var hopsjunken, som utan ben.

"Han gjorde det."

"Johan Samic?"

Pojken hade skakat på huvudet.

"In... inte det. Det andra."

"Kurt Bielke?"

Pojken hade nickat med en glans i ögonen som om han hade delat en hemlighet med Winter. Det hade funnits röda prickar i hans ögonvitor och saliv i mungiporna.

"Vad gjorde Kurt Bielke?"

"Jag hörde han och Samic prata om det", hade Mattias sagt med en röst som plötsligt lät stark och klar. "Han hade gjort det och kunde göra det igen." Rösten hade sjunkit. "Ha... han... han... det var hans fel också. Att... Jeanette."

"Kunde göra det igen? Vad menar du?"

"Han hade gjort det en gång, eller hur?"

"Varf..."

"Det kan ha varit han dom andra gångerna också, va?" avbröt han Winters fråga.

"Men det var du, Mattias."

"Det kunde varit han." Mattias hade plötsligt lyft upp sina händer i luften. "Det hade kunnat vara han."

"Vet du vem han är? Vem Kurt Bielke är?"

"Han är en skit."

"Vad är han mer?"

"Dom säger att han är min pappa men det tror jag inte på."

"Vad säger din mamma då?"

"Jag har inte hunnit fråga henne", hade Mattias sagt och skrattat till igen.

Hon visste inte vad hennes son gjort, hade Winter tänkt. Och när hon till slut förstod blev hon rädd. Hon lämnade honom för att få hjälp men det fanns ingen hjälp dit hon vände sig. Det var värre där.

Och sen kom vi. Halders kom.

Cohen hade tittat på Winter som inte ställt någon ny fråga.

"Var är Angelikas pojkvän?" hade Cohen frågat.

"Vem?"

"Angelika hade en pojkvän, eller hur?"

"Han är borta nu", hade Mattias svarat.

"Vad menar du med 'borta'?"

"Han var likadan som dom." Mattias hade tittat upp, blicken bakom Cohen och Winter. "Och han kom till mig med en massa frågor. Precis som ni."

Ringmar körde på treans växel och oroade sig för strålkastarna som kastade ljus hundra meter fram.

"Jag släcker", sa han.

"Se upp för rådjur", sa Winter.

Ringmar kunde inte låta bli att le. Han kisade genom det svaga och osäkra ljuset som irrade mellan natt och dag över träden.

"Samic våldtog Jeanette", sa Winter.

Ringmar svarade inte, försökte hålla dem kvar på vägen som var ett svart streck mellan granarna.

"Han hade haft hållhake på Bielke i alla år, en stor hållhake. Han utnyttjade den."

"Hur vet du det?"

"Bielke sa det under det senaste förhöret." Winter vände sig mot Ringmar. "Pojken sa det också."

"Det finns många gärningsmän i den här historien", sa Ringmar.

"Och offer", sa Winter. "Dom flesta är offer."

"Mhm."

"Alla är på sitt sätt offer", sa Winter. "Det där tar aldrig slut." Han knackade på instrumentbrädan. "Stanna lite."

Ringmar körde närmare vägkanten och stängde av motorn. Tystnaden var tydligare bland träden och stenarna och buskarna. Winter tittade på kartan igen, som han gjort när de lämnade stan, när pulsen sjunkit. Han höll ficklampan mot golvet.

"Det var ju bara ett namn", sa han. Vennerhag hade sluddrat namnet på torpet och riktningen. Han hade lyckats göra det två gånger.

"En kilometer, eller lite mindre. Det finns ett vägskäl därframme och sen är det femhundra meter." Winter släppte kartan. "Vi går härifrån." Han öppnade dörren. "Ställ bilen på tvären så fattar Lars när dom kommer. Och det blir ju en spärr också." Winter kunde se att dikena var djupa på båda sidor om vägen. Han ställde sig upp och vinglade till, tog reflexstöd mot dörrkarmen med den skadade armen och kände huggen av smärta hela vägen upp till huvudsvålen.

"Vi väntar på dom andra", sa Ringmar.

Det var ju det enda rätta. Det fattade han ju. Men det fanns något i honom som sa att det inte fanns tid.

"Det finns inte tid till det", sa han och kände den intensiva smärtan bulta sig bort från kroppen. "Jag vet att det är bråttom nu."

"Det handlar om en halvtimme, Erik. Max."

"Det är inte bara det. Vi blir för många sen. På en gång."

Han började gå i dikesrenen, Ringmar började också gå. Det luktade vatten fyllt av grönt, av växter som ännu inte torkat till döds i solen. Solen nådde inte längst in här och Winter kände dofter som verkade vara hundra år gamla.

När allt var över skulle han gå i skogen med Angela och Elsa, krypa in under träden och gräva upp mossan. Svamp i höst. Gummistövlar genom blöta snår. Han huttrade till igen i den tunna stickade tröjan som stack honom över axlarna. Seglarskorna fäste på fötterna som lim.

De var framme vid korsningen. Winter nickade mot höger. Han gick över vägen och fortsatte genom skogen som var glesare där. Någonstans skrek en lom. Han visste att det låg en sjö bakom huset de var på väg mot. Fågeln skrek igen, ett långt ensamt rop genom den tidiga morgonen som började skrapa fram konturerna runt dem. Fågelskriet var nära. Winter kände riset och ormbunkarna mot smalbenen, ett sting en gång. De blöta shortsen smet över låren och baken. Blåskatarr men det var ändå sommar, inte vinter. Blues guitar. Halders brukade säga så, eller brukade och brukade. Han hade sagt det en gång.

"Jag ser det", viskade Ringmar.

De stod stilla. Husets kontur kunde anas, taket som var spetsigt. De gick närmare och stod bakom granarna och såg huset som var större än Winter trott. Det stod en bil utanför, som slängd intill ena fasaden. En herrgårdsvagn. Det var mörkt i alla fönster.

Halders ska alltså vara därinne, tänkte Ringmar. Eller under. Under huset, i jorden.

"Det här är Samics gömställe", sa Winter.

"Hur länge hade han tänkt hålla sig gömd här?"

"Tills vi kom", sa Winter.

"Och han har alltså sällskap av Halders?"

"Var skulle dom annars göra av honom?"

Det finns tiotusen gravplatser runt stan, tänkte Ringmar.

De skulle snart röra sig. Himlen gled över dem i grått och blått.

Halders såg allt, tänkte Winter, vet allt. Nu kommer vi så du kan berätta det.

Han visste att Ringmar inte trodde ett ögonblick på att Halders levde. Knappt ens att han fanns därinne. Men Winter kände Vennerhag. Halders fanns här.

Han hade slagit sönder Vennerhag eftersom han hade trott att det ändå fanns hopp om Halders.

När han nu stod framför det tysta huset framför sjön var hoppet borta som stjärnorna över skogen. Det fanns ett rött skimmer bakom sjön som blänkte fläckvis på båda sidor om huset. Varför gå in där om en sekund eller två när de kunde vänta på polisarméerna som skulle slå sin ring runt hushelvetet och spränga sig in.

"Nu går vi", sa Winter.

Ringmar nickade och rörde sig. Det var inte av lojalitet. Han är ingen väpnare. Bertil tycker som jag. Det är nu. Han har inte följt med för att stå här och vänta på Lars och Aneta och soluppgången.

De kröp mellan bilen och huset. Gräset strök utmed knäna men ljudlöst. Winter lyssnade inte efter gräsets ljud. En rullgardin var neddragen bakom fönstret till vänster om verandan. Det hängde en hatt på en krok. Det stod ett par stövlar bredvid dörren. Det låg ett verktyg på bänken till höger, en mejsel.

Och nu?

Winter kände på dörrhandtaget, drog det neråt och sköt på och dörren gled upp några centimeter utan knak. Han tittade på Ringmar som var beredd. Winter tryckte på och dörren öppnades och de gick in med snabba tysta steg och stod i ett slags hall med konturer av en trappa rakt fram och bleka rektanglar av två dörrar. Jag är för gammal för det här, tänkte Ringmar.

Det fanns ett mörkt hål borta till höger som kunde vara ingången till en källare. Winter tog ett steg till in i rummet. Ett bord intill ena väggen med några klädesplagg på. Två stolar. Det fanns en spegel över bordet och Winter tittade in i den och såg ögonen som stirrade på honom från andra sidan rummet vid dörröppningen och han såg knogarna framför ansiktet i änden av den utsträckta armen som höll någonting och det var ett vapen, ett stort jävla vapen var det och han rörde sig inte, han hörde ingenting, inget kommandorop, inga andetag, ingenting från Ringmar som stod orörlig och stirrade på samma sak som han men inte i spegeln. Winter väntade på kraften från kulan som skulle spränga honom och krossa glaset och ta bort bilden av Samic som stod med vapnet riktat mot dem och väntade på den rörelse som skulle komma och...

Skottet slog sönder den vidriga tystnaden, ett skott till, omedelbart efter det första, Winter höll blicken kvar i spegeln som inte krossats, *han* hade inte krossats, Ringmar stod lika orörlig med ögonen på någonting som Winter inte kunde se, han kunde inte flytta blicken från spegelbilden av världen därinne.

Samics arm började sjunka. Winter såg hans ögon, fortfarande öppna. Det fanns inte längre någon pistol i Samics hand. Den låg framför honom på golvet. Samic höll sig om handen som hållit pistolen, men han verkade inte skadad. Han föll, sakta, och blottade kvinnan som stod snett bakom honom med ett vapen i handen. Kanske Halders SigSauer. Hon hade skjutit pistolen ur hans hand. Samic gav ljud ifrån sig. Hon släppte vapnet på hans kropp.

Winter hade sett hennes ansikte förut, i profil, och rakt framifrån.

"Det räcker nu", sa hon. "Det är nog nu."

Winter flyttade äntligen blicken från spegelbilden. Hon bar ett nattlinne som var änglavitt. Winter rörde sig mot henne.

"Ja", sa hon, "jag är Mattias mor."

Ringmar rörde sig.

"Han finns däruppe", sa hon. Hon visste att de visste vem hon menade. Hon tittade rakt på Winter.

"Är det några fler här?" frågade Ringmar. "Mer än... vår kollega?"

"Vad tror du?" sa hon och tittade ner på sitt vapen som låg mellan Samics ben.

Winter gick snabbt uppför trappan. Han såg en plötslig strålkastare genom ett fönster däruppe. Han hörde Ringmars röst därnere i mobiltelefonen. Han hörde bilmotorerna utanför, dörrar som slogs upp, helikopterns vingslag i himlen.

Det fanns två dörrar som båda var stängda. Han öppnade den vänstra och såg en bred säng som var obäddad. Det låg kläder på golvet.

Den andra dörren på andra sidan hallen knakade i fogarna. Där fanns också en säng. Ljusspelet från helikoptern svängde runt utanför som på ett nöjesfält, skickade in cirklar av ljus i rummet. Det låg en gestalt i sängen, huvudet var fixerat av skenor eller gips eller vad fan det var. Winter böjde sig över gestalten.

Halders ansikte var fläckat av strålkastarna eller om det var den uppstigande solen. Winter hörde steg därnere nu, röster, bildörrar som slogs igen.

Halders öppnade ögonen.